전화

전화

로베르토 볼라뇨 지음

박세형 옮김

LLAMADAS TELEFÓNICAS by ROBERTO BOLAÑO

Copyright (C) 1997, Roberto Bolaño
All rights reserved.
Korean translation copyright (C) 2010, The Open Books Co.
This edition is published by arrangement with Carolina López Hernández,
as representative of the literary estate of Roberto Bolaño
c/o The Wylie Agency (UK) Ltd. through Shinwon Agency Co.

COVER ARTWORK by AJUBEL (ALBERTO MORALES AJUBEL)

Copyright (C) 2010, Alberto Morales Ajubel and The Open Books Co.
All rights reserved.

이 책은 실로 꿰매는 정통적인 사철 방식으로 만들어졌습니다.
사철 방식으로 만든 책은 오랫동안 보관해도 손상되지 않습니다.

카롤리나 로페스에게

누가 당신만큼 내 공포를 잘 이해할 수 있겠소?

— 체호프

1. 전화
   센시니 · 13
   앙리 시몽 르프랭스 · 40
   엔리케 마르틴 · 51
   문학적 모험 · 75
   전화 · 93

2. 형사들
   굼벵이 아저씨 · 103
   눈 · 123
   또 다른 러시아 이야기 · 150
   윌리엄 번즈 · 157
   형사들 · 171

3. 앤 무어의 삶

감방 동지 · 205

클라라 · 224

조안나 실베스트리 · 242

앤 무어의 삶 · 267

로베르토 볼라뇨 연보 · 313

1
전화

1 이 단편의 모델이 된 작가는 아르헨티나 소설가 안토니오 디 베네데토Antonio di Benedetto(1922~1986)이다. 볼라뇨는 1983년에 발렌시아 시가 주관한 알팜브라 단편 공모전에서 디 베네데토를 알게 되었고 서신 교환을 통해 친분을 유지했다. 아르헨티나에서 쿠데타가 일어난 1976년에 디 베네데토는 군부에 체포되어 1977년 9월까지 옥살이를 했다. 이후에 미국과 프랑스, 스페인에서 망명 생활을 하다 1985년에 귀국해 1년 뒤에 사망했다. 디 베네데토의 대표작은 이 단편에서 『우가르테』로 등장하는 장편 『사마Zama』(1956)이다. 이밖에 『침묵하는 남자El Silenciero』(1964), 『자살한 사람들Los suicidas』(1969), 『한갓 그림자일 뿐Sombras, nada más』(1985) 등의 장편과 『동물 세계Mundo animal』(1953), 『부조리한 것들Absurdos』(1978) 등의 단편집을 발표했다.

센시니[1]

　내가 센시니와 친분을 맺게 된 방식은 참으로 유별나기 이를 데 없었다. 그 당시에 나는 쥐 새끼보다 가난한 이십대 청년으로 히로나 변두리의 낡은 집에 살고 있었다. 폐가나 다름없던 그 집은 누나와 매형이 멕시코로 건너가며 물려준 것이었다. 바르셀로나의 야영장에서 야간 경비를 보다 잘리고 얼마 지나지 않았을 때였다. 그놈의 경비 일 덕분에 오히려 밤새는 습관만 한층 심해진 참이었다. 주변에 친구라고는 거의 없어서 글을 쓰고 오랫동안 산책하는 게 유일한 소일거리였다. 나는 저녁 7시에 잠에서 깨자마자 산책을 시작했다. 그 시간이면 시차 적응에 애먹을 때처럼 온몸이 붕 뜬 기분이었다. 주변과 홀로 동떨어져서 내가 있는지 없는지 알 수 없는 무력감을 느꼈던 것이다. 여름내 저축한 돈으로 어떻게든 입에 풀칠은 하고 살았다. 그런데 딴에는 아껴 썼는데도 가을이 지나면서 통장이 바닥났다. 아마도 이런 상황에 쫓겨 알코이 국립문학 공모전에 응모했던 듯싶다. 카스티야어로 글을 쓰는 작가라면 국적과 거주지에 관계없이 누구나 참가가 가능했다. 수상 분야는 시, 단편, 수필의 셋으로 구분되어 있었다. 처음에는 시 분야에 응모할 생각이었다. 하지만 내가 가장 잘 쓴 시를 보내 사자(혹은 하이에나)들과 싸움을 붙이는 것은 모양이 서지 않았다. 그래서 수필에 응모하면 어떨까 생각했다. 그런데 응모 조건을 받아보니 내 깜냥에는 과분한 일이었다. 알코이 시와 주변 지역, 도시의 역사, 도시 출신의 저명인사들, 도시의 미래에 대한 전망을 다뤄야 했기 때문이다. 결국, 어쩔 수 없이 단편에 응모하기로 결정했다. 나는 수중에 있던(얼마 없었다) 가장 괜찮은 글을 세 부 복사해서 보내고 느긋하게 결과를 기다렸다.

수상작이 결정되었을 무렵에 나는 수공예품 시장에서 행상을 보던 중이었다. 그곳에서 진짜 수공예품을 파는 사람은 아무도 없었다. 나는 장려상과 함께 1만 페세타의 상금을 수상했다. 알코이 시청은 에누리 없이 제격 상금을 지불했다. 나는 얼마 지나지 않아 오자가 ~~수두룩~~한 책을 받아 보았다. 책에는 당선작과 여섯 편의 결선작이 실려 있었다. 당연한 일이지만 내 작품이 당선작보다 훌륭했다. 그래서 심사 위원들을 욕하며 〈늘 이런 식이지 뭐〉 하고 혼자 꿍얼거렸다. 하지만 나를 놀라게 한 일은 따로 있었다. 책에서 아르헨티나

---

2 Julio Cortázar(1914~1984). 아르헨티나 소설가. 중남미 〈붐〉 세대 최고의 작가. 『팔방놀이 *Rayuela*』(1963) 등의 장편과 『놀이의 끝 *Final del juego*』(1956), 『뜻밖에도 *Deshoras*』(1983) 등의 단편집이 있다.

작가 루이스 안토니오 센시니의 이름을 발견한 것이었다. 센시니의 단편은 우수작에 뽑혔다. 이야기의 화자가 도시에서 아들을 잃고 시골로 건너가는지 화자가 시골로 건너간 다음에 아들이 죽는지는 불분명하다. 어쨌든 화자의 아들은 황무지나 다름없는 한적한 시골에서 죽어간다. 전형적인 센시니 풍의 이야기로 드넓은 공간이 급격하게 관 하나의 크기로 축소되는 밀실 공포증 같은 단편이었다. 당선작이나 최우수작, 기타 수상작들보다 뛰어났음은 이루 말할 것도 없다.

도대체 무슨 이유로 알코이 시청에 센시니의 주소를 물었는지 모르겠다. 나는 이전에 센시니의 장편 한 권과 중남미 잡지에 실린 단편을 몇 편 읽은 적이 있다. 〈우가르테〉라는 제목의 장편으로 말하자면 저절로 독자들을 만들어 내는 종류의 소설이었다. 18세기 말 리오데라플라타 부왕령의 관리 후안 데 우가르테의 일생에서 몇 순간을 다룬 내용이었다. 스페인 비평가들을 필두로 한 일군의 비평가들은 식민지의 카프카 같은 작품이라고 치부하고 말았다. 그런데 야금야금 애독자들이 생겨나더니, 내가 알코이 시청이 출간한 단편집에서 센시니의 이름을 찾아냈을 즈음에는, 중남미와 스페인 구석구석마다 소수의 열혈 독자들이 퍼져 있을 정도였다. 대다수의 독자는 서로 친한 사이이거나 이유 없는 원수지간이었다. 물론 센시니는 아르헨티나 이제 사라지고 없는 스페인 출판사들에서 다른 책들도 출간했다. 그는 코르타사르,[2] 비오이 카사레

스,³ 사바토,⁴ 무히카 라이네스⁵에 뒤이어 1920년대에
태어난 과도기 세대에 속하는 작가이다. 이 세대를 대

  3 Adolfo Bioy Casares(1914~1999). 아르헨티나 소설가. 중남미 최초의 환상 소설로 평가받는 『모렐의 발명 La invención de Morel』(1940)과 간략하면서도 정교한 단편으로 유명하다.
  4 Ernesto Sabato(1911~). 아르헨티나 소설가. 주요 작품으로는 최초의 〈붐〉 소설로 평가되는 『터널 El túnel』(1948) 등이 있다.
  5 Manuel Mujica Láinez(1910~1984). 아르헨티나 소설가. 주요 작품으로는 『보마르소 Bomarzo』(1962) 등이 있다.
  6 Haroldo Conti(1925~1976). 아르헨티나 소설가이자 극작가. 1976년 5월 5일에 아르헨티나 군대 정부에 납치되었고 지금까지도 행방불명 상태이다. 주요 작품으로는 쿠바의 〈아메리카의 집 Casa de las Américas〉 문학상을 수상한 『마스카로, 아메리카의 사냥꾼 Mascaró el cazador americano』(1975)과 여러 권의 단편집이 있다.
  7 Jorge Rafael Videla Redondo(1925~). 아르헨티나 43대 대통령. 1975년 쿠데타 이후 1981년까지 군사 독재를 유지했다. 이 기간 동안 수많은 아르헨티나 작가, 언론인, 정치인들이 목숨을 잃거나 행방불명되었다.
  8 Roberto Arlt(1900~1942). 아르헨티나 작가. 러시아 소설의 영향을 받아 도시 하층민을 주인공으로 하는 『7인의 미치광이 Los siete locos』(1929) 등의 소설과 근대 도시의 단면을 인상주의적인 산문으로 그려 낸 『부에노스아이레스 에칭 Aguafuertes porteñas』을 썼다.
  9 Abelardo Castillo(1935~). 아르헨티나 작가. 3편의 연작 단편집 『또 다른 문들 Las otras puertas』(1961), 『잔인한 이야기들 Cuentos crueles』(1966), 『표범 떼와 사원 Las panteras y el templo』(1976)이 유명하다.
  10 Rodolfo Walsh(1927~1977). 아르헨티나 작가, 언론인. 1957년에 아람부루 군사 정권의 야당 지도자 암살을 다룬 책 『학살 작전 Operación Masacre』을 출간했다. 1976년에 군부에 납치되어 암살당했다.
  11 Daniel Moyano(1930~1992). 아르헨티나 소설가. 1976년에 군부에 체포되었다가 극적으로 풀려난 후 바로 배를 타고 스페인으로 망명했다. 수많은 단편집을 발표했지만 생전에 많은 인정을 받지 못했고 고국의 땅을 밟지 못한 채 스페인에서 사망했다.
  12 Manuel Puig(1932~1990). 아르헨티나 소설가. 〈붐〉 세대 이후를 대표하는 작가로 『거미 여인의 키스 El beso de la mujer araña』(1976) 등 대중문화의 영향을 받은 작품들을 출간했다.
  13 Osvaldo Soriano(1943~1997). 아르헨티나 소설가. 1976년 쿠데타 직후에 브뤼셀로 망명했고 1984년까지 파리에 체류했다. 1980년대 후반부터 『바로 그림자가 될 거야 Una sombra ya pronto serás』(1990) 등의 소설로 대중적인 인기를 누렸다.

표하는 가장 유명한 작가는 (적어도 그 당시에, 그리고 내 생각에) 아롤도 콘티[6]였다. 아롤도 콘티는 비델라[7]와 그의 추종자들이 군사 독재 시절에 만든 특별 수용소에서 행방불명됐다. 세대라는 표현을 쓰기에 무리가 있을지도 모르겠지만, 이 세대에서 살아남은 작가는 손꼽을 정도이다. 그렇지만 재능이 모자라거나 기발함이 부족한 까닭은 아니다. 로베르토 아를트[8]의 추종자들, 언론인들, 교수들과 번역가들은 어떤 면에서 앞으로 다가올 세대를 예견했던 것이다. 끝내는 그들을 하나둘씩 집어삼킨 우울하고 회의적인 관점을 통해서 말이다.

나는 그 세대의 작가들을 좋아했다. 소싯적에 아벨라르도 카스티요[9]의 희곡과 로돌포 왈쉬[10](콘티처럼 독재정권 때 암살당했다)와 다니엘 모아뇨[11]의 단편을 주섬주섬 조각 글로나마 읽어 본 기억이 있다. 아르헨티나, 멕시코, 쿠바의 문예지나 멕시코시티의 헌책방에서 발견한 책이나 부에노스아이레스 문학 선집 해적판 등에서였다. 그들은 이 시대 최고의 스페인어 문학인 부에노스아이레스 문학에서 한자리를 차지하는 작가들이었다. 보르헤스나 코르타사르 급은 아니었고, 곧바로 마누엘 푸익[12]과 오스발도 소리아노[13]에게 밀려난 것은 사실이다. 하지만 그들은 간결하고 지적이며 독사를 즐거운 공모자로 끌어들이는 작품들을 선보였다. 두말할 나위 없이 내가 가장 좋아하던 작가는 센시니였다. 그래서 지방문학공모전에서 그의 이름을 발견하고 연락을 해보고픈 마음이 생겨났던 것이다. 함께 이름이 실렸다는 이유 때문에 우쭐하면서도 씁쓸했지만 어떻게 지내시는지 안부를 묻고 애독자라는 사실을 털어놓고 싶었다.

어쨌든 알코이 시청은 곧장 센시니의 주소를 알려 주었다. 센시니는 마드리드에 살고 있었다. 어느 날 밤에 나는 센시니에게 장문의 편지를 썼다. 저녁이었는지 점심이었는지 간식이었는지 모르겠지만 아무튼 끼니를 때우고 나서였다. 나는 『우가르테』, 문예지에서 읽은 다른 단편, 나, 히로나 변두리의 집, 문학 공모전(당선작을 비웃었다), 칠레와 아르헨티나의 정치 상황(두 나라 공히 독재가 굳건한 상태였다), 로돌포 왈쉬(센시니와 더불어 가장 좋아하던 작가이다)의 단편, 스페인에서의 생활과 그냥 사람 사는 이야기들에 대해 늘어놓았다. 예상과는 달리 일주일도 채 지나지 않아 답장이 도착했다. 센시니는 편지를 보내 줘서 고맙다고 운을 떼더니 당선작과 수상작들을 훑어보지 못했다고 고백했다. 알코이 시청에서 보내 준 책은 받았지만 짬을 낼 수 없었다는 것이었다(그러나 나중에 넌지시 이 얘기를 다시 꺼냈을 때는 그럴 만한 〈기운〉이 없어서였다고). 하지만 얼마 전에 내 글을 읽어봤는데 〈일급 단편〉이자 수준 높은 글이라 생각한다며(나는 아직도 편지의 원본을 보관하고 있다) 계속해서 정진할 것을 당부했다. 그런데 내가 처음 이해했던 것처럼 글쓰

14 *gaucho*. 남미의 팜파스 지역에 거주하는 카우보이를 일컫는다. 19세기 아르헨티나에서는 이들의 삶을 다룬 문학 작품이 유행했다.

기에 정진하라는 뜻은 아니었다. 오히려 공모전에 정진하라는 뜻이었던 것이다. 게다가 자신도 그러겠노라고 다짐까지 하는 것이었다. 이어서 그는 〈수면 위로 떠오른〉 공모전이 없느냐고 물으며 혹시나 알게 되면 득달같이 기별해 달라고 부탁했다. 그리고 그에 대한 보답에서인지 공모전 공고 두 개를 동봉했다. 플라센시아와 에시하에서 주최하는 단편 공모전으로 상금은 각각 2만 5천 페세타와 3만 페세타였다. 나중에 확인한 바로는 마드리드 신문과 문예지(관점에 따라 이들의 존재 자체는 기적이나 범죄일 뿐이었다)에서 오려낸 정보였다. 두 군데 모두 아직 마감 기한이 남아 있는 상태였다. 센시니는 흥분한 듯한 어조로 편지를 끝맺었다. 마치 우리가 어떤 경주의 출발선상에 함께 서 있는 듯했다. 고되고 무의미한 데다 영영 끝나지 않을 달리기 말이다. 센시니는 〈마음을 굳게 먹고 일에 매진하게〉 하고 독려의 말을 남겼다.

참으로 이상한 편지라고 생각했던 것으로 기억난다. 『우가르테』의 일부분을 다시 읽었던 듯도 싶다. 그 무렵에 이동 서적상들이 히로나 영화관 앞 광장 주변에 가판대를 설치하고 책을 팔았다. 그들이 취급하는 물건들은 최근에 파산한 출판사들의 재고품, 제2차 세계대전 관련 서서, 연애 소설, 가우초[14] 소설, 엽서 모음집 등 대부분 팔리지 않는 책들이었다. 나는 가판대 한 곳에서 새 책과 다름없는 센시니의 단편집을 찾아 구입했다(실제로 새 책이었다. 즉, 도매상이나 서점에서 취급하려 들지 않는 골칫덩이라 행상들에게 거저로 넘길 수밖에 없는 종류의 책이었다). 한마디로 센시니 주간이라고 부를 만한 한 주였다. 나는 1백 번도 넘게 그의 편지를 다시 읽거나 『우가르테』를 되작거리며 시간을 보냈다. 참신한 발상과 흥미로운 줄거리가 당길 때면 그의 단편을 읽었다. 단편집에 실린 이야기들은 다양한 주제와 상황을 다루었지만, 대체로 시골이나 팜파스를 배경으로 하는 것으로, 예전에는 말 탄 사내들의 이야기라 부르던 것들이었다. 그러니까 무장을 한 채 사람을 사귀지 않고 고독하게 돌아다니는 불행한 남자들의 이야기였다. 『우가르테』가 엄격한 신경외과 의의 솜씨로 쓴 냉정한 작품이라면, 단편집의 이야기들은 황야를 떠도는 용감한 사나이들을 다룬 따뜻한 작품이었다. 소설 속의 아스라한 풍경들은 독자의 머릿속에서 쉽게 사라지지 않았다. 때로는 독자 자신이 그 풍경 속으로 사라지곤 했던 것이다.

나는 플라센시아에 응모하지 못했지만 에시하에는 작품을 보냈다. 알로이시우스 액커라는 가명을 써서 우편으로 복사본을 보내자마자, 팔짱 끼고 결과를 기다렸다가는 낭패하기 십상이라는 생각이 들었다. 그래서 다른 공모전을 찾아보고 내친김에 센시니의 부탁도 들어주리라 마음을 먹었다. 이어서 며칠 동안 히로나에 들를 때마다 이월 잡지를 뒤져 관련 정보를 긁어모았다. 어떤 경우에는 공모전 공고가 사회면 옆이나 사건 사고와 스포츠 기사 사이에 실려 있었다. 최악의 경우에는 부고와 일기 예보 중간에 끼어 있을 때도 있었다. 눈을 씻고 찾아봐도 문화면에 실린 경우는 없었다. 카탈루냐 자치 정부 기관지를 훑어보다 장학금, 교환학생, 구직, 대학원 소개 등의 정보란에서 관련 공고를 발견하기도 했다. 대개는 카탈루냐 사람이 카탈루냐어로 쓴 작품이라야 했지만 그렇지 않은 것들도 있었다. 나는 센시니와 내가 기한에 맞춰 응모할 수 있는 세 개의 공모전을 찾아내 편지로 알렸다.

편지를 보내기가 무섭게 어김없이 답장이 도착했다. 센시니의 편지는 간결했다. 그는 내가 던진 몇 가지 질문들에 답을 해주었다. 주로 최근에 구입한 그의 단편집에 관한 것이었다. 그리고 이번에는 자기편에서 세 개의 단편 공모전 공고를 복사해서 동봉했다. 특히, 그중 국영 열차가 후원하는 공모전에는 엄청난 상금이 걸려 있었다. 센시니의 말에 따르면 당선자는 로또에 당첨된 거나 마찬가지였다. 게다가 10명의 결선 진출자도 두당 5만 페세타를 손에 넣는 것이었다. 그는 내기만 하면 당선이니까 무조건 보내라고 일갈했다. 나는 써놓은 단편이 많지 않아서 한 번에 여섯 군데에 응모하기는 무리라고 답장을 보냈다. 그렇지만 공모전에 관한 것보다는 다른 내용들이 편지의 주를 이루었다. 저질로 펜이 가는 대로 손을 맡기다 보니 이것저것 두서없이 지껄였던 것이다. 나는 여행에 관한 얘기와 과거의 연애지사를 늘어놓고, 왈쉬, 콘티, 프란시스코 우론도[15] 등의 작가들을 다루다가, 분명히 그와 안면이 있을 후안 헬만[16]에 대해 물어보았다. 그러다 결국에는 내 인생을 간단히 시기별로 읊으며 편지를 갈무리했다. 나는 아르헨티나 사람들과 대화를 나눌 때면 제대로 끝맺음을 하지 못했다. 많은 칠레인들이 그러듯이 끄트머리에는 탱고와 미로에 얽혀 허우적대기가 일쑤였던 것이다.

센시니의 답장은 명확하고 상세했다. 적어도 창작과 공모전에 관해서는 말이다. A4 크기 종이의 양면에 줄 간격 없이 쓴 글에는 일종의 지방 문학상 응모 전략이 담겨 있었다. 경험에서 우러나온 이야기니까 새겨들으라는 것이었다. 그는 생계유지에 도움이 되는 수입원이라고 지방 문학상에 경배를 올리며 허두를 뗐다(진담인지 농담인지 분간할 수가 없었다). 그리고 지방 관청이나 은행 등 후원자들을 가리켜 〈문학을 믿는 선량한 사람들〉이나 〈약간의 의무감에 찬 순수한 독자들〉이라고 일컬었다. 하지만 그림자 같은 책들의 유일한 독자(어쩌면 읽지도 않았겠지만)일 〈선량한 사람들〉의 교양 수준에는 일말의 기대도 품지 않았다. 그는 되도록이면 많은 공모전에 참여하라고 충고했다. 그렇지만

---

15 Francisco Urondo(1930~1976). 아르헨티나 작가. 민간인 학살을 다룬 인터뷰 모음집 『총살당한 조국 *La patria fusilada*』(1973) 등을 발표하며 비판적 지식인으로 활동했다. 1976년 쿠데타 당시에 독재 정권에 저항하다 세상을 떠났다.

16 Juan Gelman(1930~). 아르헨티나 시인. 20세기 아르헨티나를 대표하는 시인 중 하나로 2007년에 세르반테스상을 수상했다. 1976년 쿠데타 때 아들을 비롯한 가족을 잃고 유럽으로 망명했다가 1988년에야 고국으로 돌아왔다.

미리 조심해야 할 부분도 있다고 덧붙였다. 예컨대, 하나의 단편으로 비슷한 시기에 수상작이 결정되는 세 개의 공모전에 응모하려면 각기 제목을 바꿔서 보내라는 것이었다. 그는 내가 읽어 보지 못한 자신의 단편 「새벽녘」을 예로 들어 설명했다. 센시니는 이 작품을 에멜무지로 여러 문학 공모전에 보냈다. 새로 나온 백신의 효능을 시험하는 기니피그처럼 말이다. 가장 많은 상금을 탔던 첫 번째 공모전에는 원제 그대로 보냈다. 이어서 두 번째는 「가우초들」, 세 번째는 「다른 팜파스에서」, 마지막에는 「후회 없이」라고 보냈던 터였다. 그는 두 번째와 네 번째 공모전에서 입상했고 상금으로 한 달 반의 임대료를 치렀다. 마드리드는 집값이 천정부지로 솟은 상태였다. 누구도 「가우초들」과 「후회 없이」가 제목만 다르지 똑같은 단편이라는 것을 눈치채지 못했다. 물론, 언제든 동일한 사람이 두 개 이상의 공모전에서 심사 위원을 맡게 될 위험이 도사리고 있었다. 스페인에서는 이전의 공모전을 통해 등단한 작가들이나 일련의 변변찮은 소설가나 시인들이 심사 위원이라는 기이한 직책을 악착같이 독점했다. 센시니는 문학판이 끔찍하고 우스꽝스러운 곳이라고 탄식했다. 그러더니 동일한 심사 위원이 걸리더라도 사실상 크게 문제될 것은 없다고 귀띔했다. 그자들은 대개 응모작을 읽지 않기가 일쑤이고, 대강 읽거나 반쯤 읽다 만다는 것이었다. 게다가 「가우초들」과 「후회 없이」가 서로 다른 작품일지 누가 알겠는가. 어쩌면 이 작품들의 독창성은 바로 제목에 있다고 볼 수도 있을 터였다. 그렇게 된다면 두 작품은 엇비슷하기는 해도, 아니 거의 똑같다고 해도, 엄연히 다른 작품인 셈이었다. 센시니는 자신의 이상은 다른 방식으로 사는 것이라고 강조하며 편지를 마무리했다. 이를테면 부에노스아이레스에 거주하며 글을 쓰면 얼마나 좋겠느냐는 것이었다. 그렇지만 현실은 현실이고 어쨌든 강냉이(아르헨티나에서는 옥수수를 강냉이라고 하는지 모르겠다. 칠레에서는 그렇게 부른다) 값은 벌어야 하니 지금은 이 방법밖에 없었다. 그는 여러 문학상에 응모하는 것이 마치 스페인 일주와 같다고 말했다. 그리고 편지의 끝 부분인가 추신에서 자신은 이제 예순이 가까운데 아직도 스물다섯 살배기로 느낀다고 덧붙였다. 처음에는 그 말이 너무 서글프게 느껴졌지만, 세 번째인가 네 번째로 다시 편지를 읽다 보니, 〈애송이 친구, 자네는 몇 살인가?〉 하는 식의 말로 들렸다. 나는 바로 이에 응수하는 답장을 보냈던 것으로 기억한다. 〈저는 스물여덟입니다. 당신보다 세 살 손위네요〉 하고 썼던 것이다. 그날 아침에 행복한 것까지는 아니어도 재차 힘이 솟는 듯한 기분을 느꼈다. 잃어버렸던 웃음이나 기억을 되찾은 것 같았다.

나는 센시니가 일러 준 대로 단편 공모전에 목숨을 걸지는 않았다. 하지만 그와 내가 최근에 찾아낸 몇 개의 공모전에는 작품을 보냈다. 당연히 한 군데에서도 수상은 하지 못했다. 센시니는 예의 재탕 전략을 사용했다. 본래 〈군도〉라는 제목이었던 단편을 에시하에는 〈두 개의 검〉이라는 제목으로, 돈 베니토에는 〈깊게 배인 상처〉라는 제목으로 보냈던 것이다. 그는 국영 철도가 후원하는 공모전에 입상했고 상금과 함께 국영 철도 1년 무료 이용권을 받았다.

시간이 흐르면서 나는 센시니에 대해 더 많은 것을 알게 되었다. 그는 부인과 미란다라는 열일곱 살짜리 딸과 함께 마드리드의 아파트에 살고 있었다. 첫 번째 결혼에서 얻은 아들은 중남미 어딘가를 떠도는 중이었다. 적어도 센시니는 그렇게 믿고 싶어 하는 눈치였다. 그레고리오라는 이름의 아들은 서른다섯 살 먹은 신문 기자였다. 센시니는 이따금씩 아들의 행방을 확인하기 위해 인권 단체나 유럽 연합의 관련 기관에 수소문했던 일을 말해 주었다. 그럴 때면 편지의 어조가 무거워지고 문장이 단조로워졌다. 마치 미로와도 같은 행정 절차를 묘사하면서 자기 자신의 유령을 푸닥거리하는 듯 했다. 한번은 그가 〈녀석이 다섯 살이 된 이후로 떨어져 살았지〉 하고 단마디를 던졌다. 별다른 설명을 덧붙이지 않았어도 다섯 살짜리 아이의 모습과 신문사 편집실에서 기사를 작성하는 센시니의 모습이 눈앞에 삼삼했다. 이제는 모두 다 돌이킬 수 없는 일처럼 보였다. 나는 그레고리오라는 이름에 의문을 품고 머리를 굴려 보았다. 그러다 그레고르 잠자에 대한 일종의 무의식적인 경의라는 결론에 도달했다. 센시니에게 그런 이야기를 꺼내지 않았음은 물론이다. 반면에 미란다를 화제에 올릴 때면, 센시니의 문장에는 활기가 돌았다. 미란다는 기세등등하고 호기심이 왕성한 젊은 여성이었다. 센시니의 말에 따르면 예쁘고 착하기까지 하다는 것이었다. 그는 미란다가 여자(당연한 말씀이다)라는 것과 자기 오빠가 겪었던 일들을 경험하지 않아도 되는 것만 빼면 큰아들과 판박이라고 말했다.

서신이 오갈수록 센시니의 편지가 조금씩 길어졌다. 그는 마드리드의 외진 동네에 위치한 방 두 칸짜리 아파트에 살고 있었다. 거실 겸 식당, 주방과 욕실이 딸려 있는 집이었다. 내가 더 넓은 집에 산다는 것을 알고 깜짝 놀랐다. 재차 생각해 보니 부당하다는 느낌도 들었다. 센시니는 〈사모님과 우리 공주님이 잠들고 나서〉 밤에 식탁에 앉아 글을 썼다. 그는 엄청난 끽연가였다. 수입은 이런저런 출판사 쪽 일(번역 교정이 아니었나 싶다)과 지방 문학상이라는 전쟁터에 내보낸 단편 병사들에게 의존했다. 이따금씩 인세가 수표로 입금되는 경우도 있었다. 하지만 인세 지급을 잊어버리거나 파산한 출판사가 대부분이었다. 계속해서 수익을 내는 책은 『우가르테』가 유일했다. 바르셀로나의 한 출판사가 그 책의 저작권을 보유한 상태였다. 나는 그가 가난하게 살고 있음을 한눈에 알아보았다. 지독한 가난은 아닐지라도 남부끄럽지 않은 중산층으로서 힘든 한때를 보내는 것만은 틀림없었다. 그의 부인(카르멜라 하이드만이라는 특이한 이름을 지닌 분이었다)은 이따금씩 출판사 쪽 일을 맡거나 영어와 프랑스어, 히

브리어 과외를 했다. 그렇지만 청소부 일에 뛰어들어야 할 때도 여러 번 있었다. 딸은 공부에만 전념했고 대학 입학을 목전에 두고 있었다. 한번은 내가 편지에서 미란다도 문학을 전공할 것인지 물어보았다. 센시니는 〈절대 그럴 일은 없을 거네. 우리 공주님은 의학을 전공할 거야〉 하고 답했다.

어느 날 밤에 나는 가족사진을 보내 달라고 편지를 썼다. 우체통에 편지를 넣자마자 내가 원하는 것이 무엇인지 깨달았다. 바로, 미란다의 얼굴을 보고 싶었던 것이다. 일주일 뒤에 사진이 한 장 도착했다. 틀림없이 레티로 공원에서 찍은 것 같았다. 노인과 중년 부인, 젊은 여성의 모습이 보였다. 젊은 여성은 키가 크고 늘씬한 데다 생머리에 가슴이 풍만했다. 노인은 행복하게 미소를 머금은 모습이었다. 중년 부인은 뭐라고 말을 하듯 딸 쪽으로 고개를 돌린 채였다. 미란다는 심각한 표정으로 사진사 쪽을 마주 보고 있었다. 마음을 뒤흔들고 불안하게 만드는 눈길이었다. 센시니는 다른 사진의 복사본을 한데 딸려 보냈다. 내 나이 또래의 남자를 찍은 사진이었다. 뚜렷한 이목구비에 이마가 훤하고 돌출한 광대뼈에 입술이 매우 얇은 남자였다. 키가 훤칠하고 건장한 것 같은 사내는 약간의 초조함이 섞인 표정으로 당당하게 사진기를 응시하고 있었다(스튜디오 사진이었다). 행방불명되기 전의 스물두 살 청년 그레고리오 센시니였다. 그 당시 나보다도 한참 어린 나이였지만, 성숙한 분위기 때문에 오히려 손위로 보였다.

나는 사진과 복사본을 책상 위에 오랫동안 놓아두었다. 한참 동안 뚫어지게 관찰할 때도 종종 있었다. 어떨 때는 침실에 가져가 잠들 때까지 바라보았다. 센시니는 내게도 사진을 보내 달라고 부탁했다. 최근에 찍은 사진이 없었던 까닭에 역에 있던 자동 촬영 박스를 활용하기로 마음먹었다. 그 당시 히로나 전체에서 유일한 자동 촬영 박스였다. 그렇지만 사진이 영 마음에 들지 않았다. 못생기고 깡마른 데다 머리가 지저분해 보였다. 그래서 나는 차일피일 미루며 사진을 보내지 않았다. 날이 갈수록 사진에 쏟아붓는 돈도 늘어만 갔다. 그러다 끝내는 아무렇게나 한 장을 골라 엽서와 함께 봉투에 넣어 보냈다. 한참 동안 답장이 오지 않았다. 그동안 나는 시를 썼던 것으로 기억한다. 길기만 길었지 허섭스레기 같은 시였다. 수많은 목소리들과 얼굴들이 나열된 내용이었다. 시 속의 서로 다른 얼굴들은 사실 한 사람의 얼굴, 미란다 센시니의 얼굴이다. 나는 마침내 그녀를 알아보고 이름을 부르며 〈미란나, 나야. 네 아버지의 편지 친구〉 하고 말한다. 그러자 그녀는 몸을 돌리더니 자신의 오빠, 그레고르 잠자의 두 눈을 찾아 달음질친다. 그레고르의 두 눈은 중남미의 공포라는 거뭇한 형체가 아른거리는 캄캄한 복도 끝에

17 아르헨티나 작가이자 만화가인 로베르토 폰타나로사Roberto Fontanarrosa(1944~2007)가 만들어 낸 만화 캐릭터로 말장난을 통한 유머로 인기를 끌었던 이노도로 페레이라Inodoro Pereyra를 일컫는 듯하다.

서 반짝인다.

센시니는 애정 어린 장문의 편지를 보내왔다. 그들 부부가 상상한 대로 내가 호감형의 얼굴이라고 말했다. 조금 야위기는 했어도 혈색이 좋다는 것이었다. 히로나 성당의 모습이 담긴 엽서도 마음에 들었다고 적었다. 조만간 직접 방문하고 싶다는 소망도 피력했다. 경제 사정과 집안 형편에 숨통이 트이면 말이다. 편지의 어투로 보아 우리 집에 들러서 며칠 묵겠다는 기세였다. 마드리드에 들를 생각이면 자기 집에 묵으라는 말도 넌지시 흘렸다. 센시니는 1970년대 초에 코노수르 지역에서 최고의 인기를 누리던 유명한 연재만화의 가우초[17]를 모방하며 〈궁색한 집이네만, 깔끔하지도 않네〉 하고 말했다. 최근에 무슨 글을 쓰고 있는지에 대해서는 별다른 언급이 없었다. 공모전은 아예 입에 올리지도 않았다.

처음에는 미란다에게 내 시를 보내 볼까도 싶었다. 그렇지만 수없이 주저하고 고민하다 끝내는 그만두기로 했다. 내가 미쳐 가고 있구나 하는 생각이 들었다. 까딱하면 센시니와의 서신 교환이 끝날 것이 자명했다. 그렇게 되더라도 딱히 할 말은 없을 것이었다. 그래서 나는 시를 보내지 않기로 결정했다. 한동안 나는 공모전 관련 정보를 열심히 긁어모았다. 한번은 센시니가 시계 밥이 다 되어 간다고 말한 적이 있었다. 나는 그의 말을 잘못 이해했다. 단편을 보낼 만한 공모전이 모자라다는 의미로 알았던 것이다.

나는 히로나에 놀러 오라고 센시니를 채근하며 부부가 마음껏 머물다 가시라고 말했다. 방을 쓸고 닦고 밀고 먼지를 턴다고 며칠 동안 부산까지 떨었다. 언제라도 그들 부부와 미란다가 들이닥칠지 모른다고 확신했던 까닭이다(전혀 근거 없는 확신이었다). 국영 열차 자유 이용권이 있으니 크게 부담될 일도 아니라고 따졌다. 사모님과 따님을 위해 표 두 장만 더 구입하면 되지 않느냐는 말이었다. 또, 카탈루냐에는 진기한 구경거리가 많다고 너스레까지 떨었다. 바르셀로나, 올로트, 코스타브라바 등에서 함께 즐거운 시간을 보낼 것이라고 장담했다. 센시니는 장문의 답장을 보내 초대해 줘서 고맙다고 치레하더니 당장은 마드리드를 떠날 수 없다고 털어놓았다. 이전에 보낸 편지들과는 달리 횡설수설하는 기색이 느껴졌다. 하지만 중간쯤부터 문학상을 화제에 올리면서(또 상을 받았던 듯싶다), 낙담하지 말고 계속 문을 두드릴 것을 독려했다. 이어서 그는 작가라는 직업과 글쟁이의 업보에 대해 설을 풀었다. 나더러 새겨 두라는 것이자 스스로 되새김하기 위한 말인 것 같았다. 앞에서도 말했듯 나머지 부분은 무슨 말인지 알아보기 힘들었다. 나는 편지를 덮고 나서 가족 중의 누군가가 아픈 모양이라고 짐작했다.

두 달인가 세 달 뒤에 그레고리오로 추정되는 시신을 비밀 묘지에서 발견했다는 소식이 날아왔다. 센시니는 감정 표현을 최대한 억제한 채 몇 날 몇 시에 인권 단체 소속의 법의학자들이 50명이 넘는 젊은이들의 시신으로 가득한 묘혈을 찾아냈다고 말했다. 처음으로 편지를 쓰는 일이 내키지 않았다. 전화를 걸었더라면 좋았을 것이다. 하지만 그는 집에 전화를 놓지 않았던 것으로 기억한다. 전화가 있었다 해도 내 쪽에서 번호를 몰랐다. 나는 유감스러운 일이라며 짤막하게 답장을 보냈지만 그레고리오의 시신이 아닐지도 모른다고 주제넘게 군말을 덧붙였다.

바야흐로 여름이 다가왔다. 나는 해변의 호텔에서 일하게 되었다. 그해 여름에 마드리드에는 갖가지 강연과 강좌와 문화 행사가 넘쳐 났다. 그러나 센시니는 어디에도 모습을 드러내지 않았다. 혹여나 어딘가 발걸음을 했을지도 모르지만, 내가 구독하던 신문에는 별다른 언급이 없었다.

8월 말께 나는 엽서를 부쳤다. 성수기가 지나면 한번 찾아갈지도 모른다고 적었다. 그 외에 별다른 말은 적지 않았다. 9월 중순에 히로나로 돌아왔더니 문 밑에 한 움큼의 편지가 쌓여 있었다. 나는 그중에서 8월 7일자 소인이 찍힌 센시니의 편지를 찾아냈다. 작별을 고하는 내용이었다. 그는 아르헨티나로 돌아간다고 말했다. 민주주의가 들어서서 이제 해코지할 사람도 없을 테니 더는 타지에서 미적거릴 이유가 없다는 것이었다. 더욱이 그레고리오의 행적을 제대로 확인하려면 귀국하는 도리밖에 없었다. 그는 부인은 당연히 함께 가지만, 딸아이는 스페인에 남는다고 알려 주었다. 나는 내가 알고 있던 유일한 주소로 급하게 편지를 보냈지만 답장은 오지 않았다.

시간이 지날수록 센시니가 영영 귀국해 버렸다는 심증이 굳어져 갔다. 그곳에서 내게 편지를 부치지 않는 것으로 미루어 서신 교환도 끝났구나 싶었다. 나는 오랫동안 센시니의 편지를 기다렸다. 아니, 지금 생각해 보니 그랬던 것 같다. 물론, 학수고대하던 편지는 소식이 없었다. 눈코 뜰 새 없이 바쁜 모양이라고 위안을 삼았다. 부에노스아이레스에서의 삶은 숨을 들이쉬고 눈꺼풀을 깜빡하기에도 시간이 모자랄 것이었다. 나는 마드리드의 주소로 다시 편지를 보냈다. 미란다에게 전해지기를 바라는 마음에서였다. 그러나 한 달 후에 〈수취인 불명〉이라는 직인이 찍혀 편지가 반송되었다. 그래서 나는 마음을 접고 시간을 약 삼아 센시니를 머릿속에서 지워 갔다. 하지만 가물에 콩 나듯 어쩌다 바르셀로나에 들를 때면, 이따금씩 오후 내내 헌책방들에 처박혀 센시니의 책을 찾아보았다. 이름만 들어 봤을 뿐이지 절대 손에 잡지 않을 책들 말이다. 헌책방들에서 찾아낸 책은 고작 『우가르테』의 이전 판본과 바르셀로나에서 출간된 단편집이 전부였다. 단편집을 펴낸 출판사는 지금 정지 상태였다. 마치 센시니와 나더러 들으라고 보내는 전언 같았다.

일 년인가 이 년이 지나서 그가 사망한 사실을 알게 되었다. 어느 신문에서 부고를 접했는지 모르겠다. 어쩌면 부고를 읽었던 게 아니라 누군가에게 들었던 것 같기도 하다. 그렇지만 그 무렵에 센시니를 아는 사람과 대화를 나눈 기억은 없다. 그러니 아마도 어딘가에서 부고를 접했던 쪽이 맞는 듯하다. 부고의 내용은 간략했다. 〈수년간 스페인에서 망명 생활을 하던 아르헨티나 작가 루이스 안토니오 센시니 부에노스아이레스에서 영면〉. 기사의 끝 부분에 『우가르테』가 잠깐 언급됐던 것도 같다. 이상하게도 그저 기분이 덤덤했다. 이상하게도 그의 죽음이 당연하게 느껴졌다. 그는 부에노스아이레스에 돌아가서 죽을 수밖에 없었던 것이다.

그러고 얼마 뒤의 일이다. 왜인지 이유를 늘어놓고 싶지 않지만 여태까지 태우지 않은 채 보관하고 있는 마분지 상자에 센시니, 카르멜라, 미란다의 가족사진과 그레고리오를 찍은 사진의 복사본이 다른 소소한 기념품들과 더불어 고이 잠자고 있을 때였다. 누군가 문을 두드리는 소리가 들렸다. 아마 자정 무렵이었을 것이다. 나는 깨어 있는 상태였는데도 혼비백산하며 놀랐다. 히로나에서 안면이 있는 사람은 손꼽을 정도였고, 특별한 일이 아닌 이상 집을 찾아오는 경우도 드물었던 까닭이다. 문을 열어 보니 품이 남아도는 검은 외투를 걸친 긴 머리의 젊은 여성이 눈에 들어왔다. 바로, 미란다 센시니였다. 그녀의 아버지에게서 사진을 받은 지 수년이 지난 터라 세월의 흔적은 속일 수 없었지만 밀이다. 옆에는 키가 훤칠하고 장발에 매부리코인 백인 남자가 서 있었다. 그녀는 설핏 미소를 머금으며 자기가 미란다 센시니라고 밝혔다. 나는 이미 알고 있다고 대꾸하며 그들을 집으로 들였다. 그들은 이탈리아로 여행하는 중이었고, 아드리아 해를 횡단해 그리스까지 갈 계획이었다. 경비가 모자란 까닭에 히치하이크로 이동한다는 것이었다. 그날 밤 그들은 우리 집에서 하룻밤을 묵었다. 나는 그들에게 간단히 저녁을 대접했다. 남자의 이름은 세바스티안 코엔이었다. 역시나 아르헨티나 태생으로 어릴 적부터 마드리드에 살았다고 했다. 미란다가 집을 둘러보는 동안 남자가 식사 준비를 거들었다. 그가 미란다와 오래전부터 아는 사이냐고 물었다. 나는 방금 전까지만 해도 사진으로만 아는 사이였다고 답했다.

나는 저녁을 먹고 나서 그들에게 내줄 방을 정돈했다. 그리고 언제든 잠자리에 들라고 일러두었다. 나도 방에 들어가 잠을 청할 생각이었다. 하지만 쉽게 잠들지 못할 것이 틀림없었다. 그래서 이쯤이면 그들이 잠들었겠다 싶었을 때 1층으로 내려가 텔레비전을 켰다. 나는 소리를 최대로 줄여 놓고 센시니의 모습을 머릿속에 그려 보았다.

삼시 뒤에 계단을 내려오는 발소리가 들려왔다. 미란다였다. 잠이 안 오는 모양이었다. 그녀는 옆에 앉더니 담배가 있냐고 물었다. 처음에는 그녀의 여행과 여행 중에 찾아갈 이탈리아의 도시들과 히로나(그들은 하루 종일 히로나에 머물렀다. 어쩌다 그리 늦은 시각에 나를 찾아왔냐고 묻지는 않았다)에 대해 이야기를 나누었다. 그러다 그녀의 아버지와 오빠로 화제가 옮겨 갔다. 미란다가 전해 준 말에 따르면, 센시니는 아들의 죽음을 도저히 납득하지 못했던 것 같다. 아들을 찾겠다는 일념으로 고국으로 돌아간 것이었다. 다른 사람들은 모두 아들이 죽었다고 하는데도 말이다. 나는 미란다에게 〈어머님도 오빠가 죽었다고 생각하셨나요?〉 하고 물었다. 미란다는 〈네, 우리는 그렇게 생각했어요. 아버지만 막무가내셨죠〉 하고 답했다. 내가 〈아르헨티나에서는 어떻게 지내셨나요?〉 하고 묻자, 미란다는 〈마드리드에서와 다를 바 없었어요. 어디에서나 매한가지였겠죠〉 하고 답했다. 〈아르헨티나에서는 환영받지 않으셨나요?〉 〈여기에서도 환영받기는 마찬가지였어요.〉 나는 주방에서 코냑을 병째로 꺼내 와 그녀에게 한 잔 따라 주었다. 미란다는 내게 우느냐고 물었다. 내가 그쪽을 바라보자 그녀는 시선을 피했다. 〈글 쓰는 중이었어요?〉 〈아니요, 텔레비전을 보고 있었어요.〉 〈아니요, 세바스티안과 제가 찾아왔을 때요.〉 〈네, 그랬죠.〉 〈소설이요?〉 〈아니요, 시요.〉 〈아, 그렇구나.〉 우리는 텔레비전의 흑백 화면을 바라보며 한동안 말없이 술을 홀짝거렸다. 〈하나만 물어볼게요. 왜 아버님께서는 오빠분의 이름을 그레고리오라고 지으셨죠?〉 〈물론 카프카 때문이죠.〉 〈그레고르 잠자 말씀이죠?〉 〈당연하죠.〉 〈그럴 줄 알았어요.〉 잠시 후에 미란다는 센시니가 죽기 전까지 부에노스아이레스에서 겪은 일들을 얼개로 잡아 말해 주었다.

센시니는 여남은 명의 아르헨티나 의사들이 극구 만류했는데도 병에 걸린 상태로 마드리드를 떠났다. 그들은 센시니를 무료로 진찰해 주고 여러 번 의료 보험 지정 병원에 입원까지 시켜 주었던 터였다. 부에노스아이레스와의 재회는 만감이 교차하는 것이었다. 그는 첫 주부터 아들의 행방을 확인하려고 분주히 돌아다녔다. 대학에 복직이 되기를 소망했지만 이내 막다른 벽에 막혔다. 행정 절차가 복잡했던 데다 시기와 앙금이 남아 있었던 까닭이다. 그래서 어쩔 도리 없이 몇몇 출판사들로부터 번역을 맡았다. 반면에 카르멜라는 교사 자리를 구했다. 죽기 전까지 한동안은 그녀의 수입에 생활을 의존했다. 센시니는 일주일에 한 번씩 미란다에게 편지를 보냈다. 미란다는 아버지가 살날이 얼마 남지 않았다는 것을 알고 계셨다고 말했다. 어떨 때는 단번에 남아 있던 기력을 죄다 쏟아 내 죽음과 대면하고 싶어서 안달이 난 모습이었다. 그레고리오와 관련해서 결정적인 소식은 없었다. 어떤 법의학자들은 비밀 묘지에서 파낸 뼈 무더기 틈에 그의 시신이 있다고 주장했다. 그러나 정확한 판정을 위해서는 DNA 검사가 필요하다는 것이었다. 정부는 검사를 실시할 마땅한 자금이나 의지가 없는 것 같았다. 그래서 검사 일자가 차일피일 미뤄지는 형편이었다. 센시니는 어떤 젊은 여자를 찾으려고 백방으로 수소문했다. 고요[18]가 은신하던 도중에 사귀었던 애인으로 짐작되는 여자였다. 하지만 끝내 여자는 나타나지 않았다. 곧이어 건강이 악화되는 바람에 그는 병원에 입원해야 했다. 〈이후

18 그레고리오의 애칭.

로는 펜을 들지 않으셨죠.〉 미란다가 말했다. 〈아버지는 어떤 경우든 매일 글 쓰는 일을 철칙으로 여기셨어요.〉 〈맞아요.〉 내가 말했다. 〈그런 분이셨을 거예요.〉 이어서 나는 그가 부에노스아이레스에서 공모전에 참가했는지 물어보았다. 미란다는 나를 바라보더니 방긋 미소를 머금었다. 〈물론이죠. 당신이 아버지와 함께 공모전에 응모하던 분이군요. 공모전을 통해 당신을 아시게 된 거였어요.〉 나는 그녀가 아버지의 주소록을 손에 넣었다는 단순한 이유로 내 주소를 알게 되었음을 깨달았다. 그런데 미란다는 이때까지도 내가 누구인지 알아보지 못했던 것이었다. 〈그래요, 제가 그 공모전 사나이예요.〉 미란다는 코냑을 더 들이켜더니 말을 이었다. 〈아버지는 일 년 내내 숱하게 당신의 이름을 입에 올리셨어요.〉 그녀가 나를 보는 시선이 달라졌다는 게 느껴졌다. 〈제가 너무 귀찮게 굴었을 테지요.〉 〈무슨 말씀이세요. 귀찮게 굴었다니요. 아버지는 당신의 편지를 정말 좋아하셨어요. 어머니와 저에게 항상 읽어 주셨죠.〉 〈지루하지나 않았으면 다행이죠.〉 나는 짐짓 자신 없이 말을 흘렸다. 〈엄청나게 재미있었어요.〉 미란다가 말했다. 〈심지어 어머니는 두 분께 별명까지 붙여 주셨어요.〉 〈무슨 별명이요? 누구한테요?〉 〈아버지와 당신께 말이에요. 총잡이 콤비 또는 현상금 사냥꾼이었던 것 같아요. 인간 사냥꾼이었던 듯도 하네요.〉 〈쉽게 짐작이 가는 이름이네요. 하지만 당신 아버님이야말로 진정한 현상금 사냥꾼이셨죠. 저는 그저 몇 가지 정보를 일러 드렸을 뿐이에요.〉〈그렇죠. 아버지는 전문가셨죠.〉 미란다는 갑자기 심각한 표정을 지었다. 〈아버지는 상을 몇 개나 받으셨나요?〉 내가 물었다. 〈15개쯤 될 거예요.〉 그녀가 멍하니 대답했다. 〈당신은요?〉 〈저는 지금까지 알코이에서 받은 것 딱 하나예요. 그때 아버지와 처음 알게 되었죠.〉 〈참, 혹시 알고 계세요? 보르헤스가 아버지께 마드리드로 편지를 보낸 적이 있어요. 아버지의 단편 하나를 칭찬하는 내용이었죠.〉 미란다가 손에 든 술잔을 바라보며 말했다. 나는 〈아니요, 몰랐어요〉 하고 답했다. 미란다는 〈코르타사르도 아버지에 관한 촌평을 남겼죠. 무히카 라이네스도요〉 하고 말을 이었다. 나는 〈그분은 훌륭한 작가였으니까요〉 하고 대꾸했다. 그런데 미란다는 갑자기 〈제기랄〉 하고 욕을 내뱉더니 자리에서 일어나 마당으로 나갔다. 내게서 무슨 언짢은 말이라도 들은 것 같았다. 나는 몇 초간 가만히 있다가 술병을 들고 그녀를 따라나섰다. 미란다는 나무 울타리에 기댄 채 히로나의 불빛들을 바라보고 있었다. 〈여기에서 보니 전망이 좋군요.〉 그녀가 말했다. 나는 그녀의 술잔을 채우고, 내 것에도 술을 가득 따랐다. 우리는 달빛을 받아 은은하게 빛나는 도시를 잠시 바라보았다. 그러다 어느 순간에 이제 마음이 차분해졌음을 느꼈다. 알 수 없는 조화 덕택에 동시에 마음이 편해졌던 것이다. 눈치채지 못하게 조금씩 변화가 일어날 것이 틀림없었다. 마치 세계가 정말 움직이기라도 하듯이 말이다. 나는 그녀에게 나이를 물어보았다. 〈스물둘이에요.〉〈그럼 저는 서른이 넘었겠군요.〉 심지어 내 목소리마저 낯설게 느껴졌다.

이 단편은 쿳사 재단이 후원하는 산세바스티안 단편 문학상을 수상한 작품이다.

앙리 시몽 르프랭스

제2차 세계 대전 직전부터 직후에 걸쳐 일어난 이 이야기의 주인공은 르프랭스라는 이름(실제로 그는 왕자[1]와는 전혀 딴판인 사람이지만 — 몰락한 중산층 출신, 변변찮은 재산, 그럭저럭한 학력, 고만고만한 친구들 —, 이상하게도 제법 잘 어울리는 이름이다)의 작가이다.

당연히 르프랭스는 실패한 작가이다. 한마디로 파리의 저속한 신문에 글을 기고하고 지방 잡지에 시(변변찮은 시인들은 변변찮다고 평가하고 뛰어난 시인들은 아예 읽지도 않는 시)나 단편을 발표하며 근근이 생계를 이어 가는 작가라는 말씀이다. 르프랭스의 입장에서는 도무지 영문을 알 수 없는 일이지만, 출판사들(혹은 출판 검토 담당자들, 그 꼴같잖은 노예들)은 그를 끔찍이도 싫어하는 것만 같다. 원고를 보낼 때마다 퇴짜를 맞기가 일쑤이기 때문이다. 르프랭스는 미혼의 중년 남성이자 실패에 이골이 난 사람으로 자기 나름

---

[1] 프랑스어로 〈르 프랭스 le prince〉는 〈왕자〉라는 뜻이다.

으로 금욕적인 생활을 실천하는 작가이다. 그는 어디 한번 싸워 보자는 식으로 으스대며 스탕달의 작품을 읽고, 진심으로 증오하는(또는 질투하는) 몇몇 초현실주의자들의 작품도 읽는다. 또, 마음에 위안이 되는 알퐁스 도데의 글과 (아버지를 공경하는 마음에서) 산문가로서는 나쁘지 않지만 전체적으로 형편없는 레옹 도데의 글도 읽는다.

1940년에 프랑스는 독일에 항복한다. 그러자 이전에 수없이 번성하던 학파로 흩어져 있던 작가들은 잠시 동안 저항이냐 협조냐를 놓고 목숨을 건 채 대립하던 두 개의 집단 아래 집결한다. 저항을 선택한 작가들은 다시 능동적 저항이라는 소수파와 수동적 저항이라는 다수파와 더불어 단순한 동조자, 태만에 의한 저항, 자살, 위반, 페어플레이, 품위를 위한 저항이라는 수많은 부류로 나뉘게 된다. 마찬가지로 협조를 선택한 작가들은 7대 죄악이라는 중력장에 따라 수많은 하위 집단으로 나뉘게 된다. 많은 작가들이 정치적 역전의 그림자를 등에 업고 문학적 역전의 순간이 도래했다고 믿는다. 협조자들은 몇몇 출판사와 잡지, 신문을 쥐락펴락하기 시작한다. 한눈에 보기에도 혹은 스스로 생각해도 무인 지대에 놓여 있던 르프랭스는 곧바로 자신의 영토(조국)가 어디인지 깨닫는다. 그가 발을 디뎌야 할 곳은 엉터리 작가들과 원한에 사무친 작가들, 곧 삼류 작가들의 땅인 것이다.

얼마 뒤에 협조자들은 르프랭스를 회유하려고 시도

한다. 지당하게도 그를 자신들의 동류로 여기는 것이다. 그들의 입장에서는 분명 우정의 표시일 뿐 아니라 한껏 선심을 쓰는 셈이다. 신문사의 신임 편집장이 르프랭스를 호출한다. 그는 새로운 유럽의 정치적 경향에 발맞춰 신문사의 정책이 바뀌었다고 설명하며, 승진을 시켜 주고 월급을 올려 주고 사회적 위신을 높여 주겠다고 제안한다. 엄청난 특혜는 아니지만 이제껏 르프랭스가 누려 보지 못한 것들이다.

그날 아침에 르프랭스는 마침내 몇 가지 사실을 깨닫는다. 이제까지 그는 문학이라는 피라미드에서 자신이 그토록 밑바닥 신세라는 것을 알지 못했다. 이제까지 그는 자기가 그렇게 중요한 사람이라고 느껴 보지 못했다. 그는 하룻밤 동안 흥분 상태로 장고를 거듭하다 끝내는 편집장의 제안을 거절하고야 만다.

이어지는 나날들은 시험의 연속이다. 르프랭스는 아무 일 없었다는 듯 직장을 다니며 이전처럼 살아 보려고 노력한다. 하지만 그것이 불가능하다는 것을 알고 있다. 그는 글을 써보려고 노력한다. 하지만 전혀 글이 나오지를 않는다. 그는 가장 좋아하는 작가들의 글을 다시 읽어 보려고 노력한다. 하지만 책이 온통 백지가 된 것만 같고, 군데군데 숨어 있던 수수께끼 같은 기호들이 문장마다 지뢰처럼 터지는 것만 같다. 그는 책을 읽으려고 노력한다. 하지만 집중이 되지 않고, 딱히 배

---

2 제2차 세계 대전 기간에 나치 점령 지역에서 청취하던 영국의 BBC 월드 방송을 일컫는다.

우는 바도 없고, 독서가 즐겁지도 않다. 그는 악몽을 꾸고, 때때로 자기도 모르게 혼잣말을 중얼거린다. 그는 틈날 때마다 손바닥 보듯 훤히 아는 동네들을 오랫동안 산책하는데, 놀랍게도 동네들의 모습은 독일의 점령과 온갖 변화에도 아랑곳없이 예전과 그대로이다. 얼마 후 그는 사태에 순응하지 않는 사람들과 접촉하게 된다. 그들은 런던의 라디오 방송[2]을 들으며 투쟁이 불가피하다고 믿는 사람들이다.

처음에 르프랭스는 레지스탕스에 소극적으로만 가담한다. 레지스탕스가 배태되는 여러 장소에서 그의 존재감은 미미할 뿐이다. 신중하고 차분한 사람(물론 그가 차분한 사람인가에 대해서는 의견이 분분하다)이기 때문에 특별히 눈에 띄지 않는 것이다. 하지만 중책을 짊어진 사람들(이 중에 작가 모임에 속하는 사람은 한 명도 없다)은 곧장 그를 주목하고 신임하기에 이른다. 아마도 위험을 무릅쓸 만한 사람이 거의 없기 때문에 그를 신임하게 되는 것일 테다. 어쨌든 르프랭스는 레지스탕스 활동을 시작한다. 그리고 얼마 지나지 않아 부지런하고 냉철한 태도 덕분에 갈수록 까다로워지는 임무들(사실은 단순한 운반이나 소규모 테러였을 뿐이다. 글쟁이들을 제외한 사람들에게는 별거 아닌 일이었다)의 적임자로 인정받는다.

글쟁이들은 당연히 르프랭스를 경이로운 수수께끼로 여기게 된다. 프랑스가 항복하기 이전에 나름대로 명성을 누리던 작가들은 생전 르프랭스라는 사람을 모르고 지냈다. 그런데 이제는 어디에 가나 번번이 그와 마주치는 것이다. 설상가상으로 은신과 도피를 위해서는 그의 힘을 빌려야 한다. 르프랭스는 마치 연옥에서 뛰쳐나온 사람처럼 느닷없이 나타나 그들을 돕고, 자기가 가진 모든 것(얼마 되지 않지만)을 그들에게 내놓는다. 그는 부지런히 뛰어다니고 모든 일에 협조적이다. 작가들은 그와 이야기를 나눈다. 그들의 대화는 어두운 방이나 복도에서 이루어지고 절대 벽 너머로 새어 나가지 않는다. 어떤 작가는 르프랭스에게 단편과 운문과 수필 따위를 열심히 써보라고 제안한다. 르프랭스는 1933년 이후로 줄곧 그렇게 해오고 있다고 대답한다. 작가들은 르프랭스가 어디에 글을 발표했는지 알고 싶어 한다(기나긴 기다림의 밤은 불안한 법이다. 그래서 어떤 이들은 말이 많아지는 것이다). 르프랭스는 이름만 들어도 구토와 슬픔을 유발하는 허접스런 잡지와 신문의 이름을 댄다. 작가들과의 만남은 동틀 때가 되어서야 끝나기 마련이다. 그때가 되면 르프랭스는 작가들을 안전한 집에 데려다 준다. 악수나 짧은 포옹이 오간 뒤에 감사의 말이 이어진다. 작가들은 진심으로 감사의 말을 건넨다. 그러나 르프랭스와 헤어진 뒤에는 그를 떨쳐 버리려고 노력한다. 그저 악몽을 꾸었다고 생각하며 잊어버리려고 애쓰는 것이다.

르프랭스는 사람들에게 도저히 이해할 수도 없고 정의할 수도 없는 거부감을 자아낸다. 사람들은 그가 힘이 되어 준다는 사실을 알고 있지만, 마음속으로는 그를 한사코 인정하지 않는다. 아마도 그가 여러 해 동안 허섭스레기 같은 출판물들의 연옥에 갇혀 있었다는 사실을 민감하게 의식해서일 것이다. 그 지독한 연옥을 버텨 내고 살아남은 사람이나 동물은 없기 때문이다. 악착같은 사람이나 영리한 사람이나 짐승 같은 사람이 아니라면 말이다.

물론 르프랭스는 그중 어디에도 해당되지 않는 사람이다. 그는 파시스트가 아니고 당원도 아니고 문인협회 회원도 아니다. 아마 작가들은 르프랭스를 일종의 거꾸로 된 벼락출세자나 기회주의자로 생각할 테다(오히려 그들에게 악다구니를 퍼부으며 밀고하거나 경찰과 더불어 그들을 심문하고 협조자들에게 철저히 복종하는 편이 정상이다). 기자 겸 작가인 사람들의 경우에 흔히 있는 일이지만, 그는 갑자기 머리가 돌아 정의의 편에 붙어 버린 것이다. 자기도 모르는 사이에 전염병을 옮기는 박테리아처럼.

화려한 만연체를 자랑하는 랑그도크 출신의 소설가 D 씨를 예로 들어 보자. 그는 일기에다가 별다른 설명 없이 르프랭스를 중국 그림자극 같은 사람이라고 묘사했다. 한두 명을 제외하면 나머지 사람들은 그를 언급조차 하지 않는다. 그의 됨됨이를 조명하는 글은 거의 없고, 작품을 평가하는 글은 아예 없다. 어느 누구도 자신들의 목숨을 구해 준 작가가 무슨 글을 썼는지 굳이 알아보려 하지 않은 것이다.

르프랭스는 아랑곳없이 계속해서 신문사에서 일하

며(신문사 측에서는 점점 그를 의심의 눈초리로 바라본다) 꾸역꾸역 시를 습작한다. 매일 위험을 감수하다 보니 최소한의 자존심을 유지하기마저 힘겨울 정도이다. 그는 종종 무모하다 싶을 정도로 배짱을 발휘한다. 어느 날 밤, 르프랭스는 게슈타포에게 쫓기는 초현실주의 시인을 숨겨 준다. 독일의 수용소에서 삶을 마감하게 될(르프랭스의 탓은 아니다) 이 시인은 고맙다는 말 한마디 없이 떠난다. 그에게 르프랭스는 고된 직업에 함께 종사하는 동료나 동업자(끔찍한 단어이다)가 아니라 불행을 나누는 일시적인 동지일 뿐이므로 굳이 감사를 표시할 필요까지는 없는 것이다. 어느 주말에 르프랭스는 스페인 국경 마을까지 평론가 한 명을 호위한다. 평론가는 과거에 르프랭스의 책 한 권을 신랄하게 비판한 적이 있었는데(아마도 합당한 비판이었으리라), 이 중차대한 순간에는 작품의 제목조차 기억하지 못한다. 그만큼 르프랭스의 작품과 사회적 위상은 하찮은 그림자와 같은 것이다.

이따금씩 르프랭스는 사람들이 자신을 거부하는 이유를 골똘히 생각해 본다. 얼굴이나 행동이 문제인지 학력이나 독서가 딸리는 탓인지 말이다. 르프랭스는 신문사 일과 비밀 임무를 병행하며 틈날 때마다 창작에 몰두한다. 세 달 동안의 작업 끝에 나온 결과물은 6백 행이 넘는 장시로 삼류 시인들의 순교와 비밀을 다룬 내용이다. 르프랭스는 시를 완성한 뒤에(각고의 노력과 고통이 수반된 과정이었다) 온몸을 전율하며 깨닫는다. 그는 이제 삼류 시인이 아닌 것이다. 다른 작가라면 그러한 판단이 옳은지 더 확인하려 하기 마련이다. 하지만 르프랭스는 자기가 어디까지 갈 수 있는지 별로 관심이 없다. 그는 시를 태워 버린다.

1943년 4월에 르프랭스는 실직자 신세가 된다. 이어지는 몇 달 동안 그는 경찰과 밀고자들과 가난을 요리조리 피해 다닌다. 그러던 어느 날 밤, 그는 우연의 주사위에 이끌려 어떤 젊은 여성 소설가의 집에 은신한다. 르프랭스는 잔뜩 겁에 질린 상태이고, 여성 작가는 불면증에 걸린 상태이다. 그래서 둘은 오랫동안 대화를 나눈다.

마음속에 꼭꼭 감추어져 있던 무의식이 깨어난 것일까. 그날 밤 르프랭스는 자신의 좌절과 꿈과 포부를 모두 솔직하게 털어놓는다. 프랑스 여성이라서 가능한 일이겠지만 문학 모임에 자주 얼굴을 비치는 이 젊은 여성 작가는 르프랭스가 누구인지 알아본다. 아니, 그가 누구인지 알 것 같다고 생각한다. 최근 몇 달 동안 그를 수백 번도 넘게 보았던 것이다. 그는 언제나 요주의 인물로 찍힌 유명한 작가의 뒤에 그림자처럼 붙어있거나, 레지스탕스로 활동하는 극작가가 사는 집의 대기실에서 기다렸다. 심부름꾼이나 조수, 시중꾼의 역할을 담당하며 말이다. 〈제가 모르던 사람은 당신 하나뿐이었어요.〉 젊은 여성 작가가 말한다. 〈그런 곳에서 대체 무슨 일을 하고 있는지 궁금했죠. 당신은 항상 말없이 분부만 내려 주십사 기다리는 투명 인간 같았어요.〉

르프랭스는 젊은 여성 작가의 솔직한 태도가 마음에 들어서 속내를 훌훌 털어놓는다. 여성 작가는 르프랭스가 자신의 작품을 언급하는 것을 들으며 깜짝 놀란다. 대화의 주제는 자연스럽게 르프랭스가 작가로서 차지하는 주변적인 위치로 귀결된다. 몇 시간째 이야기를 나눈 뒤에 여성 작가는 문제의 핵심과 해결 방법을 찾아냈다고 생각한다. 그녀는 대놓고 이렇게 이야기한다. 〈당신의 얼굴이며 말하는 방식과 눈길에 많은 사람들의 거부감을 자아내는 무언가가 있어요.〉 해결책은 명약관화하다. 〈당신은 모습을 감추고 수수께끼 같은 작가가 되어야 해요. 작품에 당신의 얼굴이 배어 나오지 않게 하려면요.〉 여성 작가가 제시한 해결책은 지극히 단순하고 유치해서 정답일 수밖에 없는 것 같다. 르프랭스는 감탄하며 경청한 뒤에 고개를 끄덕인다. 그는 자신이 그녀의 충고를 따르지 않으리라는 것을 안다. 그렇지만 처음으로 누군가가 자신의 이야기를 들어주고 이해했다는 것을 깨닫는다. 약간 기분이 상하고 놀라긴 했지만 말이다.

이튿날 아침에 레지스탕스 차량이 르프랭스를 태워 간다. 헤어지기 전에 젊은 여성 작가는 르프랭스의 손을 꼭 잡은 채 행운을 빈다고 말한다. 그리고 르프랭스의 입에다 뽀뽀를 하더니 울음을 터뜨린다. 르프랭스는 무슨 영문인지 짐작하지 못한다. 당황한 나머지 그저 고맙다고 더듬대며 발길을 옮긴다. 여성 작가는 창문 밑에서 르프랭스를 지켜본다. 르프랭스는 뒤를 돌아보지 않고 자동차 안으로 들어간다. 여자는 남은 오전 시간 내내 르프랭스를 생각한다(나중에 르프랭스는 어디선가 이때의 장면을 상상할 것이다. 아마도 수준이 고르지 못한 그의 작품 속에서일 것이다). 그를 환상 속에 그리며 사랑한다고 혼잣말을 중얼거린다. 그러다 끝내는 피로와 졸음에 지친 나머지 소파에 고꾸라져 잠들고 만다.

이후로 그들은 다시 만나지 못한다.

나서지 않는 남자, 혐오스러운 남자 르프랭스는 전쟁에서 살아남는다. 그는 1946년에 피카르디 지방의 작은 마을로 내려가 교편을 잡는다. 그리고 많지는 않아도 신문사와 문예지에 정기적으로 글을 기고한다. 르프랭스는 마음속으로 자신이 삼류 작가라는 것을 끝내 인정한다. 그렇지만 일류 작가들도 삼류 작가들을 필요로 한다는 사실을 깨닫는다. 변변찮은 작가들은 그저 독자나 시동에 불과한 존재라는 것을 인정하더라도 말이다. 르프랭스는 훌륭한 작가들의 목숨을 구해내면서(아니면 그저 도와주면서) 스스로 몇 가지 권리를 쟁취했음을 알게 된다. 글귀를 끼적거릴 수 있는 권리, 실수할 수 있는 권리, 문예지 두세 곳에 글을 발표할 수 있는 권리. 그는 어느 때인가 젊은 여성 작가를 다시 만나려고 수소문한다. 하지만 그녀가 살던 집에 가보니 이제 다른 사람들이 살고 있다. 그녀의 행방을 아는 사람은 아무도 없다. 르프랭스는 당연히 그녀를 찾으려고 돌아다니지만, 그것은 이 이야기와는 별개의 것이다. 한 가지 확실한 사실은 그들이 다시 만나지 못한다는 점이다.

그렇지만 르프랭스는 파리에 사는 작가들과 지속적인 관계를 유지한다. 내심 원하는 만큼 자주는 아니지만 다문다문 만나 대화를 나누는 것이다. 그들은 르프랭스가 누구인지 알아본다(대개는 어렴풋하게 알아볼 뿐이다). 심지어는 르프랭스의 산문시를 두서너 편 읽은 사람도 있다. 어떤 이들은 금방 부서질 것 같으면서도 기가 찰 정도로 고고한 르프랭스의 모습을 보며 박차에 찔린 양 과거의 기억을 떠올린다.

---

1 Enrique Vila-Matas(1948~). 스페인 작가. 볼라뇨의 친구. 볼라뇨는 빌라마타스가 새로운 세대의 문학을 대표하는 작가라고 평가하며 단편집 『모범적인 자살들 Suicidios ejemplares』(1991)을 단편 작가 지망생의 필독서로 꼽은 바 있다.
2 Miguel Hernández(1910~1942). 20세기 스페인의 내전 후 세대를 대표하는 시인으로 프랑코의 파시스트 정권에 저항하다 사형을 선고받고 옥중에서 병사했다.

엔리케 마르틴

엔리케 빌라마타스[1]에게

시인은 무슨 일이든 견뎌 낼 수 있다. 고로, 인간은 무슨 일이든 견뎌 낼 수 있다. 하지만 두 번째 문장은 거짓이다. 사실 인간이 진심으로 견뎌 낼 수 있는 일은 손꼽을 정도이다. 그렇지만 시인은 진심으로 무슨 일이든 견뎌 낼 수 있다. 우리는 그러한 확신을 지닌 채 성장했다. 이 문단의 첫 번째 문장은 참이다. 그러나 파멸과 광기와 죽음으로 이어지는 길이다.

나는 바르셀로나에 도착하고 몇 달 뒤에 엔리케 마르틴을 알게 되었다. 녀석은 1953년생으로 나와 동갑내기인 시인이었다. 엔리케는 카스티야어와 카탈루냐어로 시를 썼다. 형식은 다르지만 본질적으로는 똑같은 시였다. 카스티야어로 쓴 시는 의욕과 허세만 넘치고 서투른 감이 많았다. 게다가 독창성이라고는 조금도 찾아볼 수 없었다. 녀석이 가장 좋아하는 시인(카스티야어로 시를 쓴 사람 중에서)은 미겔 에르난데스[2]였다.

미겔 에르난데스는 뛰어난 시인이지만 이상하게도 형편없는 시인들이 그를 숭배한다(확실한 답은 아닐 것 같아서 저어되지만 내가 생각해 낸 설명은 이렇다. 에르난데스는 고통의 편에 서서 고통에 대해 노래한다. 그런데 형편없는 시인들은 대개 실험용 쥐처럼 괴로워하기 마련이다. 특히, 남들보다 오랫동안 지지부진하게 사춘기를 겪으면서 말이다). 카탈루냐어로 쓴 시는 더 일상적이고 현실적인 주제를 다루었다. 그렇지만 친구들만이 엔리케가 카탈루냐어로 쓴 시를 들어 보았을 뿐이다(사실 이렇게 말하는 것은 완곡어법이다. 그가 카스티야어로 쓴 시도 아마 친구들만 읽었을 것이다. 적어도 독자층만 놓고 봤을 때는 차이가 하나 있었다. 카스티야어로 쓴 시는 간행 부수가 적은 몇몇 문예지에 실렸다. 내 생각에 그 문예지들 역시 친구들만 찾아보았거나 어떤 때는 친구들조차 찾아보지 않았을 것이다. 카탈루냐어로 쓴 시로 말하자면, 엔리케는 술집에서나 친구들의 집을 방문했을 때 시를 낭독해 주었다). 하지만 엔리케의 카탈루냐어는 엉망이있다(이떻게 완벽히 다루지 못하는 언어로 쓴 시가 더 좋을 수 있을까? 이것은 사춘기의 수많은 수수께끼 중 하나가 아닐까 싶다). 사실 엔리케는 카탈루냐어 문법에 대한 기본 지식도 없었고 카스티야어로건 카탈루냐어로건 시를 참 지지리도 못 썼다. 그렇지만 나는 아직도 녀석이 쓴 몇 편의 시들을 기억한다. 그 시들을 떠올릴 때면 내 사춘기의 기억과 떼려야 뗄 수 없는 특별한 감정을 느낀다. 엔리케는 전력투구로 모든 의지와 노력을 쏟아부으며 간절하게 시인이 되기를 열망했다. 녀석의 고집(자살행위라는 것을 알면서도 끝끝내 굽히지 않다가 주인공의 총을 맞고 파리처럼 픽 쓰러지는 영화 속의 서툰 총잡이들처럼 맹목적이고 무분별한 고집이었다)은 대단한 것이어서 나중에는 일종의 매력이 되고야 말았다. 고집스러운 집념 덕택에 문학의 성인이라는 후광이 생겨났던 것이다. 물론 풋내기 시인들과 늙은 창녀들만 그 눈부신 광채를 알아보았지만.

당시에 나는 스물다섯이었고 세상을 다 겪어 봤다고 생각했다. 하지만 엔리케는 하고 싶은 일이 너무나 많았고, 까짓 거 다 덤비라는 기세로 일을 벌였다. 녀석은 통장을 탈탈 털어 문예지 또는 팬진을 만드는 것으로 첫발을 내딛었다. 열다섯 살 때부터 부두에서 수상한 일을 하며 모아 둔 돈이 있었던 것이다. 엔리케의 친구들(내 친구 하나도 끼어 있었다)은 최종 편집 회의에서 창간호에 내 시들을 싣지 않기로 결정했다. 인정하기 쉽지 않은 사실이지만 이 일 때문에 엔리케와 한동안 사이가 서먹해졌다. 엔리케는 그가 오랫동안 알고 지내던 다른 칠레인 친구 탓이었다고 말했다. 그 친구가 스페인 문학 팬진 창간호에 칠레인은 한 명으로 족하다고 주장했다는 것이다. 그 무렵에 나는 포르투갈에 있다가 돌아와 아예 잡지 일에서 손을 떼기로 마음먹었다. 나는 너를 모르고 너는 나를 모른다, 딱 그런 태도였다. 나는 엔리케의 변명을 받아들이지 않았다. 이래저래 귀찮기도 했고 상처받은 자존심을 달래고 싶었던 까닭이다. 이후로 나는 잡지 일에 신경조차 쓰지 않았다.

우리는 한동안 서로 발길을 끊었다. 그렇지만 나는 엔리케의 근황을 빠짐없이 알고 있었다. 카스코 안티구오의 술집에서 우리 둘과 안면이 있는 지인들을 우연히 마주칠 때마다 대충이나마 소식을 전해 들었던 것이다. 그래서 창간호를 끝으로 잡지(『하얀 끈』이라는 예언적인 이름의 잡지였다. 분명히 그가 지어낸 이름은 아닐 테다)가 폐간되었다는 사실을 알고 있었다. 녀석이 누 바리스 회관에서 연극을 올렸다가 초연이 끝나고 야유 세례를 받으며 쫓겨났다는 것도 알았다. 녀석은 이제 또 다른 잡지를 출간한답시고 꿍꿍이를 벌이는 중이었다.

어느 날 밤, 엔리케가 문서철을 손에 들고 우리 집에 찾아왔다. 문서철 안에 가득한 시들을 한번 읽어 봐 달라는 것이었다. 우리는 코스타 거리에 있는 식당으로

---

3 León Felipe(1884~1968). 스페인 시인. 스페인 내전 때 프랑코에 대항해 싸우다가 멕시코로 망명했다. 미국 시인 휘트먼의 영향을 받아 망명자의 고뇌를 표현한 작가로 평가받는다. 볼라뇨는 작품 『부적 Amuleto』에서 레온 펠리페를 주요 등장인물로 삼은 바 있다.

4 Gianfranco Sanguinetti. 1969년부터 1972년까지 기 드보르와 함께 국제 상황주의자로 활동했던 이탈리아 작가. 이후 이탈리아에서 지배층의 테러 행위 지원을 폭로하는 팸플릿을 발표했다가 추방당했고 프랑스로 망명했으나 입국을 거절당했다. 현재는 정확한 행방을 파악할 수 없는 상태이다.

5 Francis Russell O'Hara(1926~1966). 뉴욕에서 활동했던 미국 시인, 미술 비평가.

가서 저녁을 먹었다. 나는 식후에 커피를 마시며 시 몇 편을 읽어 보았다. 엔리케는 자기만족과 불안이 섞인 표정으로 나의 평가를 기다렸다. 나는 시가 형편없다고 말하면 다시는 녀석을 보지 못하리라는 것을 깨달았다. 게다가 밤늦도록 논쟁을 벌일 것도 각오해야만 했다. 그래서 나는 그냥 잘 쓴 것 같다고 말해 주었다. 지나치게 유난을 떨지 않으면서 비판이라고 느껴질 만한 표현은 되도록 삼갔다. 심지어 어떤 시는 레온 펠리페[3]가 썼다 해도 믿을 정도로 매우 훌륭하다고 말했다. 녀석이 생전 살아 본 적도 없는 에스트레마두라의 풍경을 그리워하는 내용이었다. 엔리케가 내 말을 곧이 믿었는지는 모르겠다. 녀석은 당시에 내가 상귀네티[4]를 읽고 있다는 것을 알았다. 따라서 이 이탈리아 시인의 현대 시학을 (엄밀히는 아니고 절충적으로) 추종하던 내가 에스트레마두라에 관한 시를 좋아할 리는 만무했다. 하지만 엔리케는 내 말을 믿는 척했고, 시를 보여 주기 잘했다고 생색을 냈다. 그러더니 의미심장하게도 창간호로 끝난 자기 잡지 이야기를 꺼냈다. 그 순간에 나는 녀석이 나를 믿고 있지 않다는 사실을 눈치챘다. 하지만 굳이 그 사실을 입 밖에 내지는 않았다.

 그것이 전부였다. 우리는 상귀네티와 프랭크 오하라[5](나는 여전히 프랭크 오하라를 좋아한다. 상귀네티는 한참 전에 읽은 기억밖에 없다), 녀석이 출간을 기획하던 새로운 잡지(나한테 시를 달라고 부탁하지도 않았다)에 대해 잠시 더 이야기를 나누고 우리 집 근처

골목길에서 헤어졌다. 그리고 일 년인가 이 년 동안 나는 엔리케를 다시 만나지 못했다.

그즈음에 나는 어떤 멕시코 여자와 동거 중이었다. 계속 관계를 유지했다가는 그녀나 나나 이웃들이나 때로는 위험을 무릅쓰고 우리를 찾아온 손님들 중에서 누군가 사달이 날 것만 같았다. 우리 집을 방문했던 손님들은 사태가 심각하다는 것을 알아채고 더는 발길을 하지 않았다. 그래서 당시에 우리는 사람을 거의 만나지 않았다. 우리는 가난했다(멕시코 여자는 멕시코시티의 넉넉한 가문 출신이었지만, 부모로부터 경제적 지원을 받는 것만은 한사코 거부했다). 그리고 호메로스의 서사시도 저리 가라 할 정도로 피 튀기게 싸워 댔다. 온종일 짙은 먹구름이 우리의 머리 위로 드리운 것만 같았다.

엔리케가 다시 모습을 드러냈을 때, 내 주변 상황은 그러한 상태였다. 포도주 한 병과 프랑스식 파테를 들고 문지방을 넘어서는 엔리케의 모습은 마치 관람객 같았다. 내 인생 최악의 시기(그렇지만 사실 나는 괜찮았다. 심각한 것은 내 애인 쪽이었다)라는 연극의 마지막 장을 놓칠 수 없다는 기색이었던 것이다. 그런데 자기 애인을 소개시켜 주고 싶다며 처음으로 우리를 저녁 식사에 초대했을 때, 나는 녀석이 나를 보러 온 것이 아니라 자신을 보이고 싶어서 찾아온 것임을 깨달았다. 어쩌면 아직까지도 나를 괜찮은 사람으로 여기고 있을 지도 모를 일이었다. 지금 생각해 보니 나는 녀석의 초대를 순수하게 받아들이지 않았던 것 같다. 느닷없는 등장에 기분이 언짢아서 짐짓 비꼬고 빈정대며 그저 지겹다는 태도로 대했던 것이다. 사실 그 무렵에 나는 어디에서도 환영받지 못하던 존재였다. 사람들은 똥 묻은 개라도 되는 것처럼 나를 피해 다녔고, 못 볼 것을 보는 양 나만 보면 도망쳤다. 그런데 엔리케는 진심으로 나를 만나고 싶다는 눈치였다. 게다가 도대체 무슨 까닭에서인지 멕시코 여자는 엔리케와 그의 애인을 마음에 들어 했다. 그래서 우리는 엔리케의 집에 초대받아 딱 다섯 번 함께 저녁을 먹었다.

조금 과장해서 말하면 우리가 다시 〈우정〉을 합쳤을 때, 예전과는 다르게 거의 모든 부분에서 의견 차이가 많았다. 내가 첫 번째로 놀랐던 것은 녀석의 집을 찾아갔을 때였다(나와 연락이 끊어질 무렵에 엔리케는 부모님과 함께 살고 있었다. 이후에 녀석이 4인용 공동 주택에 들어갔다는 것은 알고 있었다. 왜인지는 모르겠지만 나는 그 집에 한 번도 가보지 않았다). 엔리케는 그라시아 구역에 있는 다락방에 살고 있었다. 약간 음침한 감은 있었지만 책과 음반과 그림이 가득한 넓은 방이었다. 녀석의 애인이 조잡한 취미를 발휘해 방을 꾸며 놓았는데, 몇몇 흥미로운 장식품들이 눈에 띄었다. 이를테면 그들이 최근에 여행한 나라(불가리아, 터키, 이스라엘, 이집트)에서 사온 물건들 중에서는 단순히 기념품이나 모조품이라고 부를 수 없는 것들도 있었다. 내가 두 번째로 놀랐던 것은 엔리케가 더 이상

시를 쓰지 않는다고 고백했을 때였다. 식후에 멕시코 여자랑 자기 애인과 담소를 나누다가 튀어나온 말이었지만 사실은 나더러 들으라고 한 소리였다(나는 양날을 세공한 큼지막한 아랍 언월도를 만지작거리는 중이었다. 지금 생각해 보니 실용으로는 부적합하지 않을까 싶다). 고개를 들어 바라보았더니 녀석이 얼굴에 미소를 머금고 있었다. 마치 이제 나는 어른이 되었다고 말하는 것 같았다. 스스로를 조롱하지 않고도 예술을 즐길 수 있다고 말하는 듯했다. 글을 쓴답시고 아등바등할 필요는 없음을 깨달았다고 말이다.

멕시코 여자(완전 폭탄 같은 여자였다)는 가슴이 아프다고 요란을 떨며 내 글이 실리지 않았던 그 잡지에 대해 말해 달라고 졸라댔다. 그러다 엔리케가 창작을 그만둔 이유라고 둘러대는 변명들이 지당하고 합당하기 그지없다고 수긍했다. 녀석이 짧은 시간 안에 원기를 회복해 다시 펜을 잡게 될 것이라며 앞까지 내다보았다. 엔리케의 애인은 〈십중팔구 그럴 테지요〉 하고 맞장구를 놓았다. 여자들은 엔리케가 직장(엔리케는 회사에서 승진한 상태였다. 그래서 종종 카르타헤나와 말라가로 출장을 갔다. 무슨 이유 때문인지는 굳이 알고 싶지 않았다)과 음반 수집과 가정과 자동차 등에 관심을 쏟는 편이 한결 시적인 일이라고 생각하는 듯 했다(당연히 엔리케의 애인 쪽이 그러한 생각이 더 강했다). 레온 펠리페 혹은 기껏해야(그냥 말이 그렇다는 것이다) 상귀네티를 모방하며 시간을 낭비하느니 말이다. 나는 아무 말 없이 잠자코 있었다. 그러다 녀석이 너는 어떻게 생각하느냐고(맙소사, 마치 스페인 서정시나 카탈루냐 서정시에 엄청난 손실이라도 되는 양 말이다) 단도직입적으로 물었다. 나는 녀석이 무슨 일을 하든 다 괜찮을 것이라고 대답했다. 엔리케는 내 말을 믿지 않았다.

바로 그날 저녁이었던가, 아니 남아 있던 네 번의 저녁 중 하나였던가, 한번은 아이들이 대화의 주제로 오른 적이 있었다. 시를 논하다가 아이로 넘어가다니 얼마나 자연스러운 귀결인가. 나는 엔리케가 아이를 갖고 싶다고 털어놓았던 것을 기억한다(이것만은 지금도 생생히 기억한다). 녀석이 했던 말을 그대로 옮기자면, 아이를 경험해 보고 싶다는 것이었다. 아내를 통해서가 아니라 자기가 아홉 달 동안 뱃속에 아이를 보듬고 있다가 낳고 싶다는 말이었다. 멕시코 여자와 엔리케의 애인은 녀석을 다정한 눈길로 바라보았지만 나는 온몸에 소름이 오싹 돋았다. 가까운 미래, 아마도 아주 가까운 미래에 정말로 그런 끔찍한 일이 일어나면 어쩌나 생각했던 것이다. 그렇지만 그러한 생각은 섬광처럼 잠시 머리를 스치고 지나갔을 뿐이다. 오싹한 기운이 가시고 나자 녀석이 내뱉은 말들은 딱히 대꾸할 가치도 없는 농지거리라는 생각이 들었다. 물론, 나만 예외로 하고 그들은 모두 아이를 갖고 싶어 했다. 그런데 그날 밤 저녁을 같이 했던 네 사람 중에 결국 아이를 갖게 된 사람은 나 하나뿐이다. 삶은 참 별 볼 일 없으면서도 수수께끼 같은 법이다.

마지막 저녁 식사 때의 일이다. 그쯤에는 이미 멕시코 여자와의 관계가 건널 수 없는 강을 건넌 상태였다. 엔리케가 자신이 글을 기고하고 있는 잡지를 화제에 올렸다. 나는 이제 올 것이 왔구나 하고 생각했다. 엔리케는 곧바로 우리가 함께 글을 기고하는 잡지라고 말을 바꿨다. 녀석이 복수형을 사용했기 때문에 촉각을 곤두세웠지만 이내 그렇게 표현한 이유를 알게 되었다. 엔리케 본인과 그의 애인을 지칭하는 말이었던 것이다. 처음으로(그리고 마지막으로) 멕시코 여자와 나는 마음이 맞았다. 당장 그 잡지를 보고 싶다고 한목소리로 요청했던 것이다. 문제의 잡지는 그 무렵 길거리의 신문 가판대에서 흔히 볼 수 있던 종류로 UFO와 유령을 비롯해 성모 마리아의 발현, 초자연 현상, 신대륙 발견 이전의 중남미 문명에 이르기까지 잡다한 주제를 다루는 것이었다. 『Q&A』라는 이름의 이 잡지는 여전히 시판 중인 것으로 안다. 나는, 아니 우리는, 정확히 그들이 하는 일이 무엇인지 물어보았다. 엔리케의 설명에 따르산연(그의 애인은 마지막 저녁 식사 때 거의 입을 열지 않았다) 그들은 주말마다 UFO가 목격된 장소에 찾아가 목격자들을 취재하고 주변 지역을 조사하며 동굴을 찾아본다고 했다(그날 저녁에 엔리케는 카탈루냐 지방과 다른 스페인 지역에 동굴 산이 많다고 주장했다). 카메라를 옆에 준비한 채 침낭을 뒤집어쓰고 밤을 새는데, 둘이서 갈 때도 있지만 네 명이나 여섯 명씩 무리를 지어 가기가 십상이라고 했다. 야외에서 밤을 보내면 상쾌하지 그지없다고 했다. 그렇게 모든 일이 끝나면 보고서를 작성하고 그중 일부가(그렇다면 보고서 전문은 어디에 보낸다는 얘기인가?) 사진과 함께 『Q&A』에 실리게 되는 것이었다.

그날 저녁에 나는 식사를 한 뒤에 엔리케와 그의 애인이 쓴 기사를 몇 개 훑어보았다. 문장이 엉망인 데다가 말도 안 되는 내용이었다. 특히나, 툭하면 과학이라는 단어를 써가면서 과학 전문 기자인 척 으스대는 꼴이 도무지 참을 수 없었다. 엔리케는 내게 기사에 대한 의견을 물어보았다. 녀석이 처음으로 내 의견에 눈곱만큼도 관심이 없다는 것을 알 수 있었다. 그래서 나도 처음으로 솔직하게 터놓고 내 의견을 말했다. 나는 몇 군데 문장을 손보는 편이 좋겠고, 글 쓰는 법부터 배워야 하겠다고 제안했다. 그리고 잡지사에 교정자가 있는지도 물어보았다.

엔리케의 집에서 나온 뒤에 멕시코 여자와 나는 한참 동안 미치도록 웃어 댔다. 바로 그 주에 우리가 헤어졌던 것 같다. 그녀는 로마로 떠났고, 나는 바르셀로나에 일 년 더 머물렀다.

이후로 오랫동안 나는 엔리케의 소식을 듣지 못했다. 아예 녀석을 까맣게 잊어버렸다고 말하는 편이 옳을 테다. 그 무렵 나는 히로나에 있는 어떤 마을의 변두리에 살고 있었다. 암캐 한 마리와 고양이 다섯 마리가 유일한 말벗이었다. 예전에 알고 지내던 사람들과는 거의 만나지 않았다. 이따금씩 누군가 들러서 머물다 갔지만, 그것도 기껏해야 하루나 이틀 밤이었다. 집에 찾아온 사람이 누구였든 간에 나는 그와 더불어 바르셀로나 친구들과 멕시코 친구들에 대해 이야기했다. 그렇지만 엔리케의 이름을 입에 올린 사람은 없었던 것으로 기억한다. 나는 하루에 한 번씩 암캐와 함께 마을로 내려가 식재료를 구입하고 개인 사서함을 확인했다. 대개는 멕시코시티에 사는 여동생이 보낸 편지였다. 멕시코시티는 이제 알아볼 수 없을 정도로 변한 것 같았다. 드문드문 뜸을 두고 다른 편지가 도착할 때도 있었다. 남미 어딘가에서 방황하는 남미 시인들이 보낸 것이었다. 나는 그들과 불규칙적으로 서신을 교환했다. 까칠하게 투덜대거나 징징 짜는 내용의 편지들은 우리 자신의 얼굴이 담겨 있는 충실한 초상화였다. 이제 젊음의 끝자락에 다다른 우리들은 꿈꾸는 시기가 지났음을 인정하기 시작했던 것이다.

그러던 어느 날, 평소와는 다르게 이상한 편지가 한 통 와 있었다. 사실 엄밀히 따지자면 편지라고도 할 수 없는 것이었다. 내 첫 번째 소설 출간을 기념해 바르셀로나의 한 출판사가 주최했던 일종의 칵테일파티 초대장 두 장으로(나는 참석하지 않았다), 누군가가 초대장 뒷면에 서툴게 약도를 그려 넣고 다음과 같은 수식을 적어 놓았다.

$$3{,}860 + 429{,}777 - 469{,}993? + 51{,}179 - 588{,}904 + 966 - 39{,}146 + 498{,}207{,}856$$

편지에는 당연히 이름이 적혀 있지 않았다. 익명의 발신자는 출판 기념회에 참석했던 것이 틀림없었다. 물론 나는 수식을 해독해 보려고 시도했다. 8개의 단어로 이루어진 문장이 분명했다. 친구 놈이 벌인 짓일 공산이 컸다. 아마도 약도가 없었다면 딱히 불가사의한 느낌도 들지 않았을 것이다. 약도에는 구불구불한 길, 한 그루 나무가 딸린 집, 두 갈래로 갈라지는 강물, 다리, 산 또는 언덕, 그리고 동굴 모양이 그려져 있었다. 한편에는 남과 북이 표시된 약식 방위표가 보였다. 산과 동굴의 반대쪽으로 향하는 길옆에는 암푸르단의 어떤 마을 이름을 가리키는 화살표가 적혀 있었다.

그날 저녁에 집으로 돌아와 식사를 준비하던 도중에, 편지를 보낸 사람이 누구인지 불현듯 깨달았다. 따지고 말 것도 없이 엔리케 녀석이었다. 나는 출판사의 칵테일파티에 참석한 엔리케의 모습을 상상해보았다. 녀석은 내 친구들 몇몇과 대화를 나누면서 신랄하게 내 책을 씹어 댔을 것이다. 그리고 한 손에 술잔을 쥔 채 이리저리 돌아다니며 모든 사람에게 안부를 묻고, 내가 파티에 참석할 것인지 큰 소리로 물었을 것이다. 나는 그때 경멸에 가까운 감정을 느꼈던 것으로 기억한다. 이미 아련한 과거에 불과했던 『하얀 끈』 사건을 떠올렸던 것도 같다.

일주일 뒤에 다시 익명의 편지가 도착했다. 지난번과 마찬가지로 출판 기념회 초대장을 사용한 편지였다 (보나 마나 칵테일파티 도중에 초대장을 한 움큼 쟁여

놓았던 것이리라). 그렇지만 약간의 차이점을 발견할 수 있었다. 이번에는 내 이름 밑에다가 미겔 에르난데스의 시구를 하나 적어 놓았다. 노동과 행복을 노래하는 구절이었다. 초대장 뒷면에는 처음과 동일한 수식과 함께 이전과는 완전히 다른 약도가 적혀 있었다. 처음에는 그저 별 의미 없는 낙서라고 생각했다. 흐릿한 윤곽에 직선과 점선과 느낌표가 아무렇게나 섞여 있었고, 이런저런 문양들을 지저분하게 덧그린 것 같았기 때문이다. 하지만 열댓 번도 넘게 이전 것과 비교하며 꼼꼼히 살펴본 결과, 그 약도가 무엇을 의미하는지 확실히 알아낼 수 있었다. 새로운 약도는 바로 첫 번째 것과 이어지는 동굴의 약도였던 것이다.

이따위로 장난칠 나이는 이제 지나지 않았나 생각했던 듯싶다. 어느 날 오후에 나는 가판대에서 『Q&A』를 찾아 구입하지는 않고 대충 넘겨 보았다. 기고자 명단에 엔리케의 이름은 없었다. 며칠이 지나자 엔리케와 그가 보낸 편지에 대한 생각은 머릿속에서 사라졌다.

그리고 서너 달 정도 시간이 지났을 때였다. 어느 날 밤, 집 옆에다 차를 세우는 소리가 들려왔다. 길을 잃은 사람이 분명할 거라고 짐작했다. 나는 누구인지 알아보기 위해 암캐를 데리고 밖으로 나갔다. 가시덤불 옆에 자동차가 세워져 있었다. 시동은 끄지 않은 상태였고, 전조등이 환히 켜져 있었다. 잠시 동안 아무 일도 일어나지 않았다. 내 쪽에서는 몇 사람이 차에 타고 있는지 확인할 수 없었다. 하지만 두렵지는 않았다. 암캐와 함께 있으면 든든하기 그지없었기 때문이다. 암캐는 낯선 사람들에게 언제든 달려들 기세로 그르렁댔다. 그러다 전조등과 시동이 꺼지더니 차 안에 있던 유일한 탑승자가 문을 열고 나와 다정한 목소리로 인사를 건넸다. 바로, 엔리케 마르틴이었다. 지금 생각하면 그때 너무 살갑지 않게 대꾸했던 게 아닌가 싶다. 엔리케가 내게 처음으로 던진 말은 자기의 편지를 받았느냐는 것이었다. 나는 받았다고 대답했다. 〈누군가 봉투를 뜯어보지는 않았지? 제대로 봉해져 있었어?〉 나는 그렇다고 대꾸하며 어쩐 일이냐고 물어보았다. 엔리케는 고개를 돌려 마을에서 새어 나오는 불빛과 커브 길을 바라보며 문제가 좀 있다고 웅얼거렸다. 커브 길 저편에는 채석장이 위치해 있었다. 나는 집으로 들어가자고 말했지만, 녀석은 한 발짝도 움직이지 않았다. 〈저건 뭐야?〉 채석장에서 새어 나오는 불빛과 소음을 가리키는 말이었다. 나는 마을에 채석장이 있는데 왜인지는 모르지만 1년에 한 번은 자정이 넘어서까지 일한다고 설명했다. 〈이상한 일이군.〉 엔리케가 말했다. 나는 재차 집으로 들어가자고 재촉했지만, 녀석은 내 말을 못 들었거나 못 들은 척했다. 암캐가 킁킁거리며 신발을 핥고 나자 엔리케가 말했다. 〈괜히 귀찮을까 봐.〉 〈들어와. 한잔하세.〉 내가 말했다. 〈술은 됐어.〉 엔리케가 말을 이었다. 〈출판 기념회에 갔네. 자네가 올 줄 알았어.〉 〈아니야. 안 갔어.〉 녀석이 이제 내 책을 말밥에 올리겠거니 생각했다. 하지만 엔리케는 맡겨 두고 싶은 것이 있다며 운을 떼었다. 그제야 녀석의 오른손에 2절지 크기의 종이 뭉치가 들려 있는 것이 눈에 들어왔다. 다시 시를 쓰는 모양이라고 생각했다. 내 머릿속을 환히 들여다보았던 것인지, 녀석이 미소를 지으며 말했다. 〈시는 아니야.〉 쓸쓸하면서 씩씩한 미소였다. 참으로 오랜만에 녀석의 얼굴에서 그런 미소를 보는 것이었다. 〈그럼 뭔데?〉 내가 물었다. 〈별 거 아니야. 잡스러운 글이야. 읽어 보지는 마. 그냥 맡아만 줘.〉 〈알았어. 이제 집으로 들어가세.〉 〈아니야. 괜히 귀찮게 굴기 싫어. 게다가 시간도 별로 없어. 곧바로 가봐야 하네.〉 〈내가 여기 사는지는 어떻게 알았어?〉 엔리케는 우리가 함께 알고 있는 친구의 이름을 댔다. 『하얀 끈』 창간호에 칠레인은 한 명으로 족하다고 주장했던 바로 그 칠레인 친구였다. 〈그 자식이 아무한테나 남의 집 주소를 가르쳐 주고.〉 내가 말했다. 〈이제는 친구 사이가 아닌가?〉 엔리케가 물었다. 〈아직 친구 사이이긴 하지. 그렇지만 자주 만나지는 않아.〉 〈아무튼 그 친구가 자네 주소를 알려 줘서 다행이네. 자네가 정말 보고 싶었어.〉 나도 그렇다고 대꾸했어야 했겠지만 아무런 말도 나오지 않았다. 〈어쨌든 이제 가볼게.〉 그 순간, 채석장 쪽에서 엄청난 소음이 들려오기 시작했다. 엔리케는 폭탄이 터지는 듯한 소리를 듣고 불안해졌던 모양이다. 나는 아무 일도 아니라며 녀석을 안심시켰다. 하지만 오밤중에 폭발 소리를 듣는 것은 이번이 나도 처음이었다. 〈그래, 이제 가볼게.〉 엔리케가 말했다. 〈잘 지내게.〉 내가 답했다. 〈한 번 껴안아도 될까?〉 〈그럼.〉 〈개가 물진 않겠지?〉 〈그냥 암캐야. 물지 않을 거야.〉

나는 그 후로 변두리 집에서 2년을 더 살았는데, 그동안 엔리케가 맡긴 소포에 손을 대지 않았다. 테이프를 붙이고 노끈을 동여매 낡은 잡지책들과 내 원고 더미 틈에 놓아두었던 것이다. 그 무렵에는 내 원고 뭉치만 해도 정말 산더미같이 쌓여 있었다. 엔리케의 소식을 전해 준 사람은 『하얀 끈』과 연관된 예의 그 칠레인 친구뿐이었다. 한번은 그와 잡지를 계획하던 시절의 이야기를 나눈 적이 있었다. 내친김에 내 시들을 싣지 않기로 한 결정에 그가 어느 정도 개입했는지 들어 보았다. 그는 아무런 개입도 하지 않았다고 주장했다. 내가 확실히 캐낼 수 있었던 말은 그것이 전부였다. 하기야 이제 와서 다 무슨 상관이겠는가. 나는 그 친구를 통해 엔리케가 서섬을 운영한다는 사실을 알게 되었다. 몇 년 전에 멕시코 여자와 함께 다섯 번 방문했던 그라시아 구역의 다락방과 지척에 있는 곳이었다. 엔리케는 이혼을 했고, 『Q&A』와는 손을 뗀 상태라고 했다. 전처는 서점에서 직원으로 일하는 중이었다. 〈그렇지만 이제 따로 살아.〉 칠레인 친구가 말했다. 〈서로 친구로 지내고 있지.〉 여자가 일거리 없이 노는 바람에 엔리케가 직원으로 채용한 모양이었다. 〈서점은 잘 되는 편이야?〉 내가 물었다. 〈아주 짭짤한 편이지.〉 칠레인 친구가 답했다. 10대부터 일해 오던 회사를 그만두고 상당한 퇴직금을 챙긴 눈치였다. 엔리케는 서점에 딸린 별채 식의 집에 산다고 했다. 가게 안쪽에 자그마한 방이 두 칸 놓여 있었다. 나중에 알게 된 사실이지만, 방은 안마당하고 연결된 상태였다. 엔리케는 햇빛이 들어오는 마당에서 제라늄, 무화과나무, 물망초와 백합을 가꾸었다. 출입구라고는 밤마다 셔터를 내리고 열쇠로 잠그는 서점 입구의 문과 건물 복도 쪽으로 난 작은 문이 전부였다. 나는 칠레인 친구에게 굳이 서점의 주소를 물어보지 않았다. 엔리케가 여전히 글을 쓰고 있는지도 물어보지 않았다. 그런데 얼마 뒤에 엔리케 쪽에서 먼저 장문의 편지를 보내왔다. 이번에는 제대로 이름을 밝힌 채였다. 녀석은 마드리드에서 개최된 유명한 세계 공상 과학 소설 작가 회의에 다녀왔다고 썼다(확실치는 않지만 마드리드에서 쓴 편지 같았다). 그가 공상 과학 소설(그는 SF라는 약어를 사용했던 듯싶다) 작가라는 뜻은 아니었고, 『Q&A』에서 특별 취재 기자로 파견된 것이었다. 나머지 부분은 무슨 말인지 종잡을 수가 없었다. 녀석은 내가 생전 이름도 들어 보지 못한 어떤 프랑스 작가를 언급했다. 그 프랑스 작가는 지구의 모든 생명체가 외계인이라고 주장했는데, 엔리케의 풀이인즉슨 우리는 모두 망명자이고 추방자라는 것이었다. 그러더니 엔리케는 프랑스 작가가 어떤 과정을 거쳐 그 정신 나간 결론에 도달했는지 풀어 놓았다. 도통 이해가 되지 않는 구절이었다. 엔리케는 〈영혼의 경찰〉이라는 표현을 쓰더니 〈다차원 터널〉에 대해 설을 풀다가 중동무이 말을 흐렸다. 이전에 시를 쓸 때의 버릇이 나오는 것 같았다. 엔리케는 수수께끼 같은 문장으로 편지를 끝맺었다. 〈아는 자들은 살아남을 것이다.〉 맨 아랫부분에는 으레 하는 안부 인사가 적혀 있었다. 그것이 녀석이 보낸 마지막 편지였다.

그다음으로 엔리케의 근황을 전해 준 사람도 역시 우리의 칠레인 친구였다. 나는 바르셀로나를 방문했다가 그 친구와 저녁을 먹게 되었다. 이전보다 번질나게 바르셀로나를 드나들던 시점이었다. 칠레인 친구는 딱히 법석을 떨지 않고 어쩌다 생각난 듯 툭 말을 꺼냈.

이야기인즉슨, 엔리케가 몇 주 전에 죽었다는 것이었다. 사건은 대충 다음과 같았다. 어느 날 아침, 이제 점원으로 일하던 엔리케의 전처가 출근을 해보니 서점 문이 닫혀 있었다. 그녀는 이상하게 여기면서도 대수롭지 않게 생각했다. 엔리케가 종종 늦잠을 자는 경우도 있었기 때문이다. 그녀는 그럴 경우를 대비해 가지고 다니던 여분의 열쇠로 철문을 열고 이어서 서점의 유리문을 열었다. 그리고 곧장 서점 안쪽으로 걸어가 방에 들어서는 순간, 침실 들보에 대롱대롱 매달린 엔리케의 모습을 발견했다. 엔리케의 전처이자 점원은 그 광경을 보자마자 심장이 멎는 듯했다. 그러나 이내 마음을 가다듬고 경찰에 신고한 뒤 서점 문을 닫고 도보에 앉아 기다렸다. 짐작컨대 그녀는 첫 번째 순찰차가 도착할 때까지 울지 않았을까 싶다. 다시 방에 들어갔더니 예상과는 다르게 엔리케는 여전히 들보에 매달린 채였다. 경찰들에게 이런저런 질문을 받으면서, 그녀는 벽을 가득 채운 숫자들을 발견했다. 매직과 스프레이로 크고 작은 숫자들이 적혀 있었던 것이다. 그녀의 기억에 따르면, 경찰들은 벽에 적힌 숫자(《659,983 + 779,511 − 336,922》처럼 해독 불가능한 수식이었다)와 엔리케의 시신을 사진에 담았다고 한다. 시체로 변한 엔리케는 천장에 매달려서 초점 없는 눈으로 경찰들을 내려다보았다. 엔리케의 전처이자 점원은 그 수식이 엔리케가 빚진 돈의 액수라고 생각했다. 엔리케는 빚을 진 상태였지만 누군가가 죽이려 들 만큼 큰 액수는 아니었다. 어쨌든 갚아야 하는 돈이 있는 것은 사실이었다. 경찰들은 전날 오후에도 벽에 숫자가 적혀 있었는지 물었다. 여자는 아니라고 답한 뒤에 모르겠다고 말을 바꿨다. 그러더니 한동안 방에 들어가 보지 못했지만 아마 아닐 거라고 말했다.

경찰들은 두 개의 문을 확인해 보았다. 건물 복도로 이어진 문은 안쪽에서 잠긴 상태였다. 강제로 문을 열고 들어온 흔적은 찾을 수 없었다. 여자의 열쇠를 제외한 여분의 열쇠는 현금 등록기 옆에서 찾아냈다. 검사가 도착하자 경찰들은 엔리케의 시신을 끌어내 서점 밖으로 옮겼다. 검시 결과가 나오자 사인이 분명해졌다. 엔리케는 즉사한 것이었다. 바르셀로나에서 일어나는 수많은 자살 사건 중의 하나였을 뿐이다.

나는 여러 밤 동안 엔리케의 자살을 곰곰이 생각해 보았다. 곧 있으면 떠나게 될 암푸르단의 집에 혼자 앉아서 말이다. 아이를 갖고 싶다던 남자가, 아이를 낳아 보고 싶다던 남자가, 그토록 경솔하게 처신했다는 게 믿기지 않았다. 전처이자 점원인 여자가 목을 맨 채(발가벗은 채였을까? 옷을 입은 채였을까? 아니면 잠옷을 입은 채였을까?) 침실 한가운데 대롱대롱 매달린 자신의 시신을 발견할 것을 예상하지 못했을까. 숫자에 관한 문제는 어느 정도 납득이 갔다. 엔리케가 서점 문을 닫는 오후 8시부터 죽기 좋은 시간인 새벽 4시까지 밤새도록 암호문을 작성하는 모습이 쉽게 머릿속에 그려졌다. 나는 녀석의 죽음을 설명할 수 있는 몇 가지 가설을 세워 보았다. 첫 번째 가설은 마지막 편지와 관련된 것이었다. 자살을 고향 별로 귀환하는 차표로 여기지 않았을까 싶었다. 두 번째 가설은 살해당했을 만한 두 가지 상황을 재구성한 것이었다. 하지만 둘 다 지나치게 과도한 상상인 듯 했다. 나는 집 앞에서 녀석과 마지막으로 만났던 날을 떠올렸다. 엔리케는 누군가에게 쫓기는 듯 불안해했다. 누군가 자신을 쫓고 있다고 생각했던 것은 아닐까 싶었다.

이후에 나는 바르셀로나에 들를 때마다 엔리케의 친구들을 만났다. 그리고 내가 알고 있는 정보를 그들의 이야기와 아귀를 맞춰 보았다. 엔리케의 신상에 특별한 변화가 있다고 느낀 친구는 한 명도 없었다. 엔리케에게서 손으로 그린 약도와 단단히 봉인한 소포를 받은 사람도 없었다. 그렇지만 사람들의 의견이 엇갈리거나 공백이 있는 부분이 하나 있었다. 바로, 녀석이

『Q&A』와 계속 작업을 같이 했는가의 여부였다. 오래전부터 잡지와 관계를 끊었다는 친구들이 있는가 하면, 정기적으로 잡지에 글을 기고했다는 친구들도 있었던 것이다.

어느 날 오후, 바르셀로나에서 이런저런 일을 보고 났더니 딱히 할 일이 없어서 『Q&A』의 사무실에 찾아갔다. 편집장이 나를 맞아 주었다. 으스스한 분위기의 남자를 기대했더라면 영락없이 실망할 뻔했다. 그는 여느 잡지의 편집장과 마찬가지로 보험 판매원처럼 생긴 사람이었다. 나는 그에게 엔리케 마르틴이 죽었다고 알려 주었다. 편집장은 그 사실을 모르고 있었다. 그는 안타까운 일이라며 애도를 표하더니 내가 말을 꺼내기를 기다렸다. 나는 엔리케가 정기적으로 글을 기고했는지 물어보았다. 예상한 대로 아니라는 대답이 돌아왔다. 얼마 전에 마드리드에서 개최되었던 세계 공상 과학 소설 작가 회의를 기억하느냐고 물었다. 그는 잡지사 측에서 행사를 취재하라고 기자를 파견한 일은 없다고 답했나. 자기들은 추적 보도 전문이지 소설은 다루지 않는다는 것이었다. 그렇지만 편집장은 개인적으로 공상 과학 소설 애독자라고 덧붙였다. 〈그러면 엔리케는 제 발로 그곳에 찾아간 거야.〉 나는 엉겁결에 혼잣말을 하고 말았다. 〈그런 것 같군요.〉 편집장이 말했다. 〈어쨌

---

6 Arturo Belano. 볼라뇨의 작품 『먼 별 Estrella distante』에서 처음 등장한 아르투로 벨라노는 볼라뇨의 얼터 에고로, 볼라뇨의 대표작 『야만스러운 탐정들 Los detectives salvajes』에서는 주인공으로 등장한다.

든 저희 쪽과 관련된 일은 아니었습니다.〉

모든 사람이 엔리케를 잊기 전에, 그의 친구들이 엔리케의 죽음을 기정사실화하기 전에, 나는 녀석의 전처이자 서점 직원이었던 여자의 번호를 알아내 전화를 걸었다. 그녀는 가까스로 나를 기억해 냈다. 〈저예요. 아르투로 벨라노.[6] 당신 집에 다섯 번 찾아갔지요. 그때 어떤 멕시코 여자와 동거하는 중이었죠.〉〈아, 그 사람이군요.〉 그러더니 그쪽에서 한동안 말이 없었다. 전화에 문제가 있나 생각했지만, 그녀는 내 편의 응답을 기다리고 있었다. 〈그런 일이 생겨서 유감이라는 말을 드리려고 전화했어요.〉〈엔리케가 당신의 출판 기념회에 갔었어요.〉〈알아요. 알고 있어요.〉〈그는 당신을 만나고 싶어 했어요.〉〈그래서 만났지요.〉〈왜 당신을 보고 싶어 했는지 모르겠어요.〉〈저도 이유를 알고 싶군요.〉〈어쨌든 이제 너무 늦었지요?〉〈그런 것 같네요.〉

우리는 조금 더 통화를 나누었다. 그녀의 신경과민에 대한 이야기였던 것 같다. 그러다 돈이 떨어져서(나는 히로나에서 전화를 걸었다) 전화가 끊어졌다.

몇 달 뒤에 나는 집을 떠나게 되었다. 암캐는 함께 데려갈 예정이었고, 고양이들은 이웃집에 입양시킨 터였다. 떠나기 전날 밤에 엔리케가 맡긴 소포를 열어 보았다. 수식이나 약도, 또는 그의 죽음을 설명해 줄 만한 표시가 있으리라 기대했다. 소포 안에는 깔끔하게 제본한 2절지 크기의 종이 50장이 들어 있었다. 그렇지만 지도나 암호문 따위는 없었다. 모두 손으로 직접 쓴 것으로 미겔 에르난데스나 레온 펠리페, 블라스 데 오테로[7]나 가브리엘 셀라야[8]를 모방한 시들뿐이었다. 그날 밤 나는 잠을 이루지 못했다. 이제는 내가 도망칠 차례였다.

---

7 Blas de Otero(1916~1979). 스페인 시인. 스페인 내전 이후 스페인 내에서 민주주의를 위해 투쟁하며 종교적 불안과 실존의 문제, 사회 참여를 다룬 시들을 썼다.

8 Gabriel Celaya(1911~1991). 스페인 시인. 블라스 데 오테로와 더불어 내전 후 스페인에서 저항과 사회 참여를 요구하는 시들을 발표했다.

문학적 모험

 B는 알아볼 수 없게 가면을 덧씌워서 작가들을 조롱하는 책을 쓴다. 정확히 말하자면 특정한 유형의 작가들을 조롱하는 단편집이다. 그는 어떤 단편에서 동갑내기 작가 A와 엇비슷한 인물을 그려 낸다. A는 글쟁이가 꿈꾸는 모든 야망을 죄다 이루어 냈다. 무엇보다 명성을 얻었고, 다음으로 돈까지 쥐었고, 심지어 독자층도 두텁다. 명성이나 돈과는 거리가 멀고 삼류 문예지에 시를 발표하는 B와 천양지차인 것이다. 그렇지만 둘 사이에 공통점이 아주 없는 것은 아니다. 그들은 프티 부르주아 또는 살 만한 프롤레타리아 가정 출신이다. 게다가 정치 성향은 좌파이고 내세울 만한 학력이 없는데다 지적인 호기심까지 유사하다. 하지만 순식간에 정상에 올라선 탓인지 A의 글에는 성인군자인 양 점잔을 빼는 느낌이 잔뜩 배어 나온다. 그악스런 독자 B의 입장에서는 도저히 참아 줄 수 없는 꼴이다. 초기에는 신문 기사에서만 그런 모습을 보이더니 이제는 책을 낼 때마다 정도가 심해진다. 지상이며 천상의 일

을 가릴 것 없이 현학자처럼 지루하게 일장 훈계를 늘어놓는 것이다. 마치 문학을 이용해 지위와 명망을 획득한 벼락부자가 자신의 성채 위에서 총을 쏘아 대는 격이다. 그가 이제 자신의 얼굴과 세상을 비추어 보는 거울을 더럽힐 만한 모든 것들을 향해서 말이다. 한마디로 B가 생각하기에 A는 사이비 교주가 되어 버린 셈이다.

앞에서 언급했듯이 B는 단편집을 쓰고, 그중 하나의 단편에서 A를 조롱한다. 특별히 가혹한 조롱은 아니다(그다지 길지 않은 책의 일부분이라는 사실을 감안하면 당연한 일이다). B는 성공한 작가 알바로 메디나 메나라는 인물을 창조해 A와 똑같은 의견을 개진하게 만든다. 맥락은 조금씩 바꾼다. A가 포르노를 비판하는 부분에서 메디나 메나는 폭력의 불필요함을 주장하고, A가 현대 예술의 상업성을 개탄하는 부분에서 메디나 메나는 포르노에 반대하는 이유를 늘어놓는 식이다. 책 전체에서 특별히 눈에 띠는 이야기는 아니나. 다른 단편들이 더 훌륭하기 때문이다(글 자체의 수준은 모르겠지만 어쨌든 구성은 한결 뛰어나다). B의 책이 출간되자(대형 출판사에서는 처음이다) 잇따라 서평이 발표되기 시작한다. B의 책은 처음에 별다른 주목을 받지 못한다. 그러다 A가 국내 유수의 신문에 다른 비평가들을 일축하는 열렬한 칭찬 일색의 글을 발표한다. 덕분에 B의 책은 소리 없는 베스트셀러의 반열에 오른다. 물론, B는 기분이 편치 않다. 적어도 처음에는 그렇게 느낀다. 그러다 결국에는 A가 자신의 책을 칭찬하는 것이 당연하다(적어도 합당하다)고 생각하기에 이른다. 분명히 그의 책에는 뛰어난 점들이 있고, 따지고 보면 A가 나쁜 비평가는 아닌 것이다.

그런데 두 달 후에 A가 다른 신문(서평을 발표했던 신문보다는 인지도가 떨어지는 신문이다)과의 인터뷰에서 다시 B의 책을 언급한다. A는 과하다 싶을 정도로 칭찬을 늘어놓으며 〈티 없는 거울〉이라는 꼬리표와 함께 B의 책을 강력하게 추천한다. 그러나 B는 A의 어조에서 행간의 의미를 읽어 냈다고 생각한다. 이 유명한 작가는 이렇게 말하는 것만 같다. 〈나를 속였다고 착각하지 말게. 자네가 나를 묘사한 것을 알고 있네. 게다가 나를 조롱한 것도 알고 있어.〉 〈한껏 비행기를 태우고 나서 단번에 땅바닥에 내꽂을 요량이야.〉 B는 생각한다. 〈아니면 메디나 메나라는 인물이 자기라는 것을 알아보지 못하게 하려는 수작일까?〉 〈어쩌면 그는 아무것도 눈치채지 못했고, 우리는 작가와 독자로서 행복하게 만난 것일까?〉 그렇지만 이는 모두 억측인 것 같다. B는 행복한 만남(즉, 순수한 만남, 단순한 만남)을 믿지 않는다. 그는 A와 직접 만나기 위해 온갖 수단을 강구한다. A가 메디나 메나라는 인물이 누구인지 알아챈 것이 분명하다고 굳게 확신한다. 적어도 A가 자기가 의도했던 방식대로 그의 모든 책을 읽었다고 믿는 편이 합당한 것 같다. 그렇다면 왜 A는 그에 대해 그런 식으로 말한 것일까? 도대체 왜 자신을 조롱하는 책을 칭찬하는 것일까?(B는 이제 자신의 조롱이 지나쳤던 데다 조금은 부당했다고 생각한다) 도무지 아귀가 들어맞지 않는다. 유일하게 그럴듯한 추측은 A가 B의 조롱을 눈치채지 못했다는 것이다. A가 점점 바보가 되어 간다는 사실을 감안하면 전혀 근거 없는 억측은 아니다(B는 칭찬 일색의 서평 이후로 A가 발표하는 모든 글을 읽는다. 아침이면 A의 얼굴을 주먹으로 박살 내고 싶을 때가 한 두 번이 아니다. 날이 갈수록 고상한 척 점잔을 빼는 A의 얼굴에는 이 몸이 성스러운 진리이자 진노라는 우쭐함이 물씬 묻어나온다. 자기가 무슨 우나무노 같은 작가의 환생이라도 되는 양 생각하는 모양이다).

그래서 B는 A를 직접 만나기 위해 백방으로 노력하지만 도무지 길이 나지 않는다. 그들은 서로 다른 도시에 살고 있다. 게다가 A는 여행을 자주 다녀서 언제 집에 있을지 확신할 수 없다. A의 집 전화는 주로 통화 중이거나 자동 응답기가 받을 때가 많다. 자동 응답기 소리가 들리면 B는 곧바로 수화기를 내려놓는다. 자동 응답기라면 학을 떼는 까닭이다.

얼마 뒤에 B는 평생 A를 직접 만날 일은 없으리라고 마음을 접는다. 아예 그 일을 머릿속에서 지우려 노력하고 실제로도 거의 잊어버리게 된다. B는 다시 책을 쓴다. 신간이 출간되자 A가 가장 먼저 서평을 발표한다. B는 아무리 독서가 몸에 밴 사람이라도 그렇게 빨리 글을 쓸 수 없을 거라고 생각한다. 평론가들에게 책을 발송한 날은 목요일인데 A의 서평이 실린 날은 토요일이다. 2절지 다섯 장 분량으로 길이도 만만치 않다. 게다가 꼼꼼하고 사려 깊은 독서가 글에 배어난다. 한마디로 명쾌하고 통찰력 있는 서평인 것이다. B 자신도 모르고 지나쳤던 특징을 짚어낼 정도이다. B는 한편으로는 고맙고 한편으로는 우쭐해한다. 그렇지만 퍼뜩 무언가를 깨닫고 소스라친다. 비평가들에게 책을 배송한 날과 신문에 서평이 발표된 날 사이에 A가 책을 완독하는 것은 도무지 불가능한 일이다. 스페인의 우편 체계를 감안하면 목요일에 발송된 책은 아무리 빨라도 그다음 주 월요일에 도착하기 때문이다. B의 머릿속에 떠오른 첫 번째 가정은 A가 책을 읽지 않고 글을 썼다는 것이다. 그러나 곧바로 이러한 추측을 접는다. A가 책을 읽었을 뿐만 아니라 매우 꼼꼼히 읽었다는 사실을 도무지 부정할 수 없기 때문이다. 한결 그럴듯한 두 번째 가정은 A가 출판사에서 직접 책을 받아 갔으리라는 것이다. B는 출판사에 전화를 걸어 판매 담당자와 통화를 나눈다. A가 벌써 책을 다 읽었다는 게 가능할 법한 일인지 물어본다. 담당자는 지금은 잘 모르겠다며(그렇지만 서평은 읽어 보았고 내용에 만족했다고 말한다) 한번 알아보겠다고 약속한다. B는 전화로도 무릎을 꿇을 수 있다는 듯이 수화기를 든 채 거의 무릎을 꿇고 당장 그날 밤에 전화를 달라고 간곡히 부탁한다. 쉽게 예상할 수 있듯이 B는 온갖 상황을 상상하며 남은 하루를 보낸다. 상상을 거듭할수록 점차 말도 안 되는 상황이 머릿속에 그려진다. 그는 저녁 9시에 집에서 판매 담당자에게 전화를 건다. 역시나 딱히 수수께끼 같은 일은 아니었다. A는 며칠 전에 출판사에 들렀다가 B의 책을 한 부 받아 갔던 것이다. 차분히 책을 정독하고 서평을 쓰기에 충분한 시간이다. 이 소식을 듣고 B는 평정을 되찾는다. 저녁 식사를 준비하려는데 냉장고가 텅텅 비어 있다. 그래서 그는 외식을 하기로 마음먹는다. 그는 서평이 실린 신문을 들고 밖으로 나간다. 휑뎅그렁한 길거리를 정처 없이 걷다가 아직 영업 중인 식당을 발견하고 안으로 들어간다. 처음으로 가보는 식당인데 안에는 손님이 하나도 없다. B는 희미한 온기로 식당을 덥히는 벽난로와 떨어진 구석의 창문맡에 앉는다. 젊은 여자가 다가와 무엇을 원하시느냐고 묻는다. B는 식사를 하고 싶다고 답한다. 방금 잠에서 깼는지 긴 머리가 헝클어진 여자는 엄청난 미인이다. B는 우선 수프를 주문하고, 이어서 야채를 곁들인 고기 요리를 주문한다. 그리고 음식이 나오기를 기다리며 서평을 다시 읽는다. 〈A를 꼭 만나야 해.〉B는 생각한다. 〈잘못했다며 용서를 빌고, 장난칠 생각은 아니었다고 말해야 해.〉하지만 A의 글에는 전혀 공격적인 어조가 엿보이지 않는다. 나중에 다른 사람들이 발표한 서평의 내용과 별반 다르지 않다. 오히려 그 허접한 글들에 비하면 너무나 훌륭한 글이다(B는 마지못해 체념하며 A가 글재주가 있음을 인정한다). 여자가 내온 음식은 아주 가관이다. 흙이며 쓰레기며 피 맛이 난다. 식당의 냉기가 뼛속을 저민다. 그날 밤 B는 배탈이 나고 이튿날 아침에 기다시피 응급실로 찾아간다. 진찰을 맡은 여의사는 항생제를 처방하며 일주일간 자극적인 음식을 삼가라고 말한다. B는 밖으로 나갈 생각 없이 침대에 누워 있다가 친구에게 전화를 걸어 모든 것을 털어놓기로 결심한다. 처음에는 누구에게 전화할지 고민해 본다. A에게 전화를 걸어 다 털어놓을까도 생각한다. 그건 아닌 것 같다. 기껏해야 A는 우연의 일치라고 치부하며 곧바로 B의 글들을 새로운 각도에서 읽고 끝내는 B를 박살 내고야 말 것이다. 아니면 아예 무슨 얘기인지 못 알아들은 척하기가 십상일 것이다. 결국, B는 누구에게도 전화를 걸지 않는다. 그러나 이내 마음속에서 또 다른 불안이 샘솟는다. 어떤 익명의 독자가 알바로 메디나 메나는 A의 분신이라는 사실을 눈치챘다면 어쩔 것인가. 생각만 해도 구토가 치민다. 정체를 모르는 두 명 이상의 사람이 그 사실을 알고 있다면 도저히 참을 수 없을 것 같다. 그렇지만 어떤 독자들이 알바로 메디나 메나의 정체를 알아볼 수 있을 것인가? 이론상으로는 초판을 구입한 3천5백 명의 독자가 해당된다. 그렇지만 실제로는 손꼽을 숫자 정도밖에 되지 않을 테다. A의 애독자들이나 암호문 애호가들이나 B처럼 세기말의 쓸데없는 설교와 교리 문답에 학을 떼는 독자들 말이다. 그런데 더 이상 누구도 알아채지 못하도록 B가 할 수 있는 일은 무엇인가? 마땅한 생각이 떠오르지 않는다. B

는 A의 차기작을 한껏 찬양하는 서평을 쓰는 것에서부터 A의 모든 작품(재수 없는 신문 기사도 포함해서)을 다루는 소책자를 쓰는 것까지 몇 가지 방책을 궁리한다. A에게 전화를 걸어 패(그런데 무슨 패?)를 다 내보이는 것은 어떨까 싶다. 아니면 다짜고짜 밤에 A를 찾아가 아파트 현관에 몰아넣고 왜 진드기처럼 내 작품에 집착하는지 도대체 무슨 대가를 바라는지 그렇게 처신하는 꿍꿍이가 무엇인지 이실직고하라고 으름장을 놓을까도 싶다.

그렇지만 B는 끝내 아무 행동도 취하지 않는다.

B의 신간은 평단의 호평을 받는다. 하지만 대중의 반응은 시원찮다. A가 B를 밀어주는 것이 이상하다고 생각하는 사람은 없다. 사실 A는 스페인 문단(과 정계)의 카토[1] 역할에 취해 있을 때가 아니면, 투기장에 뛰어드는 초짜 작가들에게 한없이 관대한 편이다. B는 곧 모든 일을 까맣게 잊어버린다. 유수의 출판사에서 책을 두 권이나 출간하며 흥분한 나머지 상상력이 지나쳤던 모양이라고 스스로를 위안한다. 정체를 알 수 없는 불안의 소산이었을 수도 있다. 아니면 고되게 일하며 무명으로 긴 시간을 보낸 탓에 신경이 쇠약해졌는지도 모를 일이다. 그렇게 B는 모든 것을 없던 일로

---

[1] 한국에서 〈소(小) 카토〉로 불리는 마르쿠스 포르키우스 카토 Marcus Porcius Cato(B.C. 95~B.C. 46)를 지칭하는 것 같다. 카토는 로마 공화정 말기의 부패를 신랄하게 비판한 정치가이자 연설가로서 불의에 굴하지 않는 엄격한 성품을 지녔던 것으로 알려져 있다. 공화주의자로 폼페이우스의 편에 서서 카이사르에 대항하다 패배하자, 아프리카 북부 카르타고 부근의 도시 우티카에서 자살했다.

치부한다. 시간이 지나자 그때의 일은 그저 헛웃음만 나오는 정신 나간 일화로써 기억의 저편으로 사라진다. 그러던 어느 날, B는 마드리드에서 개최되는 현대 문학 좌담회에 초대받는다.

B는 쾌재를 부르며 좌담회에 참석한다. 신간을 탈고하기 직전이니까 좌담회를 통해 앞길을 닦아 놓자는 심산인 것이다. 차비와 숙박비 일체는 당연히 주최 측에서 부담한다. B는 수도에 머무는 김에 박물관들을 구경하고 휴식을 취하기로 계획한다. 좌담회는 이틀간 개최된다. B는 개회식에 참석하고 이튿날은 관객석에 앉아 있는다. 둘째 날 일정이 끝나자 글쟁이들이 떼를 지어 바아몬테스 백작 부인의 집으로 몰려간다. 바아몬테스 백작 부인은 문학 애호가이자 다양한 문화 활동의 후원자이다. 특히 마드리드 최고의 잡지라고 할 수 있는 시 문예지와 자신의 이름을 내건 창작 기금이 유명하다. 마드리드에 딱히 이는 이도 없는 B는 백작 부인의 집에서 술자리를 파할 작정으로 이동하는 패거리에 합류한다. 간소하지만 감칠맛 나는 저녁 식사로 시작한 술자리는 집에서 직접 담근 포도주를 흐드러지게 쏟아붓고 이슥한 새벽까지 이어진다. 처음에는 손님이 열다섯을 넘지 않았지만 시간이 지나면서 부쩍 사람이 늘어난다. 작가며 영화감독이며 배우며 화가며 아나운서며 투우사까지 각양각색의 예술가들이 북적대는 것이다.

어느 순간에 B는 가문의 명예라고 할 만한 엄청난

호사를 누린다. 백작 부인께 자신의 이름을 밝히고 인사를 드린 것이다. 게다가 백작 부인은 그를 따로 불러내 정원이 내려다보이는 테라스 모퉁이로 데려간다. 백작 부인은 미소를 머금고 〈친구가 저곳에서 당신을 기다려요〉하고 말한다. 백작 부인이 턱 끝으로 가리키는 곳은 바나나 나무, 야자나무, 소나무로 에워싸인 정자이다. B는 영문을 모른 채 백작 부인을 물끄러미 바라본다. 그는 속으로 백작 부인이 한때는 미인이었겠다고 생각한다. 하지만 지금은 물렁뼈가 흐물흐물한 살덩이 반죽에 지나지 않는다. B는 그 〈친구〉가 누구냐고 물어볼 엄두가 나지 않는다. 당장 내려가겠다는 확인의 뜻에서 고개를 주억거리지만 한 발짝도 꿈쩍하지 않는다. 백작 부인도 못 박힌 듯 발을 떼지 않는다. 그래서 둘은 잠시 말없이 서서 전생에 인연이었던(연인이었거나 원수였거나) 것처럼 서로의 얼굴을 바라본다. 그러나 이내 손님 중 누군가가 백작 부인을 찾는다. B는 혼자 겁에 질린 눈길로 정원과 정자를 지켜본다. 잠시 그러고 있자니 정자에 사람이나 달아나는 그림자의 모습이 언뜻거리는 것도 같다. B는 틀림없이 A일 것이라고 생각한다. 그리고 바로 이런 논리적인 결론에 도달한다. 〈A는 틀림없이 무기를 지니고 있을 거야.〉

처음에 B는 도망치기로 마음먹는다. 하지만 그가 아는 출구로 나가려면 정자를 거칠 수밖에 없음을 이내 깨닫는다. 따라서 집에 있는 수많은 방 가운데 한 곳에 숨어서 날이 밝기만을 기다리는 것이 최선의 도

주인 셈이다. 〈어쩌면 A가 아닐지도 몰라.〉 B는 생각한다. 〈나를 만나고 싶어 하는 잡지의 편집장이나 출판인이나 남성 작가나 여성 작가일지도 몰라.〉 B는 자기도 모르게 테라스를 벗어나서 술잔을 하나 들고 계단을 따라 내려가 정원에 발을 디딘다. 그는 그곳에서 담배에 불을 붙이고 느린 걸음으로 정자를 향해 다가간다. 막상 정자에 도착해 보니 아무도 없다. 하지만 누군가 있었던 기색이 확실하다. 그는 기다려 보기로 작정한다. 그렇게 지루하게 한 시간이 흐른다. 그는 피곤에 절어서 집으로 돌아온다. 얼마 남지 않은 손님들은 흐느적거리며 배회하는 중이다. 마치 몽유병자들이나 속 터질 정도로 느리게 진행되는 연극의 배우들 같다. B는 그들에게 백작 부인이 어디 계시냐고 물어본다. 그렇지만 알아들을 만한 대답을 하는 사람은 없다. 어떤 웨이터(백작 부인을 모시는 사람인지 술자리에 초대받은 손님인지 확실치 않다)가 주인마님은 방으로 돌아가셨다고 일러 준다. 평소에도 이 시간이면 침실에 드시고 이제 나이가 지긋하셔서 어쩔 수 없다는 것이다. B는 고개를 끄덕이며 생각한다. 〈그래, 나이가 들면 몸을 무리할 수 없지.〉 B는 웨이터에게 작별을 고하며 악수를 주고받은 뒤에 호텔로 돌아온다. 걸어서 오는 바람에 두 시간도 넘게 걸린다.

이튿날 B는 비행기를 타는 대신에 수도에서 오랫동안 묵기라도 할 기세로 아침 내내 저렴한 호텔을 찾아 짐을 옮긴다. 그리고 오후에는 계속해서 A의 집에 전화를 건다. 처음 몇 번은 자동 응답기 소리만 들릴 뿐이다. A와 그의 부인이 갈마들며 흥겨운 목소리로 다음과 같이 말한다. 〈잠깐 집을 비웠습니다. 메시지를 남겨 주세요. 중요한 일이면 저희가 다시 연락드릴 수 있게 번호를 남겨 주세요.〉 여러 번 전화를 걸고 나서 (메시지는 남기지 않는다) B는 몇 가지 사실을 추측해 본다. A와 그의 부인, 그리고 두 사람이 만들어 내는 이상한 조합에 대해서 말이다. 우선, 부인의 목소리. A의 부인은 B나 A보다 한참 어린 젊은 여자가 틀림없다. 목소리로 미루어 볼 때 활달한 사람인 듯하다. A의 삶에서 한자리를 차지하고 자신의 자리를 인정받기 위해서라면 뭐든지 하겠다는 의지가 느껴진다. B는 〈멍청하고 불쌍한 여자군〉 하고 생각한다. 다음으로 A의 목소리. 이보다 침착할 수는 없다. 역시 카토의 목소리다. B는 〈나보다 한 살 어리지만 목소리만 들으면 열다섯이나 스물은 손위로 보여〉 하고 생각한다. 마지막으로 녹음된 내용. 왜 명랑한 어조로 말할까? 왜 중요한 일이 있는 사람이 계속해서 전화를 걸지 않을 거라 생각할까? 왜 그가 자기 번호를 남기는 것으로 만족할 거라 생각할까? 왜 연극하는 것처럼 말할까? 그곳에 두 사람이 살고 있다고 확실히 알리려는 것일까? 행복한 부부 생활을 보내고 있다고 만천하에 고하려는 것일까? 물론 B는 어떤 물음에도 확실한 대답을 찾아내지 못한다. 그는 대략 반 시간마다 계속해서 전화를 건다. 그러다 밤 10시경에 저렴한 식당의 전화박스에서 드디어 통화에 성공한다. 어떤 여자가 전화를 받는다. 처음에 B는 놀란 나머지 말을 잇지 못한다. 누구시냐고 여자가 묻는다. 여자는 몇 번이나 질문을 반복한 다음에 끊지 않고 침묵을 지킨다. B가 입을 열기로 마음을 다잡는 시간을 벌어 주겠다는 요량인 듯하다. 잠시 뒤에 여자는 전화를 끊는다. 생각에 잠겨서 천천히 수화기를 내려놓는 기척이 느껴진다. B는 삼십분 뒤에 길거리의 공중전화에서 다시 전화를 건다. 이번에도 여자가 전화를 받고 누구시냐고 물은 뒤에 대답을 기다린다. B는 〈A를 만나고 싶습니다〉 하고 말한다. 사실은 〈A와 통화하고 싶습니다〉 하고 말하는 편이 맞다. 어쨌든 여자는 그렇게 이해하고 그런 뜻으로 말씀하시는 것이냐고 묻는다. B는 가타부타 대답이 없다가 죄송하다고 말한 뒤에 A를 만나고 싶다고 재차 강조한다. 〈누구시라고 전해 드릴까요.〉 여자가 묻는다. 〈B라고 전해 주십시오.〉 B가 답한다. 여자는 B가 누구일까 생각하는지 잠시 머뭇거리다가 알겠다며 잠시 기다리시라고 말한다. B는 여자의 목소리에서 별다른 변화를 느낄 수 없다고 생각한다. 두렵거나 겁먹은 기색일랑 전혀 엿보이지 않는 것이다. 여자가 탁자나 의자에 놓아두었거나 주방 벽에 걸쳐 놓았을 수화기를 통해 여러 사람의 목소리가 들려온다. 똑바로 알아듣기는 힘들지만 남자와 여자, A와 그의 젊은 부인의 목소리가 틀림없는 것 같다. 그렇지만 잠시 뒤에 제3자의 목소리가 끼어든다. 다른 목소리보다 굵직한 것으로 미루어 남자의 목소리가 분명하다. 처음에는 그들이 대화를 나누는 것처럼 느껴진다. 너무나 중요한 이야기를 나누던 참이라 A는 한순간도 자리를 비울 수 없는 것 같다. 계속 듣다 보니 오히려 언쟁을 벌이고 있는 쪽이 맞는 듯하다. 어쩌면 A가 수화기를 들기 전에 어떤 중대한 사항을 놓고 합의점을 찾으려는 것일지도 모른다. 그러한 기다림 또는 주저의 순간 가운데 누군가 소리를 지른다. 어쩌면 고함을 내지른 사람은 A일지도 모른다. 그러더니 갑자기 정적이 흐른다. 어떤 투명 인간 같은 여자가 밀랍으로 B의 귓구멍을 막은 것 같다. 이어서(연이어 5페세타짜리 동전이 떨어진 뒤이다) 자비롭게도 누군가 살며시 수화기를 내려놓는다.

그날 밤 B는 잠을 이루지 못한다. 그는 스스로의 무기력함을 나무란다. 처음에는 다시 전화를 걸겠다고 생각한다. 하지만 미신을 믿고 전화박스를 바꾸기로 한다. 연이어 두 개의 공중전화가 다 고장이다(수도는 시설 관리가 엉망인 데다가 지저분한 도시이다). 마침내 제대로 작동하는 전화를 찾아낸다. 그러나 동전을 넣으면서 이상한 사실을 발견한다. 발작이라도 일어난 듯이 손이 부들부들 떨리는 것이다. 떨리는 손을 보고 완전히 낙담한 B는 금세 눈물이 터져 나올 것만 같다. 그렇지만 이내 냉정을 되찾고 굳게 마음을 다잡으리라 생각한다. 이럴 때는 술집에 가는 편이 상책이다. 그래서 B는 발길을 옮겨 때때로 아귀가 들어맞지 않는 이런저런 이유를 대며 여러 술집을 지나치다가 어떤 자그마한 술집에 들어간다. 지나치게 조명이 밝은 데다 서른 명 이상의 사람이 북적대는 곳이다. 그는 이 소란스런 술집이 아무한테나 친구라고 말을 놓는 분위기라는 것을 금방 느끼게 된다. 잠시 뒤에 정신을 차려 보니 생판 얼굴도 모르며 대체로(자기가 사는 도시에서 평소라면) 가까이 하지 않았을 사람들과 대화를 나누고 있다. 총각 파티를 벌이는 중이거나 지역 연고의 축구팀 중 한 팀이 이겨서 술자리를 벌이는 모양이다. B는 새벽녘에야 막연한 수치심을 느끼며 호텔로 돌아온다.

이튿날에 B는 식당을 찾는 대신에(전혀 식욕이 돌지 않는다는 사실이 놀랍지도 않다) 처음 눈에 띄는 전화박스로 들어간다. 그리고 시끄러운 길목에 위치한 이 전화박스에서 A에게 전화를 건다. 이번에도 역시 여자가 전화를 받는다. B가 예상했던 것과는 달리, 여자는 곧바로 B의 목소리를 알아듣는다. 〈남편은 집에 없어요.〉 여자가 말한다. 〈하지만 당신을 만나고 싶대요.〉 여자는 잠시 숨을 고르고 말을 잇는다. 〈어제는 정말 죄송했어요.〉 〈어제 무슨 일 말씀이죠?〉 B는 진심으로 궁금해하며 묻는다. 〈저희가 기다리시게 해놓고는 전화를 끊었잖아요. 그러니까 제가 전화를 끊었죠. 남편은 당신과 통화하기를 원했어요. 그렇지만 제 생각에는 계제가 맞지 않는 것 같아서……〉 〈계제가 맞지 않다니요?〉 B가 물었다. 이제는 아무런 조심성

없이 말이 튀어나온다. 〈여러 이유가 있지요……〉 여자가 답한다. 〈남편의 건강이 좋지 않아요…… 통화할 때면 지나치게 흥분하거든요…… 일하는 도중이라 방해하기 싫어서…….〉 여자의 목소리는 전보다 나이가 들어 보인다. 틀림없이 거짓말을 늘어놓는 것일 테다. 게다가 그럴 듯한 거짓말을 꾸며 내려고 노력조차 하지 않는다. 심지어 굵은 목소리의 남자는 아예 입에 올리지도 않는다. 그런데도 B는 여자에게 매력을 느낀다. 여자는 응석꾸러기 여자애 같다. 거짓말을 늘어놓아도 B가 용서하리라는 것을 이미 알고 있다. 게다가 남편을 어떻게든 지켜 주려고 애쓰는 모습이 사랑스럽기 그지없다. 〈언제까지 마드리드에 머무르실 거죠?〉 여자가 묻는다. 〈A를 만나고 나면 바로 떠날 겁니다.〉 B가 답한다. 〈아하, 그러시군요.〉(B는 이 말을 듣고 머리털이 곤두선다) 여자는 이렇게 말하더니 잠시 말없이 생각에 잠긴다. 그 짧은 몇 초 또는 몇 분 동안 B는 여자의 얼굴을 상상해 본다. 희미한 이미지일 뿐이지만 가슴이 두방망이질한다. 〈오늘 저녁에 오시는 편이 좋을 것 같아요.〉 여자가 말한다. 〈주소는 알고 계시죠?〉 〈네.〉 〈알겠습니다. 그럼 8시까지 오세요. 저녁을 함께 드시지요.〉 〈알겠습니다.〉 B는 기어들어 가는 목소리로 대답하고 수화기를 내려놓는다.

B는 떠돌이나 정신병자처럼 이리저리 배회하며 남은 하루를 보낸다. 박물관 근처에는 당연히 얼씬조차 하지 않는다. 하지만 두어 개의 서점에 들러 A의 신간

을 구입한다. 그리고 공원에 자리를 잡고 앉아 책을 읽는다. 구절구절 비통함이 배어 있지만 독자를 매혹시키는 책이다. B는 〈A는 정말 뛰어난 작가야〉 하고 생각한다. 그는 조롱과 분노로 얼룩진 자신의 책을 떠올린다. A의 책과 견주어 보면 허섭스레기나 진배없다. B는 잠시 뒤에 양지바른 곳에서 잠이 든다. 깨어나 보니 주위에는 온통 걸인들과 마약 중독자들뿐이다. 그들은 언뜻 보면 움직이는 것 같지만 사실은 몸을 움직이지 않는다. 그렇다고 그들이 잠자코 가만있다고 말하는 것도 정확한 표현은 아니다.

B는 호텔로 돌아와 몸을 씻고 면도를 한다. 그리고 가장 깨끗한 양복을 입고 밖으로 나간다. 마드리드에 머물던 첫날에도 입었던 양복이다. A는 중심가에 위치한 낡은 5층짜리 건물에 살고 있다. 초인종을 누르자 누구시냐는 여자의 목소리가 들려온다. 〈B입니다.〉 B가 대답한다. 〈들어오세요.〉 여자가 대꾸한다. 문이 열리면서 윙윙거리는 소리가 들리더니 B가 엘리베이터를 탈 때까지도 잦아들지 않는다. 엘리베이터를 타고 A의 집으로 올라갈 때도 계속 윙윙거리는 소리가 들리는 것만 같다. 마치 엘리베이터에 도마뱀이나 방울뱀의 꼬리가 달린 듯이 말이다.

A는 문을 열고 층계참에 서서 B를 기다리고 있다. 창백한 안색에 키가 크고 사진보다 약간 통통한 모습이다. A는 수줍은 듯이 미소를 짓는다. B는 A의 집에 이르기까지 들인 모든 노력이 한순간에 수포로 돌아가

는 기분을 느낀다. B는 마음을 다잡고 미소를 지으려 애쓰며 악수를 청한다. 속으로는 〈절대로 주먹다짐을 하거나 연속극처럼 찔찔대면 안 돼〉 하고 생각한다. A는 〈드디어 만났군요. 어떻게 지내시나요?〉 하고 묻는다. B는 〈아주 잘 지냅니다〉 하고 대답한다.

전화

B는 X를 사랑한다. 물론, 불행한 사랑이다. B는 한때 X를 위해서라면 뭐든지 할 수 있을 것 같았다. 사랑에 빠진 사람들이 흔히들 생각하고 말하듯이 말이다. 하지만 X는 B에게 이별을 통보한다. 그것도 〈전화〉로 이별을 알린다. 당연한 일이지만 처음에 B는 괴로워한다. 그러나 언제나 그런 것처럼 점차 마음을 추스른다. 드라마 대사처럼 삶은 지속되는 법이다. 그리고 몇 년의 시간이 흐른다.

하릴없던 어느 날 밤에 B는 두 통의 전화를 거쳐 X와 통화하는 데 성공한다. 스페인 땅의 끝과 끝을 오가는 목소리에서 둘 다 나이가 들었다는 것을 느낀다. 다시금 우정이 싹트고 며칠 뒤에는 서로 만나기로 약속한다. 두 사람은 모두 이혼하고 새로운 병에 걸리고 몇 번의 좌절을 겪은 처지였다. X의 도시로 향하는 기차를 탈 때까지만 해도, B는 아직 X를 사랑하고 있지 않다. 첫날에는 하루 종일 X의 집에 틀어박혀 서로의 삶에 대해 이야기한다(사실, 주로 말하는 쪽은 X이다. B

는 이야기를 듣고 가끔씩 질문을 던진다). 밤이 되자 X는 침대에서 같이 자자고 꼬드긴다. B는 X와 자는 것이 내키지 않지만 끝내 응하고야 만다. 아침에 눈을 뜨자 B는 다시 X를 사랑하게 된다. 하지만 정말 X를 사랑하는 것일까? 누군가를 사랑한다는 생각을 사랑하는 것은 아닐까? 격렬하고 골치 아픈 관계가 시작된다. X는 매일같이 자살의 문턱을 넘나들고 정신과 치료를 받는다(약이란 약은 죄다 먹어 보지만 소용이 없다). 게다가 특별한 이유도 없이 시건 때건 울어 댄다. 그래서 B는 X를 보살펴 준다. 열성적이고 애정 어린 보살핌은 우둔해 보일 정도이다. B의 보살핌은 진정 사랑에 빠진 사람이 누군가를 보살피는 모습을 흉내 내는 것에 불과하다. B는 머지않아 이 사실을 깨닫게 된다. B는 X가 우울증에서 벗어날 수 있도록 온 힘을 다한다. 그렇지만 X는 오히려 막다른 길에 몰리는 것 같다. 아니, 자신이 막다른 길이라고 여기는 상태에 몰리는 것만 같다. B도 이따금씩 막다른 길에 이르렀구나 생각한다. 혼자 있거나 X의 잠든 모습을 바라볼 때 말이다. B는 예방 주사 격으로 실연의 경험을 되새기며 〈X 없이도 살 수 있어. 홀로 살아 나갈 수 있어〉 하고 스스로에게 주문을 건다. 그러던 어느 날 밤, X가 B에게 떠나 달라고 요청한다. B는 기차를 타고 도시를 떠난다. X는 역까지 B를 배웅한다. 다정하고 애달픈 작별 인사가 오간다. B는 침대칸에 타지만 늦게까지 잠을 이루지 못한다. 마침내 잠이 들었을 때, B는 꿈속에서 사막을 걷는 눈사람을 본다. 눈사람은 파멸로 이어질 것만 같은 아슬아슬한 경계를 따라 걷는다. 그러나 그 사실을 모르는 척 아랑곳하지 않고 오히려 마음을 굳게 다진다. 얼어붙은 별빛이 사막을 휩쓰는 동안 눈사람은 어둠을 헤치며 걸어간다. 잠에서 깨어난 B는 (이미 바르셀로나 산츠 역에 도착한 다음이다) 꿈의 의미(만약 의미가 있다면)를 깨달았다고 생각한다. 그리고 이것을 약간의 위안으로 삼은 채 집으로 향한다. 그날 밤, B는 X에게 전화를 걸어 꿈에 대해 이야기한다. X는 한 번도 입을 열지 않는다. 다음 날, B는 재차 X에게 전화를 건다. 그다음 날도 마찬가지다. X는 날이 갈수록 냉랭한 태도를 보인다. 전화가 거듭될 때마다 B가 과거 속으로 사라지는 듯이 말이다. B는 〈내가 사라져 가고 있어. X가 나를 지우고 있어〉 하고 생각한다. 〈X는 분명한 이유를 알고 의식적으로 그렇게 행동하는 거야〉. 어느 날 밤, B는 당장 기차를 잡아타고 이튿날 X의 집에 쳐들어가겠다며 으름장을 놓는다. X는 〈그딴 생각은 하지도 마〉 하고 말한다. B는 〈두고 보라지. 이제는 전화가 지긋지긋해. 네 얼굴을 직접 보며 말하고 싶어〉라고 말한다. X는 〈문을 열어 주지 않을 거야〉 하고 말한 뒤에 전화를 끊는다. B는 도무지 이해가 되지 않는다. 어떻게 사람의 감정과 욕망이 그렇게 극과 극을 오갈 수 있는지 한참을 고민한다. 그러다 술을 퍼마시고 책에서 위안을 찾는다. 그렇게 하루하루가 지난다.

반년이 지난 후의 일이다. 어느 날 밤, B가 X에게 전화를 건다. X는 한참 뒤에야 B의 목소리를 알아보고 〈아, 너구나〉 하고 말한다. 머리카락이 곤두설 정도로 쌀쌀맞은 반응이다. 하지만 B는 X가 할 말이 있는 것 같은 느낌을 받는다. B는 〈그동안 시간이 흐르지 않았다는 듯이 내 얘기를 듣고 있어. 바로 어제 통화한 것처럼 말이야〉 하고 생각한다. B는 어떻게 지내냐고 물으며 아무 얘기라도 해보라고 말한다. X는 단마디를 떼는가 싶더니 금세 전화를 끊어 버린다. B는 황당한 마음에 재차 X의 번호를 누른다. 그러나 X가 전화를 받자 말없이 잠자코 있기로 한다. 수화기 저편에서 X의 목소리가 들려온다. 〈도대체 누구세요?〉 그리고 말이 없다. 잠시 뒤에 X가 〈말씀하세요〉 하고 말한다. 또다시 침묵이 이어진다. 전화선을 따라 흐르는 시간 — B와 X를 갈라놓고 있는 시간, B가 도저히 이해할 수 없는 시간 — 은 쪼그렸다 펴기를 반복하며 수수께끼 같은 본색을 슬쩍 내보인다. B는 자기도 모르게 울음을 터뜨린다. X가 뻔히 알면서도 그런다는 생각이 든 것이다. B는 살며시 수화기를 내려놓는다.

여기까지는 흔해 빠진 이야기다. 애처롭기는 하지만 빤한 이야기다. B는 앞으로 다시는 전화하면 안 된다는 것을 확실히 깨닫는다. 그러던 어느 날, 누군가 B의 집 문을 두드린다. 밖으로 나가 봤더니 A와 Z라는 사람들이다. 자신들은 경찰인데 B를 취조하고 싶다는 것이다. B는 무슨 일인지 연유를 묻는다. A는 대답을 꺼리는 눈치이다. Z는 어설프게 말을 돌리다 사흘 전에 스페인 땅 한쪽 끝에서 누군가 X를 살해했다고 털어놓는다. 소식을 듣자마자 B는 억장이 무너지는 것 같았다. 하지만 자신이 용의자라는 사실을 눈치채고 생존 본능에 따라 방어적인 태세를 취한다. 경찰은 지난 이틀간의 행적을 낱낱이 캐어묻는다. B는 자기가 무엇을 했고 누구와 만났는지 기억하지 못한다. 바르셀로나를 떠나지 않았다는 것만은 분명하다. 집 밖이건 동네 밖이건 한 발짝도 움직이지 않았다. 그런데 알리바이를 증명할 도리가 없다. A와 Z는 B를 경찰서로 데려간다. B는 경찰서에서 꼬박 하룻밤을 보낸다. 취조를 받는 도중에 B는 X의 도시로 후송될지도 모르겠다고 생각한다. 그런데 참 이상하게도 그러한 가능성에 마음이 끌린다. 하지만 결국 그런 일은 일어나지 않는다. 경찰은 B의 지문을 채취하고 혈액 검사에 동의하냐고 물어본다. B는 동의한다. 다음 날 아침, 경찰은 집에 돌아가도 된다며 B를 풀어 준다. 공식적인 기록으로는 구류가 아니라 살인 사건 해결차 경찰에 협조한 것이다. B는 집에 오자마자 침대에 엎어져서 그대로 곯아떨어진다. B는 꿈속에서 사막을 보고 X의 얼굴을 본다. 그러다 깨기 직전에 그 둘은 같은 것임을 퍼뜩 깨닫는다. B는 자기가 사막에서 길을 잃었다는 사실을 쉽게 유추한다.

그날 밤, B는 가방에 옷가지를 주섬주섬 챙겨서 기차역으로 간다. 그리고 X가 살던 도시까지 운행하는 기차를 탄다. 하룻밤이 꼬박 걸려 스페인의 극과 극을 이동하는 여정이다. 그동안 B는 잠을 이루지 못한 채 곰곰이 생각에 잠긴다. 할 수 있었지만 하지 못한 모든 일과 X에게 줄 수 있었지만 주지 못한 모든 것을 되새겨 본다. 〈만약 내가 죽었다면 X는 이렇게 장거리를 이동하지 않았을 거야〉 하는 생각도 든다. 그러다 잠시 뒤에는 〈하긴 그래서 내가 살아남았는 지도 모르지〉 하고 생각한다. B는 뜬눈으로 여행하면서 처음으로 X의 모습을 있는 그대로 마음속에 그려 보고 다시금 사랑을 느낀다. 그리고 마지못해 그런다는 듯이 마지막으로 재차 자신의 잘못을 탓해 본다. B는 이른 아침에 도착하자마자 곧바로 X의 오빠네 집으로 향한다. X의 오빠는 놀라서 어리둥절하면서도 B를 집으로 들이고 커피를 마시겠냐고 물어본다. X의 오빠는 이제 막 세수를 마치고 옷을 입다가 만 상태이다. B는 〈틀림없이 샤워는 건너뛰었을 거야. 얼굴을 닦고 머리에 물만 묻히다 말았겠지〉 하고 생각한다. B는 커피를 마시겠다고 말하며 소식을 들었다고 허두를 뗀다. 그리고 경찰한테 취조받은 일을 늘어놓으며 도대체 어찌 된 일인지 설명해 달라고 부탁한다. X의 오빠는 주방에서 커피를 내리며 〈비참한 일이었지〉 하고 말한다. 그러더니 B가 이 일과 무슨 상관이 있는지 모르겠다고 덧붙인다. B는 〈경찰은 저를 살해 용의자로 의심해요〉 하고 말한다. X의 오빠는 웃으며 〈너는 항상 운이 나빴지〉 하고 말을 받는다. B는 〈그렇게 말하니 이상하네.

지금 살아 있는 사람은 내가 아닌가〉 하고 생각한다. 하지만 X의 오빠에게 결백을 믿어 줘서 고맙다고 말한다. X의 오빠는 일하러 나가고 B는 홀로 집에 남는다. 녹초가 된 B는 이윽고 깊은 잠에 빠져든다. 당연하다는 듯이 B가 다시 꿈속에 등장한다.

  B는 잠에서 깨어나자 누가 범인인지 알 것 같았다. 꿈속에서 살인자의 얼굴을 보았던 것이다. 그날 밤에 B는 X의 오빠와 함께 외출을 한다. 그들은 술집을 여러 군데 들락거리며 시시껄렁한 대화를 나눈다. 술에 취해 보려고 발버둥 치지만 도무지 정신이 말짱하다. 휑뎅그렁한 거리를 따라 집으로 돌아오며 B가 X의 오빠에게 말한다. 〈한번은 X에게 전화를 걸었는데 아무 대꾸가 없었어요.〉 X의 오빠는 〈그건 또 무슨 지랄이야〉 하고 말한다. 〈딱 한 번 그런 일이 있었어요. 그런 류의 전화를 여러 번 받지 않았나 싶었어요. X는 제가 계속 전화를 건다고 생각했겠죠. 무슨 뜻인지 아시겠어요?〉 〈그렇다면 전화만 걸어 놓고 아무 말 없던 놈이 범인이란 말이지?〉 〈바로 그 말씀입니다. X는 그 놈이 저라고 생각했던 거예요.〉 X의 오빠는 미간을 찌푸린다. 〈전에 사귀었던 놈들 중 하나가 범인이 아닐까 싶어. 내 동생 좋다고 따라다니는 놈들이 많았지.〉 B는 딱히 뭐라고 대꾸하지 않는다(B가 생각하기에 X의 오빠는 전혀 감을 못 잡은 것 같다). 그들은 아무 말도 없이 집까지 걸어간다.

  B는 승강기 안에서 토가 쏠리는 것을 느낀다. 그래

서 토할 것 같다고 말을 내뱉는다. X의 오빠는 조금만 참으라고 말한다. 그들은 잰걸음으로 복도를 걸어간다. X의 오빠가 문을 열자마자 B는 쏜살같이 들어와 화장실로 향한다. 그런데 화장실에 들어서니 토기가 씻은 듯 가라앉는다. 온몸이 땀으로 범벅이고 속은 쓰린데 토가 나오지 않는다. 뚜껑을 올려놓은 변기가 잇몸을 벌씬 드러낸 채 비웃는 것만 같다. 꼭 B가 아니라도 어쨌든 누군가를 비웃는 것만 같다. B는 얼굴을 씻고 거울을 바라본다. 얼굴이 백지장처럼 하얗다. B는 남은 밤 동안 잠을 이루지 못한다. 책을 뒤적이거나 X의 오빠가 코 고는 소리를 들으며 새벽을 맞는다. 이튿날 그들은 헤어지고, B는 바르셀로나로 돌아온다. B는 이제 X도 없으니 다시는 그곳에 발을 디디지 않겠다고 다짐한다.

일주일 뒤에 X의 오빠가 B에게 전화를 걸어 경찰이 범인을 검거했다고 알려 준다. 〈전화만 걸고 아무 말 없이 X를 괴롭혔던 놈이야.〉 B는 아무런 대꾸도 하지 않는다. 〈한참 전에 사귀었던 놈인가 봐.〉 X의 오빠가 말을 잇는다. 〈알게 되니 좋네요.〉 B가 말한다. 〈전화해 주셔서 고마워요.〉 곧이어 X의 오빠가 전화를 끊는다. B는 덩그러니 홀로 남는다.

2
형사들

1 이 단편에 등장하는 〈크리스탈(유리) 서점〉과 〈소타노(지하) 서점〉은 실제로 볼라뇨가 멕시코시티에 살 때 자주 들렀다는 곳이다. 청년 볼라뇨가 단편의 화자처럼 손버릇이 나빴던 것은 물론이다. 볼라뇨는 「배짱 있는 놈이 누구냐 Quién es el valiente?」(『괄호 치고 Entre paréntetis』)에서 이때의 경험을 언급한다. 참고로 청년 볼라뇨의 가슴을 뒤흔들고 그악스런 독자로 이끈 작품은 알베르 카뮈의 『전락 La chute』이었다.

2 *torta*. 멕시코 식의 샌드위치.

굼벵이 아저씨

밀짚모자를 눌러쓰고 아랫입술에 발리 담배를 늘어뜨린 아저씨의 모습은 하얀 굼벵이 같았다. 나는 아침이면 크리스탈 서점[1]에 처박혀 책을 되작이다가 알라메다 공원의 벤치에 앉아 있는 아저씨를 보았다. 서점은 이름대로 사면이 투명한 유리 벽이었고, 고개를 들 때마다 저편에 아저씨의 모습이 보였다. 아저씨는 나무 틈에 앉아 조용히 허공을 응시하고 있었다.

우리는 서로의 존재에 익숙해지지 않았나 싶다. 내가 8시 반쯤 서점에 도착할 때면 아저씨는 이미 벤치에 앉아 있었다. 특별히 하는 일도 없이 눈을 계속 뜬 채 담배만 뻐끔뻐끔 빨면서 말이다. 나는 아저씨가 신문을 읽거나 토르타[2]를 먹는 모습을 한 번도 보지 못했다. 아저씨는 맥주를 마시거나 책을 읽는 경우도 다른 사람과 대화를 나누는 법도 없었다. 한번은 프랑스 문학 서가에서 아저씨를 지켜보다가 문득 이런 생각이 들었다. 알라메다 공원의 벤치나 가까운 골목 어귀에서 주무시는 것이 아닐까 하는 것이었다. 하지만 아무리 생각해 봐도 길거리에서 자는 것치고는 겉모습이 너무나 말끔했다. 그래서 공원 근처의 하숙집에 기거하는 게 틀림없겠다 싶었다. 아저씨도 나처럼 습관의 노예인 것만은 분명했다. 내게는 아침부터 점심까지 정해진 일과가 있었다. 우선, 새벽녘에 일어나 엄마, 아빠, 누이와 아침을 먹었다. 그리고 학교에 가는 척하며 버스를 타고 시내에 내렸다. 이후 오전 시간의 반은 독서와 산책, 나머지 반은 영화와 은밀한 성생활을 즐겼다.

   나는 주로 크리스탈 서점과 소타노 서점(역시 이름대로 알라메다 공원 맞은편 지하에 있었다)에서 책을 구입했다. 주머니가 헐렁할 때는 크리스탈에서 상설 할인 서적을 샀고, 주머니가 빵빵할 때는 소타노에서 신간을 샀다. 하지만 아무 데서나 책을 훔칠 때가 많았다. 주머니가 텅텅 비기가 일쑤였기 때문이다. 어떻든 꼬박꼬박 서점에 들르는 일은 의무나 마찬가지였다. 이따금씩 서점이 열기 전에 도착할 때도 있었다. 그러면 행상을 찾아 하몬 샌드위치와 망고 주스를 사 먹고 기다렸다. 때로는 알라메다 공원의 벤치에 앉아 덤불 틈에서 글을 끼적거리기도 했다. 대략 오전 10시까지 그런 식으로 시간을 보냈다. 그때가 시내의 몇몇 영화관에서 조조 영화를 상영하는 시간이었다. 나는 대체로 유럽 영화를 찾아보았지만 아침에 영감이 떠오르는 날에는 신작 멕시코 에로 영화와 공포 영화도 마다하지 않았다. 따지고 보면 그게 그거였지만 말이다.

내가 가장 많이 본 영화는 프랑스 영화였던 것 같다. 도시 외곽의 집에 단둘이 사는 두 여자의 이야기였다. 한 여자는 금발 머리였고 다른 여자는 빨간 머리였다. 금발은 애인에게 버림받으면서, 동시에(그러니까 상심과 동시에) 인격의 혼란을 겪는다. 동거인을 사랑하고 있다고 생각하는 것이다. 빨간 머리는 금발 머리보다 젊고 순진하고 무책임한 사람이다. 한마디로 더 행복한 사람이라는 뜻이다(하지만 당시에 젊고 순진하고 무책임했던 나는 스스로가 절망의 구렁텅이에 빠져 있다고 생각했다). 그러던 어느 날, 탈주범이 쥐도 새도 모르게 집으로 들어와 여자들을 납치한다. 흥미로운 사실은 금발 머리가 빨간 머리와 사랑을 나누고 자살을 결심한 날 밤에 사건이 벌어진다는 것이다. 탈주범은 창문 틈으로 들어와 단도를 움켜쥐고 살금살금 집 안을 거닐다 빨간 머리의 방에 들어간다. 그리고 그녀를 꼼짝 못하게 사로잡아 꽁꽁 묶고는 이것저것 캐어 묻는다. 몇 사람이 사느냐는 질문에 빨간 머리는 금발 머리와 단둘이 산다고 대답한다. 탈주범은 빨간 머리에게 재갈을 물리고 금발 머리의 방으로 건너간다. 하지만 방에는 금발의 모습이 보이지 않고 탈주범은 집 안을 샅샅이 뒤지기 시작한다. 시간이 흐를수록 탈주범의 신경은 점점 날카로워진다. 그러다 마침내 지하실에서 여자를 발견한다. 금발은 의식을 잃은 채 땅바닥에 쓰러져 있다. 정황으로 보아 약상자를 통째로 삼킨 것이 분명하다. 탈주범은 살인마가 아니고 절대로 여자를 죽일 사람도 아니다. 그는 약을 토해 내게 해서 금발을 살린다. 그리고 여자에게 우유를 먹이고 1리터들이 커피를 끓인다.

날이 흐를수록 여자들과 탈주범은 친해지기 시작한다. 탈주범은 여자들에게 자기 이야기를 털어놓는다. 과거에 은행털이였고 지금은 탈주범인데 은행털이 공범들이 아내를 죽였다는 것이다. 여자들은 카바레 무용수이고 어느 날 탈주범에게 공연을 보여 준다. 집에는 항상 커튼이 쳐져 있어서 오후인지 저녁인지 알 수가 없다. 금발 머리는 멋들어진 곰 가죽을 뒤집어쓰고, 빨간 머리는 조련사를 연기한다. 곰은 고분고분 말을 듣는가 싶더니 갑자기 반항하며 대든다. 그리고 날카로운 발톱으로 빨간 머리의 옷을 찢어발긴다. 빨간 머리는 처참하게 맨몸으로 쓰러지고 곰은 빨간 머리를 덮친다. 아니, 죽인다는 게 아니라 강간한다는 말이다. 이어서 영화에서 가장 흥미로운 장면이 이어진다. 탈주범은 공연을 지켜본 뒤에 빨간 머리가 아니라 금발 머리, 즉 곰을 사랑하게 된다.

결말은 너무나 빤하지만 시적인 풍취가 없는 것은 아니다. 비 내리는 어느 날 밤, 탈주범은 공범들을 살해한다. 그리고 금발과 함께 정해진 목적지도 없이 도망친다. 빨간 머리는 의자에 앉아 책을 읽는다. 경찰에

---

3 Estudios Churubusco. 멕시코시티 근교의 추루부스코에 위치한 영화 스튜디오. 1945년부터 지금까지 중남미 최고의 영화 스튜디오 중 하나로 사용되고 있다.

신고할 때까지 시간을 벌어 줄 요량이다. 그녀가 읽는 책은 카뮈의 『전락』이다(세 번째 볼 때야 확인한 사실이다). 나는 비슷한 종류의 멕시코 영화도 여러 편 보았다. 겉으로 보기에는 악당이지만 알고 보면 선량한 남자들에게 납치당하는 여자들, 젊고 부유한 부인들을 납치해 하룻밤의 정사를 벌인 뒤 총기로 난사해 죽이는 탈주범들, 밑바닥부터 시작해 온갖 범죄의 사다리를 단계별로 밟고 올라가 마침내 부와 권력의 정점에 우뚝 서는 어여쁜 가정부들. 당시에 추루부스코 스튜디오[3]에서 제작하는 영화들은 대개가 에로틱 스릴러였다. 물론 에로틱 공포물이나 에로틱 코미디도 간혹 있었다. 에로틱 공포물은 1950년대 공포 영화의 고전적인 관례를 그대로 답습했다. 공포 영화는 벽화 운동과 더불어 국가 전체의 뿌리 깊은 문화로 자리매김한 지 오래였다. 성자, 미친 과학자, 뱀파이어 기수, 순진한 소녀 등 고색창연한 인물들이 영화의 주인공이었다. 여기다가 현대적인 풍취를 가미한답시고 발가벗은 여자들이 조연으로 등장했다. 주로 미국이나 유럽의 무명 여배우들이 배역을 맡았는데, 아르헨티나 여배우들이 출연하는 경우도 있었다. 영화의 내용은 성행위를 암시하는 장면이나 잔인한 장면들이 주를 이루었다. 특히 잔인한 장면들은 참기 힘들 정도로 터무니없을 때가 많았다. 나는 에로틱 코미디는 즐겨 보지 않았다.

어느 날 아침, 소타노에서 책을 찾던 중의 일이었다. 공원 안쪽에서 영화를 촬영하는 사람들이 눈에 띄었다. 호기심이 동해서 다가갔다가 바로 하켈리네 안데레[4]를 알아보았다. 하켈리네는 홀로 왼편에 늘어선 나무들을 바라보는 중이었다. 지시를 기다리는 듯 제자리에서 미동도 하지 않았다. 주위로는 여러 대의 조명 기기가 설치되어 있었다. 이상하게도 사인을 요청해야 겠다는 생각이 퍼뜩 떠올랐다. 이전에는 사인 따위에 관심을 가져 본 적이 없었다. 나는 촬영이 끝나기만을 기다렸다. 어떤 남자(이그나시오 로페스 타르소?[5])가 하켈리네에게 다가가 대화를 나누었다. 남자는 화가 난 듯 손사래를 치더니 공원의 갈래 길 중 하나로 사라졌다. 하켈리네는 잠시 머뭇거리는가 싶다가 반대쪽으로 걸음을 떼었다. 내가 있는 쪽으로 곧장 이어지는 길이었다. 뒤따라 나도 걷기 시작해서 우리는 중간쯤에서 맞닥뜨렸다. 이제껏 내가 경험한 가장 단순한 일들 중의 하나였다. 나를 제지하거나 말을 건넨 사람은 없었고, 그녀와 나 사이에 끼어든 사람도 없었고, 그곳에서 뭐하냐고 물어본 사람도 없었다. 하켈리네는 나와 마주치기 전에 촬영 팀 쪽으로 고개를 돌렸다. 무슨 소리라도 들은 것 같았지만 그쪽에서 그녀를 부른 사람은 없었다. 하켈리네는 다시 무심한 표정을 지은 채 예술의 전당 방향으로 걸음을 옮겼다. 나는 그저 멈춰 서

---

4 Jacqueline Andere(1938~). 멕시코 배우. 본명은 Maria Esperanza Andere y Aguilar로 1960년대와 1970년대에 드라마와 영화를 오가며 유명세를 떨쳤다.
5 Ignacio López Tarso(1925~). 멕시코 배우. 영화와 연극, 드라마를 넘나들며 멕시코 최고의 남자 배우로 활동했다.

서 인사를 건네고 사인을 부탁하기만 하면 되었다. 하이힐을 신었는데도 작달막해서 놀랐지만 겉으로는 내색하지 않았다. 잠시 동안 그렇게 단둘이 있자 불현듯 머릿속을 스치는 생각이 있었다. 그녀를 납치했을 수도 있겠다는 것이었다. 상상만으로도 목덜미가 곤두서는 일이었다. 하켈리네는 나를 위아래로 톺아보았다. 머리는 잿빛이 감도는 금발이었고(전에는 그런 머리색을 본 적이 없었다. 아마 염색을 했던 것일 테다), 아몬드 모양의 커다란 두 눈은 갈색이었다. 그녀가 나를 바라보는 눈길은 상냥하기 그지없었다. 아니, 상냥하기보다는 소름 끼칠 정도로 평온해 보였다. 마약에 취한 사람이나 식물인간이나 외계인의 눈 같았다. 나는 정신이 팔려서 하켈리네가 말하는 것도 모르고 있었다.

하켈리네는 〈펜, 사인하게 펜을 주렴〉 하고 말했다. 나는 외투 주머니에서 볼펜을 찾아 『전락』의 첫 페이지를 들이밀었다. 그녀는 책을 낚아채더니 잠시 동안 훑어보았다. 손이 정말 가느다랗고 자그마했다. 〈알베르 카뮈로 사인할까, 하켈리네 안데레로 사인할까.〉 〈원하시는 대로 해주세요.〉 책에서 얼굴을 떼지 않았지만 그녀가 얼굴에 미소를 머금은 것이 느껴졌다. 〈학생이야?〉 〈네.〉 〈수업은 안 듣고 여기서 뭐해?〉 〈절대 학교로 돌아가지 않을 거예요.〉 〈몇 살이니?〉 〈열일곱이요.〉 〈부모님도 아시니?〉 〈아니요, 당연히 모르시죠.〉 〈내 질문에 대답을 하나 빠뜨렸어.〉 하켈리네가 시선을 들어 내 눈을 바라보며 말했다. 〈어떤 질문이요?〉〈여기서 뭐 하냐는 질문. 내가 어렸을 때 땡땡이 치는 아이들은 당구장이나 볼링장에 갔거든.〉〈저는 책을 읽고 영화관에 가요. 그리고 저는 땡땡이치는 것이 아니에요.〉〈아, 학교에서 탈출한 거구나.〉 이번에는 내가 미소를 지었다. 〈요즘에는 무슨 영화를 보니?〉 〈닥치는 대로요. 당신이 출연한 영화도 봐요.〉 하켈리네는 마음에 들지 않는다는 눈치였다. 그녀는 다시금 책을 살펴보고 아랫입술을 깨물더니 나를 바라보았다. 그리고 따가운 듯 눈을 깜빡이고 이름을 물어보았다. 〈알겠어, 이제 사인을 해줄게.〉 하켈리네는 왼손잡이였다. 글씨는 크고 알아보기 힘들었다. 그녀는 내게 책과 볼펜을 건네주며 이제 가봐야겠다고 말했다. 그리고 손을 내밀어 나와 악수를 한 뒤에 공원을 가로질러 촬영 팀 쪽으로 사라졌다. 나는 우두커니 서서 그녀를 지켜보았다. 50미터쯤 떨어진 곳에서 선교사 수녀처럼 차려입은 여자 둘이 하켈리네 쪽으로 다가왔다. 두 명의 멕시코 선교사 수녀는 그녀를 노간주나무 그늘 아래로 데려갔다. 그 뒤에 어떤 남자가 일행에 합류했다. 그들 넷은 잠깐 대화를 나누더니 오솔길을 따라 공원 밖으로 사라졌다.

『전락』의 첫 페이지에 하켈리네는 이렇게 써놓았다. 〈해방 학생 아르투로 벨라노에게. 하켈리네 안데레가. 사랑을 담아서.〉

서점에 들르거나 산책을 하거나 책을 읽고 싶은 마음이 단번에 사라졌다. 더욱이 조조 영화는 아예 거들떠보기도 싫어졌다. 거대한 먹장구름이 한 척의 배처럼 멕시코시티 중심부에 뱃머리를 드러냈다. 도시 북부에서는 천둥 번개가 울리기 시작했다. 나는 언제 들이닥칠지 모르는 비 때문에 영화 촬영이 중단되었다는 사실을 깨달았다. 외로웠다. 무엇을 해야 할지 어디로 가야 할지 순간적으로 갈피를 잡을 수 없었다. 바로 그 순간에 굼벵이 아저씨가 내게 인사를 건넸다. 수없이 옷깃을 스치다 보니 아저씨도 나를 알아보게 되었던 듯싶다. 뒤를 돌아보았더니 아저씨가 여느 때처럼 의자에 앉아 있었다. 밀짚모자를 쓴 채 하얀 셔츠를 입은 모습이 티 없이 말끔하기 그지없었다. 촬영 팀이 떠나고 나서 촬영을 하던 장소는 미묘하지만 결정적인 변화를 겪었다. 나는 그 광경을 보며 소스라치게 놀랐다. 마치 바닷물이 양쪽으로 갈라져서 밑바닥이 훤히 드러난 것 같았기 때문이다. 텅 빈 알라메다 공원은 바다의 밑바닥이었고 굼벵이 아저씨는 최고로 값진 바다의 보석이었다. 나는 아저씨에게 인사를 건넸다. 분명 시시풍덩한 말도 늘어놓았을 것이다. 그러다 비가 퍼붓기 시작했다. 아저씨와 나는 함께 공원을 떠나 이달고 대로 쪽으로 발길을 옮겼다. 그리고 라사로 카르데나스 거리를 지나 페루 거리까지 걸어갔다.

이후에 일어난 일들은 거리를 휩쓸며 쏟아지던 빗줄기 사이로 본 것처럼 흐릿할 뿐이지만 동시에 너무도 자연스러운 성격의 일이었다. 〈라스 카멜리아스〉라는 술집은 마리아치[6] 악단과 코러스 걸로 가득 차 있었다.

나는 엔칠라다[7]와 TKT 한 병을 주문했다. 굼벵이 아저씨는 코카콜라를 주문하더니 조금 뒤에(분명 한참 뒤는 아니었다) 행상에게서 카과마[8] 알 세 개를 구입했다. 굼벵이 아저씨는 하켈리네 안데레를 화제로 삼고 싶은 눈치였다. 하지만 나는 얼마 지나지 않아 깜짝 놀라고야 말았다. 아저씨는 하켈리네가 영화배우라는 사실도 모르고 있었다. 하켈리네가 영화를 찍는 중이었다고 일러 주었지만, 아저씨는 여기저기 흩어져 있던 촬영 기기들과 촬영 팀도 모두 기억하지 못했다. 벤치가 있던 오솔길에 나타난 하켈리네의 모습이 나머지 것들을 한순간에 지워 버렸기 때문이다. 비가 그치자 아저씨는 뒷주머니에서 지폐 뭉치를 꺼내더니 값을 치르고 자리를 떠났다.

이튿날 우리는 다시 얼굴을 마주쳤다. 아저씨의 표정을 보니 나를 알아보지 못했거나 인사를 건네기 싫은 눈치였다. 어쨌든 나는 아저씨의 옆으로 다가갔다. 눈을 뜨고 있었는데도 잠이 든 것 같은 모습이었다. 굼벵이 아저씨는 비쩍 마른 몸이었다. 하지만 팔과 다리를 제외하면 살이 말랑말랑하고 흐물흐물한 것 같았다. 더 이상 몸을 가꾸지 않는 운동선수의 근육 같았

---

6 *mariachi*. 멕시코 서부 할리스코 주의 도시 과달라하라에서 비롯된 민속 음악, 또는 이 음악을 연주하는 밴드를 가리킨다. 브라스와 퍼커션 등을 주로 연주한다.

7 *enchilada*. 옥수수나 밀가루 전병에 고기를 넣고 매운 소스를 끼얹은 멕시코 음식.

8 *caguama*. 뉴펀들랜드에서 아르헨티나에 이르는 대서양 서쪽, 멕시코 만과 카리브 해에 서식하는 바다거북.

다. 그렇지만 사실 흐물흐물한 것은 정신이지 육체가 아니었다. 아저씨는 골격은 작아도 튼튼했던 것이다. 나는 곧 아저씨가 북부 출신 또는 북부에서 오랫동안 살았다는 것(그게 그거지만 말이다)을 알게 되었다. 아저씨는 자신이 소노라에서 왔다고 말했다. 할아버지께서 소노라 출신이셨기 때문에 나는 흥미를 느꼈다. 굼벵이 아저씨는 관심을 보이며 할아버지께서 소노라 어느 지역 출신인지 궁금해 했다. 내가 〈산타테레사 출신이세요〉 하고 말하자, 아저씨는 〈나는 비야비시오사 출신이야〉 하고 답했다. 어느 날 밤, 나는 아버지께 비야비시오사를 아시느냐고 여쭤 보았다. 아버지는 당연히 안다고 대답하시며 산타테레사와 지척 간이라고 말씀하셨다. 나는 아버지에게 비야비시오사를 묘사해 달라고 부탁드렸다. 〈매우 자그마한 마을이지.〉 아버지가 말을 이었다. 〈주민이 기껏해야 1천 명 안팎일 거야(실제로는 5백 명 미만이라는 것을 나중에 알게 되었다). 지지리도 가난한 곳이지. 밥 벌어먹을 일거리도 부족하고 공장은 하나도 없어. 조만간 마을이 사라질 거야.〉 〈어떻게 사라진다는 말씀이세요?〉 〈이농 현상 때문이지. 산타테레사와 헤르모시요 같은 도시나 미국으로 주민들이 떠나고 있거든.〉 이 이야기를 그대로 굼벵이 아저씨에게 전해 주었더니, 아저씨는 아버지의 견해에 동의하지 않았다. 물론 〈동의한다〉와 〈동의하지 않는다〉 같은 표현은 아저씨의 사전에 없는 말이었다. 아저씨는 논쟁하는 법도 없었고 자신의 의견을 개진하는 법도 없었다. 다른 사람의 의견을 존중해서 그런 것이 아니었다. 자신만의 세계에 갇혀서 그저 묵묵히 다른 사람의 얘기를 들으며 머릿속에 담아두거나 대충 듣고 난 다음에 금세 잊어버렸던 것이다. 굼벵이 아저씨의 목소리는 부드럽고 어조가 일정했다. 물론 때때로 목소리를 높일 때도 있었다. 그럴 때면 미친 척하는 미친 사람처럼 보였다. 일부러 그러는 것인지 어쩔 도리가 없는 것인지 알 수 없었다. 자기만 아는 놀이의 일환인지 지옥에서부터 터져 나오는 외침인지 분간하기 어려웠다. 굼벵이 아저씨는 비야비시오사가 명맥을 유지할 것이라 철석같이 믿었다. 무엇보다 유서 깊은 마을이기 때문이라는 것이었다. 게다가 마을의 불안정한 상태도 도움이 되리라는 말이었다. 나는 아저씨의 말을 나중에야 이해할 수 있었다. 우리 아버지는 마을을 사방에서 에워싸고 갉아먹는 불안정함이 그곳의 존망을 위협한다는 의견이셨다.

굼벵이 아저씨는 호기심 많은 사람은 아니었지만 어느 것 하나 그냥 지나치는 법이 없었다. 한번은 내가 들고 있던 책을 보더니 글씨를 읽기가 힘들거나 아예 까막눈인 것처럼 하나씩 돌아가며 살펴본 적도 있었다. 그리고 이후로는 내가 아침마다 새 책을 들고 나타나도 전혀 관심을 보이지 않았다. 아마도 아저씨가 나를 동향 사람이라고 여겼던 탓이겠지만, 때때로 우리는 소노라를 화제로 삼았다. 사실 나는 그곳을 아예 모르는 상태나 마찬가지였다. 할아버지 장례식 때 딱 한

번 가보았을 뿐이다. 굼벵이 아저씨는 나코사리, 바코아체, 프론테라스, 비야이달고, 바세락, 바비스페, 아구아프리에타, 나코 등 내 귀에는 그저 똑같이 들리는 마을 이름들을 늘어놓았다. 그런데 왜인지 이유는 모르겠지만 치와와 주(州) 경계 지역의 나코리치코 군과 바카데와치 군에 있는 외딴 마을들을 입에 올릴 때면 재채기나 하품을 하려는 듯 입을 가리기가 일쑤였다. 라스팔로마스, 라시에네기타, 기하스, 라마데라, 산안토니오, 시부타, 투마카코리, 애리조나 지역까지 이어져 있는 시에리타, 쿠에바스, 치와와 주와 인접한 북동 지역의 오치타우에카, 라폴라, 시날로아 주 방향으로 남부의 라스타블라스, 라글로리아, 바하칼리포르니아 방향으로 엘피나카데 북동쪽까지 산맥이라는 산맥은 죄다 걸어서 돌아다니며 산속에서 밤까지 보냈던 모양이었다. 아저씨는 우아탐바포와 엠팔메부터 칼리포르니아 만(灣)과 사막의 벽촌에 이르기까지 소노라 전 지역을 꿰고 있었다. 그리고 야키어와 파파고어(소노라와 애리조나 경계에 걸쳐 사용된다)를 말할 줄 알았고, 세리어와 피마어와 마요어와 영어를 알아들었다. 굼벵이 아저씨의 스페인어는 건조하기 이를 데 없었다. 이따금씩 살짝 어조를 올리기도 했지만, 눈빛을 보면 억지스런 티가 났다. 한번은 아저씨가 이렇게 말했다. 〈나는 하늘에서 편히 잠들고 계실 너희 할아버지의 고향 땅을 모두 돌아보았어. 그림자처럼 정처 없이 헤매며 말이야.〉

아저씨와 나는 매일 아침 만났다. 이따금씩 나는 아저씨를 못 본 척 지나치려 했다. 예전처럼 혼자 산책을 하거나 조조 영화를 보려는 요량이었다. 하지만 아저씨는 언제나 그 자리에 있었다. 알라메다 공원의 똑같은 벤치에 쥐 죽은 듯 앉아 있었던 것이다. 발리 담배는 입에 늘어뜨리고 밀짚모자를 이마(하얀 굼벵이 이마) 한가운데까지 눌러쓴 채 말이다. 크리스탈의 책장 사이를 물고기처럼 휘젓다 보면 영락없이 아저씨의 모습이 눈에 들어왔다. 그러면 나는 잠시 아저씨를 지켜보다가 끝내는 옆에 가서 앉게 되기가 십상이었다.

얼마 뒤에 아저씨가 항상 몸에 무기를 지니고 다닌다는 사실을 알게 되었다. 처음에는 아저씨가 경찰이거나 쫓기는 신세일지도 모른다고 생각했다. 그렇지만 경찰이 아닌 것만은 틀림없었다(예전에는 모르겠지만 적어도 이제는 아니었다). 게다가 나는 그렇게 다른 사람에 무심한 사람을 거의 본 적이 없다. 굼벵이 아저씨는 뒤를 돌아보는 법도 없었고, 주위를 살피는 경우도 없었다. 어쩌다 다문다문 땅을 내려다보았을 뿐이다. 무장하고 다니는 이유를 묻자 아저씨는 습관일 뿐이라고 답했다. 나는 곧장 아저씨의 말을 믿었다. 아저씨는 허리 뒤편의 척추와 바지 사이에 총을 넣고 다녔다. 내가 〈많이 쏴보셨어요?〉 하고 묻자, 아저씨는 꿈꾸는 표정으로 〈그럼, 수없이 쏴보았지〉 하고 대꾸했다. 며칠 동안 굼벵이 아저씨의 총이 머릿속에서 떠나지 않았다. 때때로 아저씨는 총을 꺼내서 탄창을 빼고 구경이나 해보라고 건네주었다. 낡아 보이는 총은 꽤나 묵직했다. 대체로 나는 잘 간수하시라며 금방 총을 돌려주었다. 알라메다 공원의 벤치에 앉아 총을 지닌 사내와 대화(혹은 독백)를 나누는 게 신경 쓰일 때도 있었다. 아저씨가 나한테 해코지라도 할까 봐 그런 것은 아니었다. 처음 만난 순간부터 우리는 평생 친구가 될 것임을 의심치 않았기 때문이다. 그보다는 멕시코시티 경찰이 우리를 보지나 않을까 걱정되었다. 불심 검문에 걸려서 아저씨의 총을 찾아내면 어두운 감방에 갇힐까 두려웠던 것이다.

하루는 아저씨가 몸이 아팠던 적이 있었다. 그날 아침에 아저씨는 내게 비야비시오사 이야기를 들려주었다. 크리스탈에서 지켜본 아저씨의 모습은 평소와 다름없었다. 그런데 가까이 다가가니 구겨진 셔츠가 눈에 띄었다. 옷을 입은 채 그대로 잠을 잔 것 같았다. 옆자리에 바투 앉자 아저씨가 몸을 떠는 게 느껴졌다. 이내 아저씨는 심하게 부들부들 몸을 떨기 시작했다. 나는 열이 있는 것 같으니 침대에 누워 계셔야겠다고 말했다. 굼벵이 아저씨는 한사코 만류했지만, 나는 아저씨를 하숙집까지 바래다주었다. 내가 자리에 누우시라고 말하자 아저씨는 셔츠를 벗어던졌다. 그리고 베개 밑에 권총을 넣어 두었다. 두 눈은 똑바로 천장을 응시하고 있었지만 바로 잠이 든 것 같은 모습이었다. 방에는 비좁은 침대와 머리맡 탁자와 낡은 옷장이 있었다. 옷장 안에는 방금 벗은 셔츠와 똑같은 하얀 셔츠 세 장이 말끔히 개여 있었고, 같은 색상의 바지 두 개가 옷걸이에 하나씩 걸려 있었다. 침대 밑에 있는 질 좋은 가죽 가방이 눈에 띄었다. 금고처럼 단단한 자물쇠가 달려 있는 가방이었다. 신문이나 잡지는 눈을 씻고 찾아봐도 없었다. 하숙집 계단에서처럼 방에서는 소독약 냄새가 났다. 나는 약국 가서 약 사오게 돈을 달라고 말했다. 아저씨는 바지 주머니에서 지폐 뭉치를 꺼내 건네주더니 아까처럼 미동도 하지 않았다. 가끔씩 머리에서 발끝까지 부들부들 몸서리를 쳤다. 곧 저세상으로 갈 것만 같은 모습이었다. 그렇지만 이따금씩 그런 증상을 보였을 뿐이다. 의사를 부르는 편이 낫겠다는 생각이 한순간 머리를 스쳤다. 하지만 아저씨가 내켜 하지 않을 것이 불 보듯 뻔했다. 약봉지와 코카콜라를 한 아름 안고 돌아와 보니, 아저씨는 이미 잠이 든 상태였다. 나는 아저씨의 손에 항생제와 해열제를 한 움큼 쥐어 주며 코카콜라 반 리터와 삼키도록 했다. 혹시라도 나중에 배가 고플까 싶어서 팬케이크도 하나 사와 침대맡에 놓아두었다. 그러고 내가 자리를 뜨려던 참에 아저씨가 눈을 뜨더니 비야비시오사를 입에 올렸던 것이다.

아저씨는 평소의 습관대로 미주알고주알 이야기를 늘어놓았다. 마을에는 일흔 채 미만의 집이 있으며 주점은 둘이고 잡화점이 하나라고 했다. 죄다 벽돌집이었는데 마당이 시멘트인 집도 있는 모양이었다. 마당에서는 바닥부터 역한 냄새가 올라왔다. 때로는 도저히 참을 수 없는 정도라는 것이었다. 영혼이 있는 사람이나 없는 사람이나 감각을 느끼지 못하는 사람까지도 견딜 수 없는 악취였다. 몇몇 집에서 마당에 시멘트를 바른 것도 이 때문이었다. 마을은 2천 년에서 3천 년 사이의 오랜 역사를 자랑했다. 마을의 후손들은 살인 청부업자나 경비원으로 일했다. 아저씨는 살인자가 살인자를 쫓는 일은 없다고 말했다. 그것은 마치 뱀이 자신의 꼬리를 무는 형국과 다름없었다. 그런데 실제로는 자기 몸을 통째로 집어삼키는 뱀도 있었다. 그런 뱀을 볼 때면 자리에서 피하는 게 상책이었다. 현실이 폭탄처럼 터지듯 반드시 좋지 않은 일이 생겨나는 까닭이었다. 마을 주위로는 검은 물 색깔에 걸맞게 〈리오 네그로〉라고 이름 붙인 강이 흘렀다. 강물은 공동묘지 어름에서 삼각주를 형성하고 메마른 땅을 적셨다. 마을 사람들은 때때로 지평선과 엘 라가르토 봉우리 저편으로 사라지는 태양을 한동안 지켜보며 서 있었다. 살색 지평선은 마치 죽어 가는 사람의 뒷모습 같았다. 나는 〈거기에서 무엇이 나타나기를 기다리는 거죠?〉하고 물었다. 내가 내 목소리에 소름이 돋았다. 아저씨는 모르겠다고 답하더니 이윽고 둥을 달았다. 〈무슨 좆 같은 거겠지.〉 〈아니면 먼지바람이던가.〉 아저씨가 말이 없다 싶었더니 결국에는 잠이 든 것 같았다. 나는 내일 다시 오겠다고 속삭이며 약을 챙겨 먹고 누워 계시라고 당부했다.

그리고 슬며시 방에서 빠져나왔다.

이튿날 나는 아저씨의 하숙집에 가기 전에 평소처럼 잠시 크리스탈에 들렀다. 서점에서 나가려던 순간에 투명한 유리 벽 사이로 아저씨가 보였다. 아저씨는 낙낙하고 말끔한 흰색 셔츠와 티 없이 새하얀 바지를 입고 여느 때와 똑같은 벤치에 앉아 있었다. 밀짚모자를 얼굴 한복판까지 눌러쓰고 발리 담배는 아랫입술에 늘 어뜨린 채 말이다. 언제나 그랬듯이 정면을 응시하는 중이었다. 몸이 깔끔하게 나은 것 같았다. 정오에 헤어질 무렵에 아저씨는 무뚝뚝하게 지폐를 몇 장 쥐어 주었다. 전날 폐를 끼쳐 미안하다는 식으로 말했던 것도 같다. 상당한 돈이었다. 나는 어떤 친구에게라도 똑같이 했을 거라며 마음 쓸 필요 없다고 말했다. 하지만 아저씨는 챙겨 넣으라고 고집을 피웠다. 〈책이라도 몇 권 사보게나.〉 〈이미 책은 넘쳐나요.〉 〈이거면 당분간은 훔치지 않아도 될 거야.〉 결국 나는 아저씨의 손에서 돈을 넘겨받았다. 오래전의 일이라 정확한 액수는 기억나지 않는다. 멕시코 페소화의 가치가 여러 번 절하되었기 때문이다. 스무 권의 책과 도어즈 앨범 두 장을 샀던 것만 기억한다. 그만한 돈은 내게 엄청난 목돈이었다. 굼벵이 아저씨는 돈이 달리는 적이 없었다.

이후로 아저씨는 비야비시오사를 다시 입에 올리지 않았다. 한 달 반인가 두 달 동안 우리는 매일 아침에 만나서 정오에 헤어졌다. 점심때가 되면 나는 라비야행 시내버스나 마을버스를 타고 집으로 돌아갔다. 한

번은 내가 아저씨에게 영화를 보러 가자고 한 적이 있었다. 아저씨는 한사코 마다했다. 알라메다 공원의 벤치에 앉아 대화를 나누거나 주변 골목길을 산책하는 편이 좋았던 것이다. 이따금 마지못해 술집에 들어갈 때면 어김없이 카과마 알을 파는 행상을 찾았다. 술은 절대 입에 대지도 않았다. 굼벵이 아저씨가 영영 자취를 감추기 며칠 전의 일이었다. 어쩌다 생각이 났는지 내게 하켈리네에 대해 말해 달라고 부탁했다. 그것이 하켈리네를 기억하는 아저씨만의 방식이었다. 나는 잿빛이 감도는 금발을 묘사했다. 그리고 그 머리 색깔을 영화에서의 허니 블론드와 비교하며 좋으니 나쁘니 의견을 말했다. 굼벵이 아저씨는 가볍게 고개를 끄덕이며 정면을 응시했다. 그녀의 영상이 망막에 맺혀 있기라도 한 듯했다. 그녀를 생전 처음 보기라도 하는 모습이었다. 한번은 내가 어떤 여자를 좋아하냐고 물어본 적이 있었다. 어린 청년이 그저 시간을 죽이려고 무심코 던진 바보 같은 질문이었다. 하지만 아저씨는 내 질문을 곧이곧대로 받아들이고 한참 동안 골똘히 생각에 잠겼다. 그러다 마침내 대답을 찾았는지 입을 열었다. 〈나는 조용한 여자가 좋아.〉 그러더니 곧장 이렇게 덧붙였다. 〈그런데 죽은 사람만 조용하지.〉 아저씨는 동안을 두더니 다시 말을 이었다. 〈생각해 보니까 죽은 사람도 조용하지 않군.〉

어느 날 아침에 아저씨가 접칼을 선물했다. 동물 뼈로 만든 손잡이에는 〈카보르카〉[9]라는 글자가 섬세한

양은 글씨로 새겨져 있었다. 나는 몇 번이고 고맙다며 인사치레를 했던 것으로 기억한다. 그날 아침에 나는 아저씨와 알라메다 공원에서 한담을 나누거나 북적북적한 중심가를 산책하면서 칼날을 열고 접기를 반복했다. 그리고 칼자루를 바라보며 손바닥으로 무게를 가늠하다가 그토록 손에 착 감기게 만들었다는 것에 감탄했다. 그런 내 모습을 제외하면 그날도 여느 날과 다를 게 없었다. 다음 날 아침에 굼벵이 아저씨는 나타나지 않았다.

이틀 후에 나는 아저씨의 하숙집에 찾아갔다. 사람들은 아저씨가 북쪽으로 떠났다고 말했다. 이후로는 아저씨를 다시 보지 못했다.

9 멕시코 소노라 주의 도시 이름. 볼라뇨의 대표작 『야만스러운 탐정들 Los detectives salvajes』에서 두 주인공이 행방을 찾아 나서는 여성 시인 세사레아 티나헤로가 창간한 잡지 이름이기도 하다.

눈

나는 5년 전쯤에 바르셀로나 타예르스 거리의 술집에서 그 친구를 처음 만났다. 녀석은 내가 칠레 출신이라는 것을 듣고 먼저 다가와 인사를 건넸다. 그 친구도 저 이역만리 땅에서 태어났던 것이다.

녀석은 나와 비슷한 연배로 서른을 갓 넘긴 나이였다. 술을 엄청나게 마셔 댔는데 한 번도 취한 꼴은 본 적이 없었다. 그 친구의 이름은 로헬리오 에스트라다였다. 로헬리오는 깡마른 데다 키는 똥자루만 하고 피부는 가무잡잡한 사내였다. 녀석은 무언가에 경악할 때나 짓궂은 척할 때만 얼굴에 미소를 머금는 것 같았다. 하지만 시간이 지나면서 겉보기보다 꽤나 순진한 친구라는 것을 알게 되었다. 어느 날 저녁에 나는 카탈루냐 친구들과 함께 무리를 지어 술집에 갔다. 우리는 책을 화제로 삼아 대화를 나누기 시작했다. 그때 로헬리오가 우리 쪽 술자리로 다가오더니 미하일 불가코프야말로 의심할 여지없는 20세기 최고의 작가라고 말했다. 카탈루냐 친구들 중에는 『거장과 마르가리타』와

『극장 소설』을 읽은 사람도 있었지만, 로헬리오는 저명한 소설가가 쓴 다른 작품의 제목을 러시아어로 인용했다. 내 기억으로는 열 권도 넘었던 것 같다. 친구들과 나는 그가 농담을 한다고 생각했고, 바로 화제를 전환해서 대화를 이어 나갔다. 그러던 어느 날 밤에 로헬리오가 나를 자기 집에 초대했다. 왜인지 모르겠지만 나는 녀석을 따라나섰다. 로헬리오는 술집에서 멀지 않은 거리에 살고 있었다. 동네 꼬마들이 유령 영화관이라 부르는 볼품없는 극장과 지척이었다. 낡은 집에는 그의 소유가 아닌 가구들이 잔뜩 들어차 있었다. 우리는 거실에 자리를 잡고 앉았다. 로헬리오는 음악을 틀더니(귀가 멍멍할 정도로 소리만 계속 높아지고 차마 듣고 있기조차 힘든 끔찍한 음악이었다) 보드카 두 잔을 가득 따라 왔다. 은색 액자 틀에 끼워져 선반 위에 놓인 어떤 여자아이의 사진이 거실을 굽어보고 있었다. 다른 장식물은 그다지 눈에 띄는 것이 없었다. 유럽 각국의 엽서와 오래전 것이라 닳아 해진 콜로콜로,[1] 칠레대학, 산티아고 모닝 축구단 깃발이 전부였다. 로헬리오가 액자 틀 속의 여자아이를 가리키며 예쁘지 않느냐고 물었다. 나는 그렇다고 대답한 뒤에 다시 자리에 앉았다. 우리는 잠시 동안 아무 말도 없이 술잔만 홀짝거렸다. 마침내 로헬리오가 입을 열었을 때, 이미 술병은 거의 바닥난 상태였다. 녀석은 〈먼저 술병을 비운 다음에 영혼을 비워 내야겠군〉 하고 말했

---

[1] 칠레 산티아고의 프로 축구 팀.

다. 나는 그저 어깨를 으쓱해 보였다. 로헬리오가 말을 이었다. 〈나는 당연히 영혼의 존재를 믿지 않네. 시간 이야말로 가장 근본적인 문제가 아니겠나? 자네 내 이야기를 들어줄 시간이 있나?〉 〈어떤 이야기인가에 따라 다르겠지만 그렇다고 답하기로 하지.〉 〈그렇게 긴 이야기는 아니야.〉 로헬리오는 이렇게 말하고 자리에서 일어나 은색 액자 틀 속의 사진을 꺼냈다. 그리고 오른손으로 보드카 잔을 쥐고 왼팔로는 사진을 살며시 감싼 채 나를 마주하고 앉아 이야기를 시작했다.

나는 이후의 내 삶과는 전혀 다른 행복한 어린 시절을 보냈어. 청소년기부터 인생이 꼬이기 시작했지. 그때는 산티아고에 살고 있었네. 아버지께서는 내 싹수를 보아하니 비행 청소년이나 될 짝이라고 말씀하셨어. 혹시 자네가 모를까 봐 하는 말이네만(하기야 알고 있을 이유도 없지), 우리 아버지 성함은 호세 에스트라다 마르티네스야. 일명 과톤 에스트라다, 칠레 공산당의 핵심 지도자 중 한 분이셨지. 우리 가족은 계급 의식으로 똘똘 뭉친 투쟁적인 프롤레타리아 집안이었어. 정직은 가문의 철칙이나 마찬가지였지. 나는 열세 살 때 자전거를 훔쳤어. 뭐 말 안 해도 뒷이야기가 뻔히 머릿속에 그려질 거야. 이틀 뒤에 붙잡혀서 먼지가 나도록 흠씬 두들겨 맞았지. 열네 살 때부터는 동네 아이들이 산기슭에서 재배한 마리화나를 피우기 시작했어. 당시 아버지는 아옌데 정부에서 고위 관직을 맡고 계셨네. 그 불쌍한 노인네는 장남이 사고나 치고 다닌다는 것을 우파 신문에서 까발릴까 봐 노심초사했어. 열다섯 살 때는 자동차를 훔쳤어. 이번에는 다행히 붙잡히지 않았지(그런데 지금 생각해 보면 짭새들이 나를 붙잡는 건 시간문제였어). 며칠 뒤에 쿠데타가 일어났거든. 우리 가족은 소련 대사관으로 피신했어. 대사관에서 보낸 날들은 말할 수 없이 끔찍했지. 나는 복도에서 잠을 자며 아버지와 같은 당원의 딸을 꼬드기려 했어. 그런데 그 작자들은 하루 종일 〈인터내셔널가〉와 〈노 파사란〉[2]만 불러댔어. 한마디로 개신교 집회처럼 꼴사나운 광경이었다네.

1974년 정초에 우리 가족은 모스크바에 도착했어. 솔직히 털어놓자면 기분이 좋았어. 새로운 도시, 귀여운 금발의 러시아 여자애들, 비행기 여행, 유럽, 새로운 문화를 꿈꾸었지. 하지만 현실은 기대와는 사뭇 달랐어. 모스크바는 산티아고랑 비슷했어. 단지 도시가 크고 적막할 따름이었지. 겨울은 비교할 수 없을 만치 혹독하더군. 처음에 나는 스페인어와 러시아어를 반씩 섞어서 말하는 학교에 들어갔어. 그러다 2년 뒤에는 일반 학교에 다녔어. 이제는 그런대로 러시아어를 할 줄 알았는데, 학교생활이 지겨워 죽을 지경이었지. 어쩌다 보니 대학에도 들어갔어. 아마 연줄이 통했던 모

---

2 〈¡No pasarán!〉은 〈이곳을 지나가지 못할 것이다〉 정도의 뜻으로 제1차 세계 대전부터 적의 전진을 막고 방어선을 지키자는 의미로 내뱉었던 구호이다. 스페인 내전이 한창이던 1936년 7월 18일에 프랑코 군대가 마드리드를 포위하자 돌로레스 이바루리 고메스Dolores Ibárruri Gómez가 연설을 통해 절절하게 외쳤던 구호이기도 하다. 이후 국제적으로 공산주의자들이 투쟁할 때 외치는 구호로 사용되고 있다.

양이야. 사실 나는 지지리도 공부를 안 했으니까. 1학년 때 의대에 등록했다가 한 학기가 지나서 그만두었지. 의학은 내 적성이 아니더라고. 하지만 의대에서 보낸 시절은 행복한 추억으로 남아 있어. 그곳에서 처음 친구를 사귀었기 때문일세. 나처럼 망명한 칠레인이 아닌 친구로서는 처음이었지. 지미 포디바라는 이 친구는 이름 그대로 아프리카 한가운데에 있는 중앙아프리카 공화국 출신이었어. 지미의 아버지는 우리 아버지처럼 공산당 당원이었고 쫓기는 신세였다네. 지미는 꽤나 머리가 좋은 친구였지만 본바탕은 나랑 같은 과였지. 밤새 술 마시며 놀기를 좋아하고 때때로 마리화나도 피우며 특히나 여자를 밝혔거든. 얼마 지나지 않아 우리는 실과 바늘처럼 뗄 수 없는 사이가 되었어. 산티아고에서 같이 놀던 패거리들을 제외하면 최고의 친구였지. 아마도 칠레에 남아 있던 그 친구들은 두 번 다시 만나지 못할 거야. 사람 일은 모르는 거지만 말이야, 그렇지 않나? 어쨌든 지미와 나는 힘을 합쳤어. 욕구도 같이 해결하고 심지어는 화장실도 함께 갔지. 그때부터 우리는 정처 없이 고독한 두 명의 망명객이 아니라 모스크바의 거리에서 날뛰는 두 마리 늑대가 되었어. 한 사람이 지레 겁을 먹고 물러서면 다른 사람이 용기를 내어 다가가는 식으로, 앞으로 오랫동안 살게 될지도 모르는 도시 전체의 지도를 조금씩(이따금씩 지미가 공부를 해야 했기 때문이야. 녀석은 정말 성실한 학생이었지) 머릿속에 그려 나갔지. 그 치기 어린

때의 모험담은 장황하게 늘어놓지 않을게. 딱 하나만 이야기하지. 1년이 다 되갈 때쯤 우리는 어디서 마리화나 잎을 구할 수 있는지 알아냈어. 지금 여기에서는 식은 죽 먹기지만 그때 모스크바에서는 하늘에 별 따기나 마찬가지였어. 그 무렵 나는 중남미 문학이며 러시아 문학이며 방송 통신학이며 식품 영양학이며 되는 대로 아무거나 다 공부를 해봤어. 그런데 수업이 지겨웠는지 수업에 집중을 못했는지 아니면 단지 출석을 안 했는지(사실 따지고 보면 이게 가장 큰 이유였지) 모든 수업에서 낙제점을 받았어. 그러자 어느 날 아버지께서 시베리아 공장에 막일꾼으로 보내겠다며 으름장을 놓으셨지. 그 불쌍한 노인네는 항상 그런 식이었다네.

　이런 계제로 나는 체육 사범학교에 입학했어. 몇몇 낙관적인 러시아인들은 고등체육 사범학교라고 일컬었던 곳이지. 이번에는 끝까지 버텨서 졸업장을 받아냈어. 그렇다네, 친구, 지금 자네가 보듯이 나는 정식 체육 교사가 되었어. 물론 러시아 체육 교사들과 비교하면 너절한 선생일 뿐이지. 어쨌든 그래도 자격증이 있는 정식 체육 교사야. 졸업장을 갖다 드렸더니 노인네의 눈에서 감동의 눈물이 쏟아지더군. 그렇게 내 청소년기가 막을 내렸던 것 같아.

　당시에 나는 로저 스트라다라는 이름으로 통했어. 어딜 가나 끊임없이 사고를 치고 다녔지. 흔히 말하는 나쁜 친구들과 어울렸지만, 나만 해도 심각한 악질이었어. 가슴에 가득 맺힌 응어리를 어떻게 풀어야 할지 모르는 사람 같았지. 나는 어떤 운동선수 코치의 조수로 일했어. 그는 미심쩍고 모순적인 도덕관(나랑 찰떡궁합이었지)을 지닌 사람이었어. 중학교에서 새로운 선수들을 발굴하는 일을 맡고 있었지. 나는 술자리와 로비와 암거래 장소를 따라다니는 데 대부분의 시간을 보냈어. 덕분에 뒷돈으로 월급을 불릴 수 있었다네. 내 상사의 이름은 풀타코프였어. 이혼한 남성으로 로가체프 광장 부근의 렐리우쉔코 거리에 있는 조막만 한 방에 살고 있었지. 이미 말한 대로, 그때 나는 심각한 악질이었고 지미 포디바도 만만치 않은 악질이었어. 우리를 알고 있던 사람들은 모두 인정하던 사실이었지 (처음에는 지미의 이름과 짝을 맞추려는 단순한 바람 때문에 로저라는 이름을 썼던 것 같아. 사실 나는 속으로 스스로를 네오-이탈리아 갱으로 여겼거든). 하지만 풀타코프는 악질 중의 악질이었어. 그와 매일 얼굴을 맞대고 오랜 시간을 함께 하면서 온갖 사기와 부패, 악덕을 익히기 시작했지. 우리 아버지는 서류와 외교각서, 이행 명령과 취소 명령, 헤드라인 뉴스로 이루어진 관료들의 모스크바, 자기들끼리 으르렁거리며 실랑이를 벌이는 이상적인 모스크바에 살고 있었어. 그렇지만 나는 마약과 매춘, 암시장과 유흥업소, 협박과 범죄로 이루어진 또 다른 모스크바에 살고 있었지. 두 개의 모스크바는 수시로 경계를 부딪치고 심지어 어떤 분야에서는 구별할 수 없을 때도 있었어. 그렇지만 대체로는 서로의 존재를 모르는 별개의 도시나 마찬가지였지. 풀타코프 덕택에 나는 스포츠 도박에 발을 들여놓았어. 당연히 다른 사람들의 돈을 끌어왔지만, 우리 돈도 판돈에 넣었지. 축구, 하키, 농구, 복싱, 심지어는 전혀 흥미를 느껴 보지 못한 스포츠인 스키 챔피언십까지 모든 분야를 건드렸어. 그리고 사람들을 알게 되었지. 온갖 부류의 사람들 말일세. 대개는 나처럼 푼돈이나 뜯는 호인들이었지만, 개중에는 진짜 범죄자들도 있었어. 무슨 일이든 할 수 있는 사람들, 적어도 계제가 닥치면 무슨 일이든 할 수 있는 사람들 말이야. 나는 생존 본능을 발휘해 그런 사람들과는 거리를 두었어. 그 사람들은 감방을 전전하는 하수구 인생이었지. 그들 앞에 서면 풀타코프마저 설설 기었고, 지미와 나는 몸이 얼어붙었어. 그런데 한 사람 예외가 있었어. 우리 나이 또래의 사람이었는데 왜인지 모르게 나를 마음에 들어 했지. 미샤 세미오노비치 파블로프라는 그 남자는 모스크바 암흑계에서 신동과 같은 사람이었어. 나는 그가 돈을 건 스포츠 도박에 관한 정보를 제공했지. 이따금씩 미샤 파블로프는 우리를 자기 집에 초대했는데 매번 다른 집이었어. 풀타코프나 내가 사는 집보다 더 허름한 곳으로 대개는 모스크바 북동쪽 변두리의 공장 지대에 있었지. 폴루보이아로프, 빅토리아, 구(舊) 시장 같은 오래된 동네 말이야. 풀타코프는 파블로프를 탐탁지 않게 여겨서(사실 풀타코프가 탐탁하게 여긴 사람은 하나도 없었지) 최소한의 거래만 유지하려고 했어. 그렇지만 세상 물정 모르던 나는 흔히 하는 말로 그에게 몸과 마음을 다해 충성을 바치게 되었어. 암흑계의 기린아라는 후광에다가 나를 깍듯이 대하던 태도에 완전히 사로잡혔던 것이지. 때때로 통닭이나 보드카나 구두를 선물로 받았거든.

그런 식으로 몇 년이 흘렀어. 러시아 남자와 결혼한 여동생만 빼면 우리 가족은 모두 칠레로 돌아갔어. 아버지는 산티아고에서 돌아가셨다네. 가족들의 편지에 따르면 여러 번 성대한 장례식을 치렀다고 했지. 지미 포디바는 계속 모스크바에 거주하며 병원에서 일했어(그의 아버지는 귀국했다가 암살당하셨어). 나는 풀타코프와 함께 체육관과 경기장을 두 마리 생쥐처럼 돌아다녔지. 민주주의(물론 나는 정치에 항상 무관심했지)가 도래하고 소련이 무너지면서 자유의 물결과 함께 마피아들이 도착했어. 모스크바는 멋지고 즐거운 도시로 변했지. 러시아인들의 심성에 걸맞게 격렬한 즐거움이 휘몰아쳤어. 그렇지만 이 상황을 이해하려면 슬라브족의 정신을 알아야 하네. 자네가 아무리 책을 많이 읽었어도 아마 모를 거야. 우리가 끼어들기에는 한순간에 판이 너무 커져 버렸어. 마음속으로 스탈린을 지지했던 풀타코프는 옛 시절을 그리워했지(도저히 이해 못할 일이야. 스탈린이 지배하던 때였다면 그는 분명히 시베리아행 열차를 탔을 거야). 그렇지만 나는 새로운 상황에 적응했어. 가능할 때 최대한 돈을 모으기로 마음먹었지. 모스크바를 완전히 떠나 유럽이며 아프리카며 세계를 돌아볼 요량이었어. 이제 서른이 넘어서 철이 들 나이인데도 모험의 왕국과 끝없는 경계가 펼쳐진 동화 속 나라를 상상했지. 1973년에 산티아고의 애송이들이 말하던 대로 새로운 시작이 가능한 세계, 행복해질 수 있는 세계, 나를 찾을 수 있는 세계를 꿈꾸었던 거야. 그렇게 나는 의식하지 못하는 사이에 미샤 파블로프의 똘마니가 되었어. 그는 당연히 권력과 부를 손에 넣은 상태였지. 당시에 미샤의 별명이 빌리 더 키드였어. 이유는 묻지 말게나. 빌리 더 키드는 잽싸게 권총을 부렸지. 하지만 미샤는 신용 카드 하나도 잽싸게 꺼내지 못했어. 빌리 더 키드는 용감한 데다 영화 속 모습으로는 민첩하고 날씬한 사내였지. 미샤도 용감한 사내이긴 했어. 그러나 그는 부처님처럼 통통했고(러시아인들의 기준으로 봐도 말이야) 가벼운 운동조차도 버거워했어. 나는 이전처럼 계속 도박 중개인으로 일했는데, 곧장 미샤를 위해 다른 일들도 맡게 되었어. 때로는 미샤가 돈뭉치를 쥐어 주며 나와 친분이 있던 선수에게 찾아가라고 명령했어. 경기에서 져 달라고 부탁하는 것이었지. 축구팀 선수 절반을 매수한 적도 있었어. 말귀를 잘 알아듣는 치들은 살살 구슬리고 끝까지 버티는 치들은 으름장을 놓으면서 한 명씩 꼬여 냈지. 몇 번은 판에서 빠지거나 말썽을 일으키지 말라고 다른 도박꾼들을 설득하는 임무를 맡았어. 그렇지만 운동선수에 관한 정보를 제공하는 것이 나의 주된 일이었지. 한 명씩 돌아가며 선수 각각에 대한 별 의미 없는 정보를 물어 오면, 파블로프의 정보

담당원이 부지런히 컴퓨터에 정보를 입력시켰어.

그런데 이런 것들 말고도 임무가 하나 더 있었다네. 모스크바 갱들은 대체로 카바레 댄서나 배우나 배우 지망생, 스트립 걸을 자기 여자로 삼았어. 딱히 이상한 일도 아니었지. 항상 그런 식이었으니까. 그런데 파블로프는 운동선수를 좋아했어. 멀리뛰기 선수, 단거리나 중거리 육상 선수, 삼단 멀리뛰기 선수, 때로는 창 던지기 선수에 반하기도 했지. 그 중에서도 파블로프는 높이뛰기 선수를 가장 좋아했어. 그의 표현에 따르자면 이 영양 같은 여자들이야말로 완벽한 여자들이라는 것이었지. 솔직히 틀린 말은 아니었어. 나의 임무는 그에게 여자들을 갖다 바치는 것이었어. 나는 훈련장에 접근해서 그를 위해 약속을 따냈어. 몇몇 여자들은 미샤 파블로프와 주말을 보낼 수 있다는 가능성에 흥분하며 기뻐했지. 불쌍한 것들. 하지만 대다수는 그렇지 않았어. 어쨌든 나는 파블로프가 마음에 들어 하는 여자들을 항상 물어다 주었어. 호주머니에서 사비를 털거나 협박을 하면서까지 말이야. 그러던 어느 날 오후, 파블로프가 나탈리아 미하일로브나 추이코바를 원한다고 말했어. 추이코바는 볼고그라드 출신의 열여덟 살짜리 육상 선수로 최근에 모스크바에 도착해서 올림픽 대표에 선발될 꿈에 부풀어 있었지. 무엇이 내 주의를 끌었는지는 모르겠어. 하지만 파블로프가 추이코바를 입에 올릴 때 별난 기색이 느껴졌지. 파블로프가 그녀를 대령하라는 지시를 내리는 동안, 곁에는 그의 패거리 친구 두 명이 동석해 있었어. 그들은 두목이 말을 마치자 나를 보며 눈을 찡긋거렸어. 마치 〈로저 스트라다, 문자 그대로 반드시 지시를 이행하게. 이번에는 빌리 더 키드가 심각하니까〉 하고 말하는 듯했지.

이틀 뒤에 나는 나탈리아 추이코바에게 말을 거는 데 성공했어. 오전 9시에 스포츠 대로에 위치한 스파르타노브 실내 육상 경기장에 찾아갔지. 평소라면 꿈나라에 있을 시각이었지만 그 높이뛰기 선수를 만날 수 있는 유일한 시간대였어. 처음에는 멀리서 그녀를 지켜봤어. 막 바를 향해 도움닫기를 할 참이라 주먹을 움켜쥐며 집중한 상태였지. 마치 기도를 드리거나 천사를 찾는 것처럼 하늘을 올려다보고 있었어. 이윽고 나는 그녀에게 접근해 내 이름을 밝혔어. 〈로저 스트라다? 이탈리아 사람인가 보네요.〉 차마 그녀를 완전히 실망시킬 용기가 나지 않더군. 나는 칠레 사람인데 칠레에는 이탈리아 사람이 많이 산다고 답했지. 추이코바는 키가 178센티미터였는데 몸무게는 55킬로그램 미반이었을 거야. 그녀는 기다란 밤색 머리를 그러모아 소박한 말총머리로 묶고 있었어. 하지만 그 안에는 세상의 모든 우아함이 한데 깃들어 있었지. 두 눈은 흰자위를 뒤덮을 정도로 새카맸어. 내가 장담하건데 내가 지금까지 보았던 여자 중에 그녀의 다리가 가장 길고 아름다웠어.

나는 그녀에게 찾아온 목적을 털어놓을 수 없었어. 펩시콜라를 한 병 사주며 기술이 인상적이라고 말한

다음에 자리를 떴지. 그날 저녁이 되자 파블로프에게 무슨 말을 해야 할지 어떤 거짓말을 늘어놓아야 할지 눈앞이 막막했어. 끝내는 가장 단순한 쪽을 택했지. 나탈리아 추이코바는 이제껏 그가 만났던 여자들과는 격이 달라서 시간이 좀 걸리겠다는 식으로 말이야. 미샤는 바다표범 내지 버릇없는 아이의 눈길로 나를 흘겨봤어. 그리고 괜찮다고 하면서 사흘간의 말미를 더 주겠다고 말했지. 미샤가 사흘의 여유를 준다고 할 때는 무조건 사흘 이내에 일을 해결해야 했어. 하루라도 넘겼다가는 끝장이었지. 그래서 나는 몇 시간 동안 머리를 굴렸어. 내가 왜 그런 식으로 행동했는지 무엇이 나를 망설이게 하는지 스스로에게 되물었어. 그러다 결국 최대한 빨리 일을 아퀴 지어야겠다고 결심했지. 이튿날 이른 아침에 나는 나탈리아를 만나러 갔어. 경기장에 가장 먼저 도착한 축에 들었지. 나는 운동장을 오가는 선수들을 오랫동안 지켜보았어. 그들은 나처럼 아직 잠이 덜 깬 상태로 수다를 떨거나 의견을 교환했지. 하지만 그들의 목소리는 입안에서만 웅얼거리는 소리처럼 설핏하게 들릴 뿐이었어. 러시아어로 고함 소리가 들렸지만 갑자기 러시아어를 잊어버리기라도 한 듯 알아들을 수 없었지. 그러다 마침내 사람들 틈에 나탈리아가 나타났어. 나탈리아는 준비 운동을 하며 몸을 풀기 시작했어. 그녀의 코치는 자그마한 수첩에 무언가를 적어 넣었어. 다른 높이뛰기 선수 둘이 나탈리아와 이야기를 주고받더군. 그들은 대화를 나누던 도중에 이따금씩 웃음꽃을 피웠어. 바를 넘은 뒤에 땅바닥에 앉아 파란색과 빨간색이 섞인 바람막이를 뒤집어쓰고 있다가 곧장 벗어던지기를 몇 차례나 반복했지. 그리고 때로는 물을 마시기도 했어. 행복에 겨운 30분이 흐르자 내가 사랑에 빠졌다는 것을 깨달았어. 처음 경험하는 일이었지. 나는 이전에 창녀 두어 명을 좋아한 적이 있었어. 그것이 과연 옳은 행동이었는지는 모르겠어. 하지만 아무래도 상관없었어. 이번에는 정말 사랑에 빠진 것이었으니까. 나는 나탈리아에게 말을 걸고 미샤 파블로프에 대해 말해 주었어. 그가 누구이고 무엇을 원하는지 말이야. 나탈리아는 성을 내는가 싶더니 이내 즐거워하는 눈치였어. 내가 만류했는데도 불구하고 그를 만나기로 승낙했지. 나는 가능한 한 늦은 시각으로 약속을 잡았어. 그 짬에 그녀를 영화관에 데려가 영화(그녀가 가장 좋아하는 배우 중 하나인 브루스 윌리스가 나오는 영화였어)를 보고 고급 식당에서 저녁을 먹었어. 우리는 오랫동안 많은 이야기를 나누었어. 고난과 환멸도 없지 않았지만 그녀의 삶은 끈기와 의지의 본보기였어. 내 삶과는 정반대였지. 그녀의 소망은 단순했어. 돈을 많이 버는 것보다 행복해지기를 원했어. 내가 특별히 관심을 갖고 넌지시 캐어내려 했던 성적인 문제에 있어서는 관대한 편이었어. 처음에는 가슴이 아파 오더군. 나탈리아가 이미 파블로프의 손아귀에 들어갔다 싶었지. 경호원들의 침대에서 침대로 옮겨 다니는 그녀의 모습을 상상했어. 생각만 해도 도저히 참을 수 없는 광경이었지. 하지만 계속 듣다 보니 나탈리아의 이야기는 다만 내가 알아들을 수 없는 어떤 성적인 문제였어(아직도 무슨 이야기였는지 모르겠네). 무작정 모든 조직원들의 품에 안길 것 같지는 않았지. 어쨌든 그녀를 지켜야 한다는 사실만은 너무도 분명했어.

일주일 뒤에 파블로프는 나를 실내 경기장에 심부름꾼으로 보냈어. 흰 카네이션과 빨간 카네이션 한 다발을 들려서 말이지. 돈 꽤나 깨졌을 거야. 나탈리아는 꽃을 받아 들더니 기다리라고 말했어. 우리는 하루 종일 함께 시간을 보냈지. 처음에는 시내를 돌아다니다가(나는 스타라야 브라스만나야 거리의 가판대에서 그녀에게 책을 사주었어. 그녀가 가장 좋아하는 작가 불가코프의 소설 두 권이었지) 나중에는 그녀가 살고 있는 자그만 방으로 갔어. 나탈리아에게 오늘 하루가 어땠냐고 물어보았지. 나는 그녀의 대답을 듣고, 정말 거짓말 안 보태고, 그냥 완전히 얼어붙었어. 아까 받은 꽃으로 다 설명이 된다는 것이었지. 이 얼마나 차가울 정도로 간단명료한 대답인가? 그래, 그녀는 러시아인이었고 나는 칠레인이었어. 낭떠러지가 발밑에 아가리를 벌리는 느낌이었지. 나는 바로 그 자리에서 펑펑 울음을 터뜨리고야 말았어. 이후로 몇 번이나 그날 오후의 일을 생각해 보았지. 내 인생을 송두리째 뒤바꾼 그 눈물의 의미에 대해서 말이야. 어떤 식으로 설명해야 할지 도무지 모르겠더군. 그저 나는 어린아이가 된 기분이었고, 처음으로 모스크바의 냉기를 온전히 느꼈고, 그 냉기가 도저히 참을 수 없었다는 것 정도랄까. 그날 오후에 우리는 사랑을 나누었어.

그때부터 나는 나탈리아의 손아귀에 놓이게 되었고, 나탈리아는 미샤 파블로프의 손아귀에 놓이게 되었지. 그 자체로만 놓고 보자면 딱히 이상한 상황은 아니었어. 하지만 파블로프를 점점 알아 가면서 깨닫는 바가 있었다네. 내가 나탈리아랑 잠자리를 같이 하는 것은 엄청난 도박이라는 사실이었지. 게다가 나탈리아가 파블로프와 몸을 섞는다는 확신(심지어 나는 몇 시에 그 짓을 하는지 정확히 알고 있었어) 때문에, 나는 차츰 성마른 인간으로 변해 갔어. 자꾸만 우울증에 빠지고 숙명주의자의 관점에서 내 삶(그리고 삶 전체를)을 바라보게 되었지. 속 시원하게 이야기를 털어놓을 친구가 있었다면 좋았을 거야. 그렇지만 풀타코프는 아예 고려의 대상이 아니었고, 지미는 항상 일에 쫓기는 상태였어. 우리는 이전처럼 자주 얼굴을 보지도 못했지. 그저 꾹꾹 참으며 기다리는 수밖에 별다른 도리가 없었어.

그렇게 1년이 흘렀지.

파블로프는 흥미로운 삶을 사는 사람이었어. 그는 적어도 세 개의 삶을 살고 있었지. 영광인지 불행인지 모르겠지만, 나는 그 모두를 속속들이 알고 있었어. 언제나 경호원들에게 둘러싸여 감각이 마비될 정도로 역한 돈 냄새와 피 냄새를 풍기는 사업가 파블로프의 삶.

열린책들 Open-the-Book

www.openbooks.co.kr 20100825 : no.1

만화

상대적이며 절대적인 지식의

백과사전 1

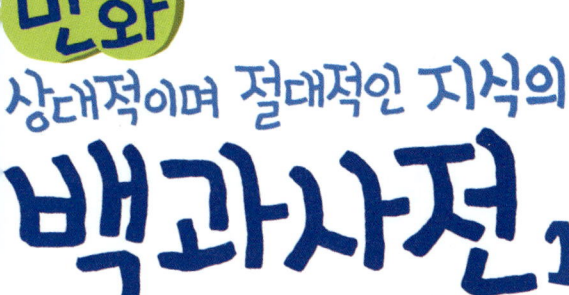

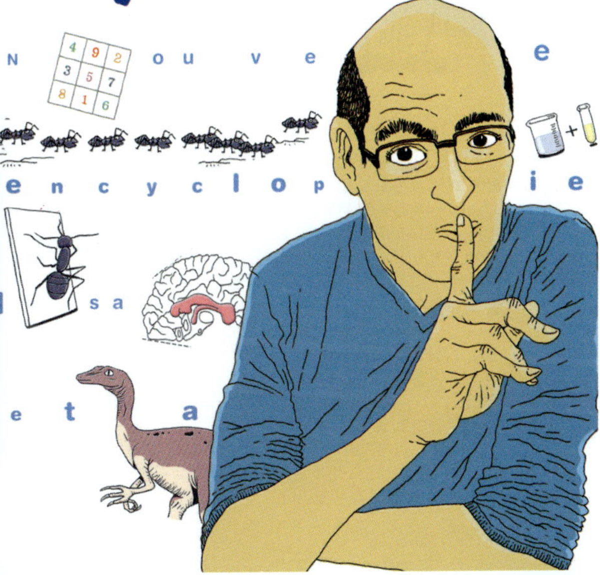

열린책들 · 미메시스 · 별천지

『만화 상대적이며 절대적인 지식의 백과사전 1』

책에는 절대 안 나오는, 작가들의 후기

"청소년과 어른 모두를

만화가 김수박

청소년을 위한 좀 더 신선하고 진보적인 만화 교양서, 혹은 지식서를
획이 저를 흥분하게 만든 것이 사실입니다. 만화가로서 오랫동안 생こ
저는 청소년에게 〈맞는〉 것이 무엇일까를 생각해 보았습니다.
인간은 그 나이에 맞는 것을 추구하기보다 더 높은 것을 추구합니다.
가 모자란… 우리가 헤르만 헤세를 접한 때는 성인이 되고 나서가 아
름가을겨울의 「10년 전 일기를 꺼내어」라는 노래를 여고생들이 많이
은 흥미롭습니다. 여고생들한테 10년 전 일기라면 친구와 떡볶이 사-
재미있었던〉 하루가 고작일 텐데 말입니다. 아마도 이제 겪을 10년어
하는 감상 아니었을까요? …… 저는 이것이 자연스러운 현상이라고
고 청소년들을 내려다보아서도 안 된다고 생각해요. 그들 역시 많은 ረ
있지요. …… 열다섯 살이 되면 일반적인 성인들과 판단력이나 사고
차이가 없다고 합니다. 차이가 있다면 삶의 경험의 차이이겠지요. 그들
이야기하듯 이야기하기로 하였습니다. 꽃밭은 아름답지만, 그들을 글
다고 생각합니다. 그것이 존중이라고 생각합니다. 그래서 어른들도
년들도 이 책을 보길 원합니다.

출판 편집 들여다보기―①

바코드와 함께 있는 암호, ISBN

『만화 상대적이며 절대적인 지식의 백과사전 1』 뒤표지에 있는 가격 표시와 바코드입니다. ISBN이란 말과 함께 이상한 숫자들이 보이고, 바코드 근처에도 또 다른 숫자들이 보입니다. 이 숫자들을 해독하면 책의 정체가 드러납니다.
ISBN이란 〈International Standard Book Number, 국제 표준 도서 번호〉의 약자입니다. 전 세계의 책들에 고유 번호를 부여하여 출판물을 식별할 수 있도록 제정된 번호 체계입니다. 1971년 국제 표준화 기구(ISO)의 공식 제도로 채택되었고, 현재 1백여 국가에서 도입해 시행하고 있습니다. 우리나라는 1990년에 가입, 1991년부터 시행하고 있습니다.

ISBN 978-89-94041-29-2

978- 접두부 - ISBN은 처음에 10자리 숫자 체계로 되어 있었는데, 늘어나는 발행처와 출판물의 양을 감당할 수 없게 되어 2007년부터 13자리로 확장되었습니다. 〈978〉로 배정이 완료되면 〈979〉의 배정이 시작될 것입니다.

-89- 국별 번호 - 〈89〉는 우리나라를 가리키는 번호입니다. 영어를 쓰는 나라는 0과 1, 프랑스어를 쓰는 나라는 2 등으로 죽 이어집니다. 출판 예상량에 따라 1자리에서 5자리 수를 부여합니다. 자리수가 적을수록 많은 것으로 예상된다는 뜻이지요. 참고로 과테말라는 99939입니다.

-94041- 발행자 번호 - 〈94041〉은 열린책들의 자회사 〈별천지〉의 고유 번호입니다. 열린책들은 329, 열린책들의 예술 브랜드 출판사 〈미메시스〉는 90641입니다. 이 번호도 국별 번호와 마찬가지로 많은 책을 낼 것으로 예상되는 발행자에게 자리수가 적은 숫자를 부여합니다.

-29- 서명 식별 번호 - 별천지에서 낸 30번째 책이라는 뜻입니다. 00, 01, 02로 시작하니까 〈29〉가 30번째 숫자입니다. 별천지는 발행자 번호 자리수가 5자리여서 서명 식별 번호는 2자리 수밖에 사용하지 못합니다. 00~99, 즉 100권을 출간하면 한국 문헌 번호 센터로 달려가야 합니다.

-2 체크 기호 - 이전의 숫자들이 합리적으로 구성되었는지 컴퓨터가 검산하기 위한 숫자입니다. 산출하는 공식을 알려 드릴 순 있지만 알면 머리만 아프니까…

07860 (부가 기호)

0---- 독자 대상 기호 - 맨 앞자리 0은 독자 대상 기호로 〈교양〉이라는 뜻입니다. 『…백과사전 1』은 교양을 담은 책이군요. 1은 실용, 2는 여성, 4는 청소년, 5나 6은 학습 참고서, 7은 아동, 9는 전문 서적입니다.

-7--- 발행 형태 기호 - 0은 문고본, 3은 단행본, 8은 혼합 자료, 7은 그림책, 만화입니다.

--860 내용 분류 기호 - 앞 자리 8은 문학이라는 뜻이고, 뒤의 6은 프랑스라는 뜻입니다. 베르베르는 프랑스 작가죠. 맨 뒤의 0은 그냥 붙습니다.

그래서 이 책은 한국의 별천지라는 출판사에서 나온 30번째 책으로 교양 독자를 위한 만화이며 프랑스 문학이라는 정체가 서점이나 도서관의 판독기를 통과하는 순간 드러납니다.

@openbooks.co.kr

2010년 8월 25일, 지금 편집중

『도롱뇽과의 전쟁』 ★김다미 bookpang@

교정을 보며 계속 실실, 피식피식, 쿡쿡. 프란츠 카프카, 밀란 쿤데라와 어깨를 나란히 하는 체코 최고의 작가 카렐 차페크에게 내가 너무 불경스러운 건가? 그래도 웃기는 걸 어쩌나. 언뜻 보면 진짜 같은 신문 기사 스크랩, 연구 보고서, 회의록, 취재기, 여행기 등 주석만 150페이지에 달하는데, 중요한 건 이 모든 것이 〈창작!〉이라는 사실. 어서 책으로 선보이고 싶은데 편집에 시간이 너무 걸렸다. 작품 곳곳에 번역 없이 등장하는 영어, 독일어, 프랑스어, 이탈리아어, 라틴어 철저 복원. 지명 색인 작업. 희귀 판본에 남긴 작가 서문 발견 수록. 전위적인 본문 디자인. 어쨌든 success-

『아스테리오스 폴립』 ★이혜정 coldperson

오직 만화라는 장르에서만 할 수 있는 것들을 실험하고 있는, 정말 신선하고 독특한 만화다! 가령, 등장인물마다 대사의 글씨체가 달라서(그것도 각각의 캐릭터를 반영한 글씨체로), 만화를 보다 보면 어느덧 인물의 목소리가 들린다. 하지만… 작가의 그 엄청난 실험들 덕분에 디자이너가 머리를 쥐어 뜯고 있다. 화…화이팅!

『전화』 ★김뉘연 nuit@

열린책들의 새로운 작가 로베르토 볼라뇨의 첫 단편집. 볼라뇨 청춘의 단면들이 켜켜이 쌓여 기묘한 조합을 이루는 이야기 묶음, 그 시작은 다름아닌 〈밥벌이〉 얘기다. 글을 써서 공모전에 응모하며 생계를 이었던 젊은 볼라뇨의 시간들…. 지금 여기서도 꽤 유용한 정보임을 알리다

『위대한 철학자들이 던진 질문들』 ★진봉철 jin@

제목 여전히 고심 중이다. 인문서의 제목 짓기는 여간 어려운 게 아니다. 폴란드의 유명한 철학자 코와코프스키가 저자인데, 작년에 별세했다. 부지런히 편집해서 진작 냈으면 좋았을 것을….

『아버지들, 그리고 아들들』 ★홍상희 hong

동서고금을 막론한 인류의 영원한 숙제, 〈세대 갈등〉을 묘사한 이반 뚜르게네프의 장편소설. 술술 잘도 읽힌다. 그 바람에 일은 뒷전이고 완전 독서 모드. 교정지만 마구 넘기며 피식대고 있다. 다음에 만들 책은 좀 골치 아픈 내용이라 사료되는데, 그래서 더 밍기적거리는 건지도….

특히나 내 어두운 상상력을 자극하고 고통스럽게 만들었던 것으로 쉽게 사랑에 빠지는 남자 또는 산티아고에서 쓰던 표현으로 〈호색한〉 파블로프의 삶. 그리고 불안한 영혼을 지닌 남자, 자기만의 내밀한 세계를 지닌 남자 파블로프의 삶. 파블로프는 문학이나 다른 예술과 관련된 주제에 몰두하며 여유 시간을 보냈어. 그가 〈내면의 휴식을 취하는 순간〉이라고 일컬었던 시간을 그런 식으로 보내려고 노력했지. 믿기 어려운 일일지도 모르겠지만 그는 엄청난 독서가였어. 그리고 당연히 자기가 읽은 책들을 놓고 대화하는 일을 즐겼지. 이를 위해 파블로프는 이를테면 조직의 문화인들 혹은 코스모폴리탄들을 소집하곤 했어. 소설가 표도르 페트로비치 세미오노프, 진짜 이탈리아 사람으로 모스크바 어학원에서 장학금을 받으며 러시아어를 공부하는 학생 파올로 리펠리노, 그리고 나, 이렇게 셋이었지. 파블로프는 항상 그들에게 나를 자기의 친구로 소개했지만, 이따금씩 나를 개 취급할 때도 있었어. 입가에 웃음을 머금으며 〈러시아 사람 둘과 이탈리아 사람 둘이군〉 하고 말했던 것이지. 리펠리노 앞에서 나를 주눅들게 만들려는 요량이었던 셈이야. 그렇지만 리펠리노는 언제나 나를 깍듯이 대했어. 어쨌든 모임 자체는 즐거웠는데 이따금씩 자정에 전화가 걸려올 때가 있었어. 그러면 우리는 모스크바 전역에 있는 파블로프의 수많은 집들 중 한 곳으로 득달같이 달려가야 했어. 그리고 침대에서 도저히 몸을 뗄 수 없는 그 시간에 두목의 끝 간 데 없는 장광설을 묵묵히 참고 들어야 했지. 파블로프의 취향은 이 표현이 맞는지 모르겠지만 〈잡종〉이었어. 솔직히 내가 읽어 본 작가는 불가코프밖에 없었어. 그것도 나탈리아를 사랑하는 마음에서였지. 다른 작가들에 대해서는 아무것도 몰랐어. 척 보면 알겠지만 나는 책을 많이 읽는 사람이 아니야. 내가 알기로 세이오노프는 포르노 소설을 썼던 것 같아. 리펠리노는 무술 영화와 마피아 영화가 뒤섞인 시나리오를 하나 갖고 있었어. 파블로프가 제작을 지원했으면 하는 눈치였지. 그곳에 모인 사람들 중에 문학을 제대로 아는 사람은 우리 집주인밖에 없었어. 예컨대 파블로프가 도스토옙스키에 대해 설을 늘어놓기 시작하면, 다른 사람들은 그저 이야기의 흐름만 멍하니 따라갈 뿐이었어. 그러면 나는 이튿날 도서관에 찾아가 도스토옙스키에 관한 자료를 모았지. 작품 요약과 전기를 읽고 나면 다음번 모임 때 이야기할 거리가 생겼어. 하지만 파블로프는 똑같은 작가를 되풀이해 다루는 법이 없었어. 한 주는 도스토옙스키, 다음 주는 보리스 필냐크, 15일 뒤에는 체호프(파블로프는 체호프가 동성애자라고 주장했는데 이유는 모르겠어)를 다루고, 이어서 고골이나 세미오노프를 화제에 올렸지. 세미오노프의 포르노 소설은 아주 입에 침이 마르게 칭찬하더군. 세미오노프라는 남자는 정말 물건이었어. 아마 나보다 조금 손위거나 비슷한 또래였을 거야. 그는 파블로프의 피후견인 중 한 사람이었지. 한번은 그가 자기 아내를 흔적도 없이 사라지게 만들었다는 소문을 들었어. 나는 그 소문을 믿지 않았지만 믿지 않기도 힘들었어. 세미오노프는 두목의 손을 깨무는 것만 빼면 뭐든 할 사람으로 보였거든. 리펠리노는 세미오노프와는 딴판으로 선량한 청년이었어. 그 친구만 두목이 혼자 열변을 토해 내는 소설가들의 작품을 하나도 읽어 보지 못했다고 서슴없이 털어놓았지. 그래도 시(운율이 일정하고 외우기 쉬운 러시아 시)는 좀 읽은 모양인지, 그 자리에서 시를 낭송할 때도 있었어. 대개는 다들 술이 거나하게 오른 다음이었지. 세미오노프가 그르렁대는 목소리로 누구의 시냐고 물으면, 리펠리노는 푸시킨이지 누구겠냐고 대꾸했어. 내가 이때다 싶어서 도스토옙스키를 화제에 올리면, 파블로프와 리펠리노는 듀엣으로 푸시킨의 시를 암송하고, 세이오노프는 공책을 꺼내 차기작을 구상한답시고 꼴값을 떨었지. 우리는 슬라브족과 라틴족의 정신에 대해 논의할 때도 있었어. 이 문제를 놓고 논쟁이 붙으면 당연히 리펠리노와 내가 지는 쪽이었지. 파블로프는 슬라브족의 정신에 대해서라면 모르는 것이 없었어. 그 이야기만 나오면 어찌나 진지하고 비통해하던지 자네는 상상도 못 할 거야. 리펠리노와 나는 대번에 백기를 들고, 세미오노프는 끝내 울음을 터뜨리기 십상이었어. 물론 모임에 항상 우리 넷만 있는 건 아니었어. 파블로프가 창녀들을 들이라고 지시할 때도 있었고, 생판 모르는 얼굴이 한두 명 낄 때도 있었어. 소규모 잡지 편집장, 일거리가 없는 배우, 알렉세이 톨스토이의 모든 작품을 제대로 알고 있는 퇴역 군인, 기분 좋은 사람들과 불쾌한 사람들, 파블로프와 거래하는 사람들, 파블로프에게서 호의를 얻길 기대하는 사람들. 밤샘 모임은 때때로 뒤끝 없이 끝날 때도 있었어. 그렇지만 대개는 솔직히 끝이 안 좋았어. 나는 슬라브족의 정신을 도저히 이해할 수 없을 걸세. 한번은 파블로프가 손님들에게 사진을 몇 장 보여 줬어. 〈높이뛰기 여자 선수 모음〉이라는 일련의 사진들이었지. 처음에 나는 사진을 보고 싶은 마음이 없었어. 하지만 사람들이 불러서 어쩔 수 없이 가야 했지. 내가 파블로프에게 물어다 준 너덧 명의 여자들이었어. 그 중에는 나탈리아 추이코바도 끼어 있었지. 내 기분이 좋지 않다는 것을 파블로프가 눈치챘던 것 같아. 그는 거대한 두 팔로 나를 꼭 껴안은 채 귀에다 대고 술주정꾼의 노래를 들려주었어. 죽음과 사랑, 인생의 두 가지 진실을 읊는 내용이었지. 나는 그때 웃었던 것 같아. 아니, 평소처럼 파블로프의 재치에 웃어 보이려 했지. 그런데 차마 웃음이 나오지 않았던 것 같아. 나중에 사람들이 술에 떡이 되어 누워 있거나 자리를 뜨고 나서, 잠시 창가에 앉아 차분하게 사진을 바라보았어. 그런데 참 세상 일이란 이상한 법이지. 그때는 모든 것이 다 괜찮은 것 같았어. 모든 것이 다 (우리 아버지 말씀대로) 제자리에 놓인 것 같았어. 강하게 숨을 들이쉬니 평온하고 자유로웠어. 슬라브족의 영혼이 라틴족의 영혼과 다를 게 뭐냐고 생각했지. 따지고 보면 둘 다 같은 것이었어. 내 친구 지미 포디바의 밤을 환하게 수놓은 아프리카족의 영혼도 아마 같은 것이었겠지. 어쩌면 슬라브족의 정신이 유별난 것은 주량이 더 세다는 것, 겨우 그것뿐이겠다 싶었어.

그렇게 또 시간이 흘렀지.

나탈리아는 올림픽 대표에서 제외되었어. 기준 높이를 한 번도 넘지 못해서였지. 국내 경기에 참가했지만 상위권에 들지 못했어. 기록을 깨겠다는 생각 따위는 꿈도 못 꾸었지. 나탈리아는 인정하려 들지 않았지만 선수 경력이 끝난 셈이었어. 우리는 이따금씩 불안과 기대가 섞인 마음으로 미래를 이야기했어. 그녀와 파블로프의 관계는 기복이 심했지. 파블로프는 세상 누구보다 사랑하는 양 굴다가 못되게 굴기가 부지기수였어. 어느 날 저녁에 나탈리아를 만났더니 얼굴에 피멍 자국이 가득했어. 나탈리아는 훈련 도중에 그랬다고 둘러댔지만 파블로프의 짓임을 단번에 알 수 있었지. 때때로 우리는 밤이 이슥할 때까지 여행과 외국에 대해 이야기했어. 나는 그녀에게 칠레에 대해 말해 주었지. 아마도 내가 상상으로 만들어 낸 칠레였던 것 같아. 그녀가 듣기에는 러시아와 다를 게 없었겠지. 그래서 흥분하며 듣는 기색은 없었지만 호기심은 일었을 거야. 한번은 나탈리아가 파블로프와 함께 이탈리아와 스페인을 여행했어. 나는 그들이 출국할 때 배웅 나간 사람들 틈에 끼지 못했지. 하지만 귀국할 때는 공항에 마중 나간 사람들 틈에 끼어 있었어. 나탈리아는 햇볕에 까맣게 타서는 한층 예뻐져서 돌아왔어. 나는 그녀에게 하얀 장미꽃 다발을 안겨 주었지. 전날 밤에 파블로프가 스페인에서 전화를 걸어 꽃을 사라고 명령한 터였어. 나탈리아는 〈고마워요, 로저〉 하고 말했지. 나는 〈무슨 말씀을요, 나탈리아 미하일로브나〉 하고 답했어. 우리가 공동으로 섬기는 보스가 장거리 전화로 지시했다고 털어놓는 대신에 말이야. 파블로프는 그 순간에 서너 명의 어깨들과 이야기를 나누던 참이었어. 그래서 내 두 눈(하늘에서 편히 쉬실 우리 어머니마저도 쥐 새끼 눈 같다고 말씀하셨지)에 맺힌 감미로운 시선을 눈치채지 못했어. 그렇지만 나탈리아와 내가 점점 경계를 풀고 방심했던 것만큼은 분명했어.

어느 겨울날 밤, 파블로프가 집으로 전화를 걸어 왔어. 화가 잔뜩 난 기색이었지. 당장 뛰어 오라고 불호령이 떨어졌어. 그의 사업이 잘 풀리지 않는다는 것은 귀동냥으로 들어서 알고 있었어. 나는 시간으로 보나 날씨로 보나 밖으로 나가기에 좋은 상황은 아니라고 말했지. 그렇지만 미샤는 한사코 굽히지 않을 기세였어. 30분 안에 나타나지 않으면 이튿날 아침에 사내구실을 못하게 만들어 주겠다고 으름장을 놓았지. 나는 부리나케 옷을 입었어. 그리고 밖으로 나가기 전에 의대생 시절에 구입한 해부용 칼을 주머니 한쪽에 챙겨 넣었어. 자네도 알겠지만 새벽 4시에 모스크바의 거리를 거닌다는 것은 퍽이나 위험한 일이지. 파블로프의 집까지 가는 길은 그가 전화로 나를 깨웠던 순간에 꾸고 있던 악몽의 연속 같았어. 길거리는 온통 눈으로 뒤덮여 있었어. 온도계의 눈금은 영하 10도 혹은 15도까지 내려와 있었을 거야. 한동안은 나를 제외하고 거리에 아무도 보이지 않았어. 처음에는 몸을 데우기 위해 10분은 걷고 10분은 잰걸음으로 뛰기를 반복했어. 15분이 지나자 추위에 몸이 웅크려 드는 바람에 한 발짝씩 간신히 발을 떼는 정도였어. 경찰차가 두 번 옆을 지나갈 때 나는 몸을 숨겼어. 택시도 두 번 옆을 지나갔는데 차를 세우지 않더군. 내 존재 따위는 신경 쓰지 않는 술주정뱅이만 몇 명 마주쳤지. 거뭇한 형체들이 내 발소리를 듣고 메드베딧샤 대로를 따라 늘어선 거대한 건물들의 입구에 몸을 숨기더군. 파블로프와 만나기로 약속한 집은 네멧스카야 거리에 있었어. 평소라면 걸어서 30분이나 35분 안짝의 거리였지만, 그 지옥 같던 밤에는 거의 한 시간이 걸렸지. 마침내 도착했을 때는 왼 발가락 네 개가 동상에 걸린 상태였어.

파블로프는 책을 읽고 코냑을 홀짝거리며 벽난로 옆에서 나를 기다리는 중이었어. 내가 무슨 말을 꺼내기도 전에 코에 주먹이 날아왔지. 그다지 충격은 느끼지 못했지만 그래도 나는 방바닥에 쓰러졌어. 그가 〈양탄자를 더럽히지 마〉 하고 말하는 소리가 들렸지. 그는 곧장 댓 번 정도 내 옆구리를 발길질했어. 하지만 실내화를 신은 채였기 때문에 이번에도 딱히 고통은 없었어. 그러더니 그는 자리에 앉아서 책과 술잔을 들었어. 이제 조금 진정한 듯싶었지. 나는 몸을 일으켜 화장실로 가서 코에서 흐르는 핏물을 닦고 거실로 돌아왔어. 내가 〈무슨 책을 읽는 중이십니까?〉 하고 묻자, 파블로프는 〈불가코프〉 하고 답했어. 〈너도 아는 작가지?〉 〈아, 불가코프 말씀입니까.〉 그렇게 답하는 순간 배알이 뒤틀렸어. 나탈리아의 〈나〉자라도 꺼내면 죽여 버리겠다고 생각했지. 나는 외투 주머니에 손을 넣어 더듬더듬 칼을 찾았어. 〈나는 솔직한 사람, 정직한 사람이 좋아.〉 파블로프가 말을 이었어. 〈꿍꿍이셈이 없는 사람 말이야. 나는 사람을 신뢰할 때 그 사람의 창자 끝까지 믿고 싶거든.〉 〈다리 한쪽이 동상에 걸렸습니다.〉 내가 말했어. 〈병원에 좀 가봐야겠습니다.〉 하지만 파블로프는 전혀 들을 생각이 없었어. 그래서 나는 찡찡대는 일은 그만두기로 했지. 게다가 그렇게 심각한 상태도 아니었어. 이제는 발가락을 꼼지락거릴 수 있었거든. 우리는 잠시 동안 아무 말도 없이 가만히 있었어. 파블로프는 불가코프의 책(『운명의 달걀』이었던 것 같아)을, 나는 벽난로의 불길을 응시하며 말이야. 〈나탈리아 말로는 둘이 사귄다더군.〉 파블로프가 입을 뗐어. 나는 대답 없이 고개를 끄덕였지. 〈그 창녀하고 잠자리도 같이 하나?〉 나는 아니라고 거짓말을 했어. 다시 침묵이 이어졌어. 파블로프가 이미 나탈리아를 죽였고 그날 밤에 나를 죽일 거라는 생각이 번뜩 들더군. 나는 앞뒤를 잴 겨를 없이 행동에 돌입했어. 단번에 달려들어 그의 목덜미를 따버렸던 것이지. 그리고 30분 동안 흔적을 말끔히 지우고 집으로 돌아와 취할 때까지 술을 퍼마셨어.

 일주일 뒤에 나는 경찰에게 붙잡혀 일리닌코프 경찰서에 끌려갔어. 거기서 한 시간 동안 취조를 받았지. 그저 형식적인 절차일 뿐이었어. 이고르 보리소비치 프로토포포프, 일명 〈정어리〉가 새로운 보스가 되었지. 그는 여자 운동선수에는 관심이 없었어. 대신 내가 도박꾼과 경매인으로 일할 수 있도록 뒤를 봐주었지. 나는 여섯 달 동안 그를 위해 일한 뒤에 러시아를 떠났어. 나탈리아는 어떻게 되었냐고 묻고 싶겠지? 나는 파블로프를 살해하고 이튿날 이른 아침에 훈련장에서 나탈리아를 만났어. 나탈리아는 내 얼굴 꼴이 보기 싫었나봐. 내가 마치 시체 같다고 말했거든. 목소리에서 경멸하는 어조가 느껴졌지. 하지만 친근함과 애정도 섞여 있는 목소리였어. 나는 어젯밤에 술을 많이 마신 까닭일 뿐이라고 웃으며 말했지. 이어서 나는 지미 포디바가 일하는 병원에 찾아갔어. 동상에 걸린 발가락을 한번 봐달라고 부탁했지. 그다지 심각한 상태는 아니었지만 우리는 사람을 몇 명 매수했어. 그래서 나는 3일 동안 병원에 입원할 수 있었어. 그리고 지미가 입원 기록을 조작했지. 파블로프가 살해당하던 순간에 나는 더할 나위 없이 만족한 상태로 뜨뜻한 침대 위에 누워 있던 셈이 된 거야.

 방금 전에 말한 대로 나는 반년 후에 러시아를 떠났어. 나탈리아도 나와 함께 떠났지. 처음에 우리는 파리에서 살았어. 결혼 이야기까지 서로 오갔지. 내 인생에서 가장 행복했던 시절이었어. 정말 미칠 듯이 행복했다네. 지금 그때를 떠올리면 얼굴이 화끈거릴 정도일세. 그다음에는 프랑크푸르트와 슈투트가르트에서 한동안 살았어. 슈투트가르트에 나탈리아가 아는 친구들이 있었지. 그녀는 괜찮은 직장을 구하려는 꿈에 부푼 상태였어. 하지만 그 친구들은 알고 보니 별로 좋은 친구들이 아니었어. 결국 나탈리아는 직장을 얻지 못했어. 불쌍한 나탈리아. 심지어 러시아 식당에서 요리사로도 일해 봤지. 하지만 나탈리아는 요리에 영 재능이 없었어. 우리가 파블로프의 죽음을 화제로 삼은 일은 거의 없었어. 나탈리아는 경찰의 의견과는 다르게 내부 소행이라는 생각이었어. 콕 집어 말하자면 〈정어리〉가 범인이라는 것이었지. 하지만 나는 경쟁 조직의 소행이 분명하다고 대꾸하곤 했어. 그녀는 파블로프를 신사로 기억했고, 그가 관대한 사람이었다고 되뇌었어. 참으로 기가 찰 노릇이었어. 나는 그녀가 마음대로 지껄이게 내버려두고 속으로 웃었지. 한번은 내가 나탈리아에게 추이코프 장군[2]과 친척 간이냐고 물었어. 스탈린그라드, 즉 현재의 볼고그라드를 방어했던 장군 말이야. 나탈리아는 〈무슨 뚱딴지같은 소리야, 로저. 당연히 아니지〉 하고 답했어. 동거한 지 1년이 지났을 때, 나탈리아가 헤어지자고 말하더군. 쿠르트 어쩌구

---

[2] Vasily Ivanovich Chuikov(1902~1982). 러시아 장군. 제2차 세계 대전의 분수령이었던 스탈린그라드 전투(1942년 8월~1943년 2월) 때 독일군의 지독한 공세를 막아 내 소련군이 독일군을 포위하는 데 결정적인 역할을 담당했다.

하는 독일 남자 때문이었지. 나탈리아는 그를 사랑한다고 말하더니 눈물을 쏟아 냈어. 나한테 미안해서 그랬던 것인지 자기가 기뻐서 그랬던 것인지 모르겠어. 나는 스페인어로 〈됐으니까 당장 꺼져, 나쁜 년〉 하고 말했어. 나탈리아는 웃음을 터뜨렸어. 내가 스페인어로 말할 때면 항상 그랬지. 끝내는 나도 웃고야 말았어. 우리는 보드카 한 병을 함께 비우고 작별 인사를 나누었어. 나는 그 독일 도시에서 이제 할 일이 없음을 깨닫고 바르셀로나로 건너왔어. 그래서 지금은 이곳의 사립 학교에서 체육 교사로 근무하는 중이야. 여기 생활은 나쁘지 않아. 나는 창녀들이랑 자고 술집 두 군데를 번질나게 드나들지. 여기 사람들 말대로 〈단골 모임〉이 있는 곳에 말이야. 그렇지만 밤이 되면, 특히나 밤이 되면, 러시아와 모스크바가 그립다네. 이곳에서 사는 것도 나쁘지 않지만 그곳과는 다른 게 있지. 그래도 구체적으로 무엇이 그립냐고 물어보면 딱 부러지게 대답할 수 없을 거야. 아직 살아 있다는 기쁨? 모르겠어. 나는 조만간 비행기를 타고 칠레로 돌아갈 생각이야.

또 다른 러시아 이야기

안셀모 산후안에게

한번은 아말피타노가 예술의 진기함을 놓고 친구와 한바탕 설을 풀더니 바르셀로나에서 들은 얘기라며 입을 열었어. 제2차 세계 대전 당시에 러시아 전선에서 싸웠던 청색 사단[1] 소속의 병사, 정확히는 노브고로드

---

1 〈청색 사단 *División Azul*〉은 제2차 세계 대전 때 독일 육군을 지원했던 스페인 부대의 명칭이다. 히틀러의 군사 지원 요청을 받고 프랑코는 국제적인 비난을 피하기 위해 자발적인 의용군을 모집한다. 그래서 전국적인 모병으로 1만8천 명의 1개 사단 병력이 모집된다. 이들은 푸른색 윗도리를 제복으로 입었던 탓에 〈청색 사단〉으로 불리게 된다. 〈청색 사단〉은 독일에 도착해서 독일 군복으로 갈아입은 후 250사단의 창설 멤버가 된다. 독일 육군 편제에 의하여 재편된 3개 연대는 출신 지역을 기준으로 바르셀로나 연대, 발렌시아 연대, 세비야 연대 등으로 불렸다.

2 Dionisio Ridruejo Jiménez(1912~1975). 스페인 〈36세대〉 작가. 내전 당시에 프랑코 진영의 선전 선동 국장을 담당했다.

3 Tomás Salvador Espeso(1921~1984). 스페인 우파 신문 기자이자 작가. 청색 사단에 자원해서 1943년까지 러시아에 머물렀다. 이후 스페인으로 돌아와 프랑코 정부에서 요직을 역임했다.

4 *Falange*. 호세 안토니오 프리모 데 리베라 José Antonio Primo de Rivera가 1933년에 창설한 정치 조직으로 스페인의 다양한 파시스트 운동 세력을 일컫는 말이다.

근방에 배치되었던 북부 집단군 소속 신병에 관한 것이었지.

신병은 키가 똥자루만 하고 젓가락처럼 빼빼 마른 푸른 눈의 사내였어. 본래 세비야 출신이었는데 어쩌다 보니 러시아 땅까지 이르렀던 것이지(그는 디오니시오 리드루에호[2]나 토마스 살바도르[3] 같은 부류는 아니었어. 물론 어쩔 수 없는 상황이 닥치면 로마식으로 거수경례를 붙이기도 했지. 하지만 엄밀히 말해서 파시스트나 팔랑헤[4] 당원은 아니었어). 그런데 거기에서 누군가가 그를 〈코르체 corche (신병)〉로 부르기 시작했어. 〈신병, 집합〉, 〈신병, 실시〉 하는 식으로 말이야. 그래서 신병이라는 단어가 세비야 사내의 뇌리 깊숙한 곳에 각인되었지. 그런데 그 드넓고 황량한 공간에서 이 단어는 감쪽같이 모습을 바꾸었어. 시간의 흐름과 일상적인 공포가 작용해 〈찬트레 chantre (성가대 지휘자)〉로 변형되었던 거야. 어떻게 그런 일이 생겨났는지는 도무지 모르겠어. 유년기의 행복한 기억이 잔뜩 기회를 노리다가 되살아난 것이 아닐까?

그래서 안달루시아 사내는 자기가 성가대 지휘자이며 그에 따른 임무를 다해야 한다고 생각했어. 하지만 몇몇 성당에서 성가대 지휘자를 뜻하는 그 단어의 의미를 명확히 알고 있는 것은 아니었지. 그런데 흥미로운 일은 말이야, 자신을 성가대 지휘자로 여겼던 덕분이었는지 사내는 정말로 성가대 지휘자가 되었어. 1941년의 끔찍했던 성탄절 날, 러시아군이 250사단을 짓뭉개던 순간에 캐럴을 부르던 합창단을 지휘했거든. 사내는 그 당시를 간단없이 무미건조한 소음이 이어지고 약간 때에 맞지 않는 비밀스러운 기쁨이 벅차오르던 나날들로 기억하나 봐. 합창단은 노래를 불렀지만 목소리가 제때에 나오지 않았어. 노래에 앞서거나 뒤서서 목소리가 들리는 것만 같았지. 입술과 목젖과 눈이 침묵의 틈을 따라 자꾸만 미끄러졌던 거야. 그저 찰나에 불과했지만 낯설기 그지없는 순간이었지.

어쨌든 우리의 세비야 사내는 자신의 처지를 받아들이고 용감하게 행동했어. 시간이 지날수록 성마른 성격이 되어 갔지만 말이야.

그런데 얼마 지나지 않아 사내는 피를 보게 되었어. 어쩌다 한눈을 팔았던 탓인지 어느 날 오후에 부상을 당했던 거야. 사내는 두 주 동안 리가의 군 병원에 입원해 있었어. 사내를 돌보던 간호사들은 독일 제국 출신이 대다수였지만 스페인 출신도 몇 명 섞여 있었지. 다부진 체격에 웃는 상이었던 독일 제국의 간호사들은 사내의 눈 색깔을 보며 믿지 못하겠다는 반응을 보였어. 자원 간호사로 파견되었던 스페인 간호사들은 아마도 호세 안토니오[5]의 누이나 처제나 먼 사촌뻘이었을 거야.

하지만 병원에서 퇴원할 때 세비야 사내에게 심각한

---

5 José Antonio Primo de Rivera(1903~1936). 스페인 정치가. 파시스트 정당 팔랑헤의 지도자였으며 스페인 내전 당시 공화 정부에 의해 처형당했다.

결과를 초래할 일이 발생했어. 엉뚱한 기차표를 지급 받는 바람에 소속 부대에서 3백 킬로미터 떨어진 나치 친위대 파병 대대에 도착했던 거야. 그곳에서 세비야 사내는 자기보다 훨씬 키도 크고 힘도 센 독일, 오스트리아, 라트비아, 리투아니아, 덴마크, 노르웨이와 스웨덴 병사들에 둘러싸여 걸음마 수준의 독일어를 총동원해 잘못된 상황을 해결하려고 노력했지. 그렇지만 나치 친위대는 늑장을 부리며 사안을 처리하는 동안 사내에게 일을 시켰어. 사내는 비로 병영을 쓸고, 함지박과 수세미로 건물을 닦았어. 타원형의 커다란 목조 건물로 갖가지 죄수들을 감금하고 심문하며 고문하는 곳이었지.

아예 체념한 상태는 아니었지만 사내는 성실히 새로운 임무를 수행했어. 낯선 병영에 들어앉아 흘러가는 시간을 지켜보았지. 오히려 이전에 있던 곳보다 음식도 한결 괜찮았고 특별한 위험도 없었어. 나치 친위대 대대는 후방 부대여서 〈도적 떼〉라고 불리던 자들하고만 전투를 벌였거든. 다시금 신병이라는 단어가 사내의 뇌리 깊숙한 곳에 모습을 드러냈어. 사내는 〈나는 갓 징집된 신병이다. 군소리 말고 받아들이자〉 하고 입속말로 중얼거렸지. 성가대 지휘자라는 단어는 조금씩 머릿속에서 사라져 갔어. 오후에 끝없이 펼쳐진 창공을 바라보며 세비야에 대한 그리움이 사무칠 때면 어디론가 사라진 아련한 메아리가 울려왔지만 말이야. 사내는 독일 병사 몇 명이 노래하는 것을 듣다가 그 단어를 머릿속에 떠올린 적도 있었어. 한번은 덤불 뒤에서 노래하던 어떤 소년의 목소리를 듣고 다시금 그 단어를 기억해 냈지. 하지만 사내가 관목을 한 바퀴 둘러보았더니 소년은 이미 사라지고 없었대.

그러던 어느 날, 언젠가 닥치고야 말 일이 일어나고 말았어. 나치 친위대 대대가 습격을 당해 적들의 손에 넘어갔던 거야. 적의 정체가 러시아 기병대였는지 유격대였는지는 의견이 분분해. 삽시간에 벌어진 전투는 싱겁게 끝났어. 하늘은 독일인들의 편을 들어주지 않으셨지. 한 시간 뒤에 러시아 병사들이 세비야 사내를 찾아냈어. 나치 친위대 지원군 군복을 입은 사내는 타원형 건물에 숨어 있었지. 방금 저질러진 악행의 흔적이 고스란히 남아 있는 가운데 말이지. 시쳇말로 현장에서 딱 걸렸던 거야. 곧바로 사내는 나치 친위대가 심문할 때 사용하던 의자에 묶였어. 다리와 팔걸이에 가죽끈이 달려 있는 의자였지. 사내는 러시아 병사들이 던지는 질문마다 스페인어로 대답했어. 그네들이 하는 말을 못 알아듣겠다며 자기는 한갓 급사일 뿐이라고 말했지. 사내는 독일어로 말해 보려고 머리를 쥐어짰어. 하지만 아는 단어는 기껏해야 서너 개뿐이었고, 러시아 병사들은 아예 독일어에 젬병이었지. 러시아 병사들은 잽싸게 뺨을 올려붙이고 발길질을 하더니 독일어를 할 줄 아는 병사를 찾으러 나갔어. 그 병사는 타원형 건물의 다른 감방에서 포로들을 심문하던 중이었나 봐. 병사들이 밖으로 나간 틈에 세비야 사내는 총소리를 들었어. 나치 친위대 소속 병사들을 처형하는 소리가 분명했어. 그래서 아직은 자유의 몸이었음에도 앞으로 살아서 나가리라는 희망을 버렸지. 하지만 총소리가 멎자 언제 그랬냐는 듯 다시 생존의 희망에 악착같이 매달렸어. 독일어를 할 줄 아는 병사가 사내의 계급과 직책을 물으며 거기서 무슨 일을 했느냐고 추궁했어. 세비야 사내는 독일어로 설명을 하려 했지만 아무 소용이 없었지. 그러자 러시아 병사들이 사내의 입을 벌리더니 집게로 혀를 잡아당기고 짓이겨 댔어. 그런데 사실 그 집게는 독일인들이 신체의 다른 부분을 고문할 때 사용하던 거야. 어쨌든 사내는 고통을 이기지 못해 눈물을 흘리며 〈코뇨*coño*(씨발)〉 하고 절규하다시피 말했어. 입에 물린 집게 때문에 스페인어 욕설은 소리가 변했고 대기 중으로 나오면서 〈쿤스트 *Kunst*(예술)〉라고 울부짖는 것처럼 들렸지.

독일어를 아는 러시아 병사가 이상하다는 눈으로 사내를 꼬나봤어. 세비야 사내가 〈쿤스트, 쿤스트〉 하고 외치며 고통의 눈물을 쏟아 냈거든. 〈쿤스트〉는 독일어로 예술이라는 뜻이야. 두 나라 말을 하던 병사도 그렇게 이해했던 모양이야. 그래서 〈이 개자식은 예술을 하는 놈인가 봅니다〉 하고 말했던 것이지. 세비야 사내를 고문하던 병사들은 혀 조각이 달라붙은 집게를 꺼냈어. 그리고 의외의 발견에 최면이 걸린 듯 잠시 동안 멀뚱하게 서 있었어. 예술이라는 단어는 날뛰던 짐승들마저 온순하게 만드는 거야. 병사들은 길든 짐승처럼 한숨을 돌리며 상관의 지시를 기다렸어. 신병은 입에서 피를 줄줄 흘리고 침이 가득 섞인 피를 삼키며 연거푸 목을 꺽꺽댔지. 〈씨발〉이 〈예술〉로 둔갑하는 바람에 목숨을 구한 셈이었어. 사내는 해가 뉘엿뉘엿 넘어갈 무렵에야 타원형 건물에서 나왔어. 그렇지만 한낮의 찬란한 햇빛을 쏘이듯 두 눈이 따끔거렸지.

러시아 병사들은 남아 있던 소수의 포로들과 함께 사내를 후송해 갔어. 얼마 뒤에 스페인어를 아는 러시아 병사가 사내의 이야기를 듣게 되었지. 세비야 사내는 결국 시베리아의 포로수용소로 끌려갔어. 어쩌다가 죄악의 현장에 같이 있던 다른 동지들은 총살을 당했지만 말이야. 사내는 1950년대 중반을 넘어서까지 시베리아에 머물렀어. 그러다 1957년에야 바르셀로나로 이주해 자리를 잡았지. 사내는 이따금씩 입을 벌려 시시한 전투 얘기를 신나게 떠들어 댔어. 어떨 때는 입을 벌려 사람들에게 이지러진 혀를 구경시켜 줬지. 사실 거의 티도 안 났대. 사람들이 그렇게 말하면 세비야 사내는 혀가 자랐다고 너스레를 떨었지. 아말피타노는 사내와 직접적으로 아는 사이는 아니었어. 그렇지만 이 얘기를 들었을 때, 사내는 아직 생존해 있던 상태였어. 바르셀로나에 있는 어떤 건물의 수위실에서 생활했대.

윌리엄 번즈

다음은 캘리포니아 주 벤투라 출신의 윌리엄 번즈가 소노라 주 산타테레사의 경찰 판초 몬헤에게 말해 주었고, 내 친구 판초 몬헤가 다시 나에게 전해 준 이야기이다. 몬헤는 윌리엄 번즈가 어떤 경우에도 냉정을 잃지 않는 차분한 미국인이었다고 강조했다. 그렇지만 이어지는 이야기의 전개와는 사뭇 배치되는 의견이 아닌가 싶다. 번즈의 이야기는 이러했다.

제 인생에서 암울한 시기였어요. 마가 끼었는지 일이 풀리지 않았죠. 아주 지겨워 죽을 지경이었어요. 평생 지겨움이라고는 몰랐는데 말이죠. 저는 두 명의 여자와 만나는 중이었어요. 네, 그것만은 분명히 기억해요. 한 명은 제 또래의 나이가 지긋한 여자였어요. 다른 한 명은 새파랗게 젊은 여자였고요. 하지만 둘 다 골골대고 투덜거리는 할망구들 같을 때도 있었죠. 어떨 때는 놀기만 좋아하는 계집아이들 같았고요. 엄마와 딸 사이로 혼동할 정도로 둘의 나이 차가 많지는 않았어요. 그렇지만 대충 그 정도 터울이 있었던 것 같아요. 그저 추측이 그렇다는 것뿐이에요. 이런 것들은 남자들이 제대로 알기 힘든 법이죠. 여자들은 개를 두 마리 키우고 있었어요. 하나는 다 자란 개였고 하나는 강아지였어요. 어느 개가 누구의 것인지는 도무지 알 수 없었죠. 당시에 여자들은 여름철 휴양지로 알려진 산동네 변두리의 집에 함께 살았어요. 제가 친구인가 그냥 아는 사람에게 그곳에서 잠시 머물 예정이라 말했더니 낚싯대를 챙겨 가라고 권하더군요. 하지만 저는 낚싯대라고는 구경도 못해 본 사람이에요. 또 상점이니 오두막집이니 평온한 삶이니 마음의 휴식 따위를 입에 올리는 사람도 있었죠. 그렇지만 저는 여자들과 휴가를 즐기러 가는 게 아니었어요. 여자들을 보호하기 위해 따라나섰던 것이죠. 왜 여자들이 제게 경호를 요청했냐고요? 여자들의 말에 따르면 해치려는 자가 있다는 것이었어요. 여자들은 그를 살인자라고 불렀지요. 제가 그럴 만한 동기가 있느냐고 묻자 가타부타 말이 없더군요. 어쩌면 제가 모르는 편이 낫다고 생각했는가 봐요. 그래서 저는 혼자 상황을 정리해 보았어요. 여자들은 겁을 먹고 자신들이 위험에 처해 있다고 믿었죠. 그러나 쓸데없는 걱정일 공산이 다분했어요. 저는 공연히 나서서 남의 생각이 틀렸다고 지적하는 사람은 아니에요. 더군다나 일을 맡고 있는 경우에는 말이죠. 일주일 정도 지나면 여자들도 저와 동일한 결론에 이르리라 생각했어요. 아무튼 저는 여자들과 두 마리 개와 함께 산으로 떠났어요. 우리는 나무와 돌로 지은 자그마한 집에 묵기로 했죠. 그렇게 수많은 창문이 달려 있는 집은 평생 처음 보았어요. 제각각 크기가 다른 창문들이 제멋대로 자리 잡고 있었죠. 밖에서 보면 창문의 개수로 미루어 삼층집이 아닌가 생각하기 십상이었어요. 실제로는 이층집이었죠. 집 안에 들어서서 창문을 바라보면 어지럽고 흥분이 일면서 미칠 것 같은 기분이 들었어요. 거실 쪽과 1층의 침실에서 바라볼 때 특히나 그런 느낌이 강했죠. 여자들이 제가 묵을 방으로 정해 준 곳에는 창문이 두 개밖에 없었어요. 위아래로 그다지 크지 않은 창문 둘이 자리 잡고 있었죠. 위쪽 것은 천장에 닿을 만한 높이에, 아래쪽 것은 지상에서 두 뼘도 되지 않는 높이에 나 있었어요. 그곳에서의 생활은 나쁘지 않았어요. 나이 든 여자는 매일 아침 글을 썼어요. 작가들은 방에 처박혀 버릇한다는 통념과 다르게 응접실 탁자 위에 노트북을 펼쳐 놓고 말이에요. 젊은 여자는 정원을 가꾸고 개들과 놀아 주고 저와 대화를 나누는 일에 시간을 할애했죠. 식사 당번은 대개 제가 맡았어요. 딱히 요리에 능숙한 편은 아니었지만, 여자들은 내놓는 음식마다 한껏 칭찬을 늘어놓았죠. 그렇게 여생을 보낼 수도 있었을 거예요. 그러던 어느 날, 개들이 사라졌어요. 저는 밖으로 나가 개들을 찾았어요. 손전등 하나만 달랑 든 채 근처의 숲을 샅샅이 뒤지고, 아무도 살지 않는 집들의 정원을 살펴보던 일이 기억나네요. 그런데 어디에서도 녀석들을 찾을 수 없었어요. 집으로 돌아오자 여자들은 모든 일이 제

탓인 양 꼬나보았어요. 그러다 여자들이 어떤 사람의 이름을 말했죠. 살인자의 이름이었어요. 여자들은 애초부터 그 사람을 살인자라고 불렀어요. 저는 미심쩍었지만 잠자코 얘기를 들었어요. 학창 시절의 연애 사건, 돈 문제, 켜켜이 쌓인 원한 같은 표현들이 이어졌죠. 나이 차이를 감안해 보았을 때 어떻게 둘이서 학창 시절에 같은 남자와 사귈 수 있었는지 납득이 가질 않았죠. 그렇지만 여자들은 더는 설명해 주지 않을 심산이었어요. 그런데 낮에는 그렇게 나무라더니 그날 밤에 여자 하나가 제 방에 찾아왔어요. 그 여자는 불을 켜지 않았어요. 저는 이미 반쯤 잠이 든 상태였고, 끝내 여자가 누구인지 알아내지 못했죠. 이튿날 아침 새벽빛을 맞으며 깨어났을 때 방 안에는 저 혼자였어요. 저는 그날 당장 마을로 내려가 여자들이 두려워하는 남자를 찾아가기로 마음먹었죠. 여자들에게 주소를 물은 뒤에 꼼짝 말고 집 안에 있으라고 일러두었어요. 제가 돌아올 때까지는 한 발짝도 나가지 말라고 주의를 시켰죠. 저는 나이 든 여자의 밴을 타고 마을로 내려갔어요. 마을 어귀에 이르렀을 즈음에 낡은 통조림 공장 공터에서 개들의 모습이 보였죠. 제가 소리를 내서 불렀더니 녀석들은 겸연쩍은 표정을 지은 채 꼬리를 흔들며 다가왔어요. 저는 녀석들을 차 안에 집어넣고 마을을 한 바퀴 돌았어요. 간밤에 공포에 떨었던 경험을 떠올리며 허탈하게 웃었죠. 저절로 여자들이 알려 준 주소를 향해 발길이 옮겨지더군요. 사내의 이름은 베들로라고 해두죠. 베들로는 시내에서 여행객들을 대상으로 상점을 운영하고 있었어요. 낚싯대에서부터 체크무늬 남방과 초코바에 이르기까지 갖가지 물건들을 파는 곳이었죠. 저는 잠시 진열대를 둘러봤어요. 영화배우처럼 생긴 사내는 많아야 서른다섯 정도 되어 보였어요. 체격이 건장했고 머리는 검은색이었죠. 사내는 계산대 위에 신문을 펼쳐 놓고 읽는 중이었어요. 캔버스 바지와 티셔츠를 입은 모습이었죠. 분명히 그곳은 장사가 잘되는 가게였을 거예요. 자동차와 전차가 수시로 드나드는 중심가에 있었으니까요. 사내의 가게에 있던 상품은 죄다 바가지 가격이었어요. 저는 잠시 동안 머물며 가격을 확인하고 물건을 살펴보았죠. 왜인지 모르게 가게를 나서면서 그 불쌍한 사내가 길을 잃은 영혼이라는 생각이 들더군요. 10미터도 채 걸어가기 전에 사내의 개가 저를 따라오고 있다는 것을 알아챘어요. 그때까지도 저는 상점에 개가 있었는지조차 몰랐어요. 아마도 그 커다란 검은 개는 독일산 셰퍼드와 다른 개의 잡종이었을 거예요. 저는 한 번도 개를 키워 보지 않아서 그 빌어먹을 놈들이 무엇에 반응을 보이는지 몰라요. 어쨌든 베들로의 개는 쫄래쫄래 저를 따라왔어요. 당연히 녀석을 가게로 돌려보내려고 노력했죠. 그렇지만 녀석은 꿈쩍도 안 했어요. 어쩔 수 없이 녀석과 나란히 밴을 주차한 곳으로 걸음을 내딛었어요. 바로 그 순간에 등 뒤에서 휘파람 소리가 들렸어요. 상점 주인이 자기 개를 부르는 것이었어요. 뒤를 돌아보지 않았어도 사내가 우리를 찾아 밖에 나왔음을 짐작할 수 있었죠. 저도 모르게 반사적인 행동이 튀어나왔어요. 그가 제 모습을, 우리의 모습을 보면 안 된다 싶었던 것이죠. 저는 제 다리에 바짝 달라붙은 개와 함께 말라붙은 피처럼 검붉은 전차 뒤로 몸을 숨겼어요. 이제 안전해졌다고 생각할 즈음에 전차가 움직이기 시작했어요. 가게 주인은 맞은편 인도에서 저를 보았든지 자기 개를 보았든가 봐요. 제 쪽을 바라보며 손짓을 해댔거든요. 개를 잡으라는 뜻인지 개의 목을 조르라는 뜻인지 알 수 없었어요. 어쩌면 자기가 길을 건널 때까지 꼼짝 말고 있으라는 뜻이었겠죠. 하지만 저는 사내의 뜻과는 정반대로 행동했어요. 몸을 돌려 인파 속으로 사라졌던 것이죠. 〈멈추세요, 제 개예요, 이봐요, 제 개라고요〉 하고 외치는 소리가 들려왔어요. 제가 왜 그런 식으로 행동했냐고요? 모르겠어요. 어쨌든 가게 주인의 개는 밴을 주차해 놓은 곳까지 얌전히 따라왔어요. 그리고 문을 열자마자 미처 손쓸 틈도 없이 차 안으로 들어갔죠. 녀석을 빼내려고 해봤지만 소용없었어요. 제가 개를 세 마리나 데리고 돌아오는 것을 보고도 여자들은 별 말을 하지 않았죠. 이윽고 동물들과 장난치며 놀기에만 바쁘더군요. 가게 주인의 개는 예전부터 여자들과 아는 사이인 것 같았어요. 그날 오후에 우리는 많은 이야기를 나누었어요. 저는 마을에서의 일을 전해 주었고, 여자들은 과거에 무슨 일을 했는지 말해 주었죠. 한 여자는 학교 선생이었고, 다른 여자는 미용사였어요. 이제는 둘 다 직장을 그만두었지만 이따금씩 문제아들을 보살핀다는 것이었어요. 어느 순간에 저는 하루 종일 집을 지켜야 한다는 말을 내뱉고 있었죠. 여자들은 저를 바라보며 동의한다는 미소를 지어 보였어요. 괜히 그런 식으로 말했나 싶어 후회스러웠죠. 이어서 우리는 저녁을 먹었어요. 그날 밤에는 제가 음식을 차리지 않았어요. 식탁에서의 대화는 차츰 뜸해지는가 싶더니 이내 침묵만이 감돌았어요. 턱뼈와 이빨이 부딪히는 소리와 밖에서 개들이 집 주위를 뛰어다니는 소리만이 정적을 깰 뿐이었죠. 식사가 끝나고 우리는 술을 마셨어요. 누구인지 기억나지 않는데 여자 하나가 지구가 둥글다느니 환경을 보존해야 한다느니 의사들의 목소리가 어떻다느니 이야기했어요. 저는 다른 것들을 생각하느라 그녀가 말하는 것을 제대로 듣지 못했어요. 오래전에 그곳의 산기슭에 살았던 원주민들 이야기도 나오지 않았나 싶어요. 저는 차마 더 이상 참고 들어줄 수가 없어서 자리에서 일어나 식탁을 치우고 주방에 틀어박혀 설거지를 했어요. 하지만 거기에서도 계속 여자들의 대화를 들었어요. 거실에 돌아와 보니 젊은 여자는 이불을 반쯤 덮은 채 소파에 누워 있더군요. 늙은 여자는 이제 대도시를 화제로 삼는 중이었어요. 대도시의 삶을 찬양하는 듯했지만 실제로는 조롱하는 내용이었죠. 여자들이 킬킬대는 소리를 듣고서야 그렇다는 것을 알았어요. 저는 여자들의 유머를 도무지 이해할 수 없었어요. 여자들을 좋아했고 매력적이라고 생각했지만, 유머 감각만큼은 억지로 꾸며 낸 느낌이었죠. 저녁 식사 후에 제가 마개를 열었던 위스키 병이 벌써 반이나 비었더군요. 걱정스러웠죠. 취하도록 술을 마시려는 생각도 없었고, 여자들이 술에 취하기를 바라지 않았어요. 혼자 남아 있기가 싫었거든요. 그래서 저는 여자들 곁에 바싹 다가앉아 몇 가지 문제를 해결해야 한다고 말했어요. 여자들은 짐짓 놀라는 척하며 무슨 문제냐고 물었죠. 어쩌면 조금쯤은 진짜로 놀랐는지도 몰라요. 저는 〈이 집에는 단점이 너무 많아요. 그 문제를 해결해야 합니다〉 하고 말했죠. 여자 하나가 〈무슨 단점이 있는지 한번 나열해 보세요〉 하고 말했어요. 저는 〈그럼 말씀드릴게요〉 하고 허두를 뗀 뒤에 집이 마을과 멀리 떨어져 있는 데다 너무 노출되어 있다고 하나하나 지적하기 시작했어요. 하지만 이내 여자들이 제 말을 듣지 않고 있다는 것을 깨달았죠. 부아가 치밀어 오르더군요. 차라리 제가 개였다면 여자들이 이렇게까지 무시하지 않았으리라는 생각도 들었어요. 나중에 우리 셋 다 잠들기는 글렀다고 생각했을 무렵에, 여자들이 아이들에 대해 이야기하기 시작했어요. 저는 여자들의 목소리를 듣고 심장이 오그라들었어요. 강인한 남자도 뒷걸음질하게 만드는 무섭고 사악한 광경을 여러 번 목격했지만, 그날 밤 여자들의 이야기를 들으면서 심장이 완전히 오그라들어 없어지는 줄 알았죠. 중간에 끼어들어서 여자들이 자신들의 어린 시절을 회상하는 것인지 아직 어린아이인 실제 어린아이들에 대해 이야기하는 것인지 알고 싶었지만 끝내 한마디도 뻥긋하지 못했어요. 붕대와 탈지면이 목구멍에 꽉 들어찬 것만 같았죠. 독백에 가깝던 두 사람의 대화가 오가던 도중에 갑자기 불길한 예감이 들었어요. 저는 살그머니 거실 구석에 나 있는 소의 눈 같이 작고 우스꽝스러운 창문으로 다가갔어요. 거실의 커다란 창문 바로 옆에 붙어 있는 쓸데없는 창문이었죠. 끝내는 여자들도 저를 바라보고 무슨 일이 있다는 것을 알아챈 듯했어요. 검지에 입술을 갖다 대고 조용히 하라고 신호를 보내며 커튼을 열어젖히는 찰나에 창문 저쪽에 베들로의 얼굴, 바로 살인자의 얼굴이 보였어요. 이어서 무슨 일이 일어났는 지는 분명하지 않아요. 극심한 공포가 전염되면 모든 것이 희미해지기 마련이죠. 저는 살인자가 집 주위를 달리기 시작했다는 것을 곧바로 알아챘어요. 여자들과 저는 집 안을 달리기 시작했죠. 두 무리가 원을 그리며 움직이는 셈이었어요. 입구를 찾고 있던 살인자는 우리가 미처 닫지 못한 창문이 있나 확인했죠. 여자들과 저는 문이 잠겼는지 살펴보고 창문을 죄다 닫았어요. 응당 해야 할 일을 하지 않았다는 것을 인정해요. 방으로 가서 총을 찾아 들고 마당에 나가 사내를 제압했어야 마땅했죠. 오히려 그때 제 머릿속을 스쳤던 생각은 개들이 집 밖에 있다는 것이었어요. 녀석들에게 나쁜 일이 생기지 않기만을 바랐죠. 암캐가 임신한 상태라는 데 생각이 미쳤어요. 확실치는 않지만 누군가 그 사실을 일러 주었던 것 같아요. 어쨌든 그렇게 달리고 있는 와중에 여자 하나가 말하는 소리를 들었어요. 〈하느님 아버지, 암캐, 우리 암캐를 어쩌나.〉 저는 텔레파시와 행복을 생각했어요. 방금 말을 꺼낸 여자가 암캐를 찾으러 나가지나 않을까 걱정했죠. 다행히 누구도 집 밖으로 나가려는 기색은 보이지 않았어요. 속으로 천만다행이라고 생각했죠. 그때(아직도 그 순간이 생생해요) 저는 이제껏 한 번도 보지 못했던 1층의 어떤 방에 들어섰어요. 길고 좁고 어두운 방이었죠. 조명이라고는 달빛과 잔잔하게 새어 드는 베란다 불이 전부였어요. 바로 그 순간에 운명 또는 불운(그 상황에서는 마찬가지였죠)이 저를 그곳으로 이끌었다는 섬뜩한 확신이 들더군요. 방 안쪽에 있는 창문 저편으로 가게 주인의 윤곽이 보였어요. 저는 떨리는 몸을(온몸이 부들부들 떨렸어요. 땀이 비 오듯 쏟아졌죠) 가까스로 진정시키고 웅크려 앉아 기다렸어요. 살인자는 황당할 정도로 쉽게 창문을 열고 살그머니 방안으로 기어들어 왔어요. 방안에는 비좁은 나무 침대가 세 개 놓여 있었어요. 침대 각각에는 탁자가 하나씩 딸려 있었죠. 머리맡 위로는 몇 센티미터 간격을 두고 액자를 끼운 세 개의 판화가 보였어요. 살인자는 잠시 발길을 멈춰 섰어요. 그가 숨을 들이쉬는 소리가 들렸죠. 공기가 폐로 들어가며 건강한 소리를 냈어요. 이윽고 살인자는 벽과 침대 다리 사이를 더듬으며 움직였어요. 제가 그를 기다리고 있던 곳으로 곧장 걸어

왔죠. 정말 믿기 어려운 일이지만 사내는 저를 보지 못했어요. 행운의 여신이 저를 돕는구나 싶어 마음속으로 감사했어요. 사내가 바로 제 옆에 이르렀을 때 그의 발목을 잡아 땅에 쓰러뜨렸죠. 그리고 최대한 해를 입힐 요량으로 땅바닥에 쓰러진 사내를 발로 걷어찼어요. 저는 〈여기예요, 여기예요〉 하고 소리쳤지만, 여자들은 제 목소리를 듣지 못했어요(그즈음에는 저도 여자들이 뛰는 소리를 듣지 못했죠). 정체 모를 방은 제 머릿속을 그대로 옮겨 놓은 것 같았어요. 세상에 하나뿐인 집이자 안식처인 제 머릿속을 말이죠. 쓰러진 몸뚱이에 발길질을 해대며 얼마나 그곳에 있었는지 모르겠어요. 누군가가 등 뒤의 문을 열었던 것이 기억나요. 그 사람은 한 손을 제 어깨에 올려놓은 채 알아들을 수 없는 말을 웅얼거렸어요. 이윽고 저는 다시 방 안에 혼자 남았고 발길질을 멈추었어요. 한동안 무엇을 해야 할지 모르겠더라고요. 진이고 넋이고 다 빠진 느낌이었죠. 그러다 가까스로 정신을 차리고 사내의 몸을 거실까지 질질 끌고 갔어요. 여자들은 껴안을 듯이(실제로 껴안은 것은 아니었어요) 바싹 붙어서는 소파에 앉아 있었어요. 이유는 모르겠지만 그 광경을 보고 있자니 생일 파티가 떠올랐어요. 여자들의 눈길에는 아직 채 가시지 않은 공포와 불안이 서려 있었어요. 방금 일어난 일 때문이 아니라 제 발길질에 심하게 당한 베들로의 모습 때문이었죠. 바로 여자들의 그런 눈길 때문에 저는 사내의 몸을 양탄자 위에 떨어뜨렸어요. 저절로 손에서 힘이 빠져나갔죠. 베들로의 얼굴은 피로 물들인 가면 같았어요. 거실의 불빛을 받아 윤곽이 더욱 선명해 보였죠. 코가 있던 자리에는 핏덩이만 뭉쳐 있을 뿐이었어요. 저는 심장이 뛰는 소리를 확인했어요. 여자들은 꼼짝 않고 저를 지켜봤어요. 제가 〈이 남자는 죽었어요〉 하고 말했죠. 베란다로 나가려던 참에 여자 하나가 한숨짓는 소리가 들렸어요. 저는 하늘의 별들을 바라보며 담배를 피웠어요. 나중에 마을 경찰한테 뭐라고 설명해야 할까 생각했죠. 집으로 들어갔더니 여자들이 바닥에 엎드려 시체의 옷을 벗기는 중이더군요. 저절로 비명이 터져 나왔어요. 여자들은 제게 눈길도 주지 않았어요. 저는 위스키 한 잔을 마시고 다시 밖으로 나갔던 것 같아요. 위스키 병을 통째로 들고 나가지 않았나 싶네요. 얼마나 오랫동안 밖에 머물렀는지 모르겠어요. 담배를 피우고 술을 마시며 여자들이 뒤처리를 끝내기만을 기다렸죠. 저는 방금 있었던 일들을 하나하나 머릿속에서 꿰맞춰 보았어요. 우선 창문을 들여다보던 사내의 모습을 떠올렸어요. 사내의 눈길도 기억나더군요. 그제야 그 눈길에 두려움이 서려 있었음을 깨달았어요. 이어서 사내가 개를 잃어버렸던 때를 생각해 보았어요. 끝으로 사내가 가게 안쪽에서 신문을 읽던 모습을 떠올려 보았죠. 그리고 전날의 밝은 햇살과 가게 내부의 조명과 제가 사내를 죽였던 방 안에서 보았던 베란다의 불빛을 떠올렸죠. 그런 다음에 저는 개들을 한참 지켜봤어요. 녀석들도 잘 생각이 없는지 마당 끝에서 끝까지 달리고 있었죠. 나무 울타리가 군데군데 부러져 있었어요. 언젠가는 누군가 울타리를 손봐야겠다 싶었죠. 하지만 그 사람이 저는 아니겠다고 생각했어요. 산 저편에서 해가 밝아 왔어요. 개들은 베란다로 올라와 어루만져 달라고 몸을 비벼댔죠. 어쩌면 밤새 신나게 놀아서 지쳤던 것일지도 모르겠어요. 평소처럼 두 마리 개만 보이더군요. 저는 휘파람을 불어 다른 개를 불렀어요. 하지만 녀석은 나타나지 않았어요. 그 순간 몸에 한기가 돌면서 계시처럼 모든 게 분명해졌죠. 죽은 남자는 결코 살인자가 아니었어요. 어딘가 먼 곳에 숨어있는 진짜 살인자, 아니 어쩌면 숙명이, 우리를 속인 것이었죠. 베들로는 누구를 죽이려는 의도가 아니었어요. 그저 자기 개를 찾으려 했던 것뿐이죠. 저는 〈불쌍한 사람〉 하고 생각했어요. 개들은 다시 마당을 따라 서로를 뒤쫓았어요. 저는 문을 열고 여자들을 바라봤어요. 차마 거실에 들어갈 기력조차 없었죠. 베들로의 시신은 다시 옷을 입은 모습이었어요. 전보다도 한결 보기 좋게 차려입은 모습이었죠. 저는 여자들에게 무슨 말을 하려다가 쓸데없겠다 싶어서 베란다로 돌아갔어요. 여자 하나가 저를 뒤따라 나오더군요. 그러더니 등에다 대고 〈이제 시신을 처리해야죠〉 하고 말했어요. 저는 〈알겠습니다〉 하고 대답했죠. 이어서 저는 여자들을 도와 베들로를 밴 뒷좌석에 옮겨 실었어요. 우리는 산 속으로 차를 몰아갔죠. 나이 든 여자가 〈삶은 의미가 없어〉 하고 말했어요. 저는 아무런 대꾸 없이 구덩이를 팠어요. 집으로 돌아와서 여자들이 몸을 씻는 동안 저는 밴을 세차하고 짐을 챙겼어요. 〈이제 어떻게 할 거예요?〉 베란다에서 구름을 지켜보며 아침을 먹다가 여자들이 물었죠. 저는 〈도시로 돌아갈 거예요. 갈피를 잃었던 바로 그 지점부터 수사를 재개할 생각입니다〉 하고 답했어요.

〈여섯 달 뒤에 윌리엄 번즈는 신원 불명의 사람들에게 살해당했어.〉 판초 몬헤는 그렇게 이야기를 갈무리했다.

형사들

— 자네는 어떤 무기가 좋은가?

— 창칼만 빼면 다 괜찮네.

— 식칼, 접칼, 단검, 매부리 칼, 비수, 주머니칼 같은 것들 말이지?

— 응, 대충 그렇지.

— 대충 그렇다니?

— 표현이 그렇다는 거지, 멍청아. 그래, 그런 종류는 다 싫어.

— 정말이야?

— 정말이고말고.

— 어떻게 매부리 칼을 싫어할 수 있지?

— 싫다면 싫은 거지 이유가 있나.

— 그렇지만 칠레의 전통 무기잖아.

— 매부리 칼이?

— 창칼이 대체로 그렇지.

— 이 친구가 또 구라 까네.

— 진짜야. 하늘에 걸고 맹세하네. 저번에 신문 기사

에서 읽었어. 칠레 사람들은 총기를 싫어한대. 틀림없이 소음 때문일 거야. 원체 조용한 성격을 타고났잖아.
— 바다 때문이겠지.
— 바다 때문이라니? 무슨 바다?
— 당연히 태평해(海)지.
— 아, 태평양(洋)을 말하는 거구먼. 그런데 태평양이 조용한 성격하고 무슨 관계야?
— 태평양이 소음을 가라앉힌대. 쓸데없는 소음 말이야. 사실인지는 정확히 모르겠어.
— 그럼 아르헨티나 사람들은?
— 무슨 뚱딴지같은 소리야?
— 아르헨티나 사람들은 대서양 옆에 살잖아. 그런데 그치들은 무지하게 시끄럽다고.
— 비교할 걸 비교해야지.
— 자네 말이 맞네. 비교할 걸 비교해야지. 그런데 아르헨티나 사람들도 창칼을 좋아한대.
— 바로 그래서 내가 창칼을 싫어하는 거야. 칠레의 전통 무기라 해도 말이지. 주머니칼은 나름 쓸모가 있어. 아예 꽝이라고는 말하지 않겠네. 특히 맥가이버 칼 말이야. 하지만 나머지는 죄다 쓰레기야.
— 무슨 이유 때문이지? 어디 한 번 설명해 보게나, 이 친구야.
— 어떻게 설명해야 할지 모르겠군. 미안하네, 이 친구야. 그렇다면 그런 거지 무슨 설명이 필요하겠어?
— 자네가 무슨 얘기를 하려는지 짐작이 가는군.

— 그럼 말해 보시지. 나도 모르겠으니까.

— 알기는 알겠지만 나도 설명을 못 하겠군.

— 그래도 나름 이점이 있지.

— 어떤 이점?

— 예컨대 강도들이 자동 소총으로 무장했다고 생각해 봐. 뚜쟁이들이 우찌 기관 단총을 들고 있다 쳐보라고.

— 무슨 말인지 알 것 같군.

— 그래서 이점인가 아닌가?

— 우리 입장에서는 딱 들어맞는 말이지. 하지만 국가에는 모욕적인 말일세.

— 국가에 모욕적인 말이라니?

— 칠레 사람들의 성격과 천성, 집단적인 꿈을 모욕하는 말이지. 칠레인들은 고통받는 일을 빼면 아무 짝에도 쓸모없다는 식으로 들리네. 자네가 알아들을지 모르겠지만 나는 한 줄기 빛을 발견한 것만 같군.

— 무슨 말인지 알겠어. 그렇지만 그런 뜻이 아냐.

— 그런 뜻이 아니라니?

— 내가 말하려던 건 그게 아니라고. 그냥 창칼이 싫다는데 무슨 말이 그렇게 많나. 괜히 쓸데없이 짱돌 굴리지 말자고.

— 그런데 칠레 사람들이 총을 좋아한다면 괜찮을 것 아닌가. 그렇다고 칠레에 총이 넘쳐 나면 좋겠다는 뜻은 아니야.

— 가타부타 말을 못 하겠군.

─ 게다가 총을 마다할 사람이 누가 있겠나?
─ 맞아. 누구나 총을 좋아하지.
─ 아까 조용한 성격 얘기하던 것 마저 말을 이을까?
─ 알았어. 듣다가 졸지만 않게 해봐.
─ 그럴 일은 없을 거야. 졸리면 차 세우고 내가 운전하면 되지 뭐.
─ 그럼 한번 얘기해 보게나.
─ 『엘 메르쿠리오』에서 읽은 건데……
─ 언제부터 『엘 메르쿠리오』를 읽으셨나?
─ 이따금씩 본부에 굴러다니더라고. 왜 당직 서는 날은 지루하기 짝이 없잖아. 어쨌든 기사 내용이 칠레인은 라틴족인데 라틴족은 창칼에 애착을 느낀대. 반대로 앵글로·색슨족은 총이라면 사족을 못 쓴다는 거지.
─ 계제에 따라 다르겠지.
─ 나도 그렇게 생각했어.
─ 막상 때가 닥치면 말이야. 자네도 알겠지만.
─ 나도 그렇게 생각했네.
─ 우리가 좀 느리긴 하지. 그것만은 인정해야 해.
─ 우리가 좀 느리다니?
─ 모든 면에서 말이야. 좀 구식인 데가 있다는 말이지.
─ 그게 느리다는 뜻이야?
─ 우리는 아직도 비수를 사용하잖아. 한마디로 청동기에 있는 거지. 그런데 양키들은 진작 철기에 접어

들었다고.

— 나는 역사라면 아주 쥐약이라서 말이야.

— 로아이사를 체포할 때 기억나?

— 어찌 기억이 안 나겠어.

— 그래 바로 그때 말이야. 그 돼지 새끼가 곧바로 항복했잖아.

— 맞아. 그 녀석 집은 아예 무기고나 다름없었지.

— 그래, 내 말이 그 말이야.

— 까딱했다가는 한판 난리가 났었겠지.

— 우리는 넷이었고, 그쪽은 다섯이었어. 우리는 허가된 무기만 지녔지만, 녀석은 바주카포까지 있었어.

— 이봐, 무슨 바주카포야.

— 프란치 스파스-15였다고! 살상용 산탄총도 두어 개 있었지. 그런데 그 돼지 새끼는 한 발도 못 쏘고 항복했어.

— 한바탕 붙어 봤으면 싶은가 보지?

— 미쳤냐? 하지만 그 돼지 새끼 이름이 로아이사가 아니라 맥 컬리였다고 생각해 봐. 우리는 아주 총알받이가 되었을 테고, 녀석은 지금쯤 감옥에 없을 거야.

— 지금쯤 시체가 되었을 지도 모르지.

— 자유로운 몸이 되었겠지. 무슨 뜻인지 알겠어?

— 맥 컬리는 카우보이 이름 같은데? 영화 제목이 생각날락 말락 하네.

— 나도 그래. 자네랑 둘이 봤던 것 같아.

— 자네랑 영화 본 지 백만 년은 지났네.

― 아마 녀석을 체포할 때쯤 봤던 영화 같아.
― 아무튼 그 돼지 새끼가 아주 무기 장사를 해도 될 법했어. 그놈이 우리가 쳐들어갔을 때 어쨌는지 기억나?
― 얼씨구나 하고 박장대소를 터뜨렸지.
― 속으로는 벌벌 떨었을 거야. 거 똘마니 하나는 울더라고. 열여섯 살이나 되었을까.
― 그 돼지 새끼는 마흔이 넘었는데 강한 척하더군. 그런데 툭 까놓고 말해서 이 나라에 강한 남자가 어디 있나.
― 강한 남자가 없다니? 억세게 강한 놈들도 많은데.
― 미친 놈들은 트럭째로 있지. 하지만 강한 남자는 없어. 절대 한 놈도 없어.
― 그럼 라울리토 산체스는? 그놈 기억나지? 마뉴랭 가지고 있던 놈.
― 어찌 기억이 안 나겠어.
― 그래서 그놈은 어떻게 생각하는데?
― 녀석은 당장 권총을 처분했어야 했어. 그것 때문에 망한 거야. 매그넘 소유자를 추적하는 건 누워서 떡 먹기지.
― 마뉴랭이 매그넘이야?
― 물론이지.
― 프랑스제인 줄 알았는데.
― 357인치 프랑스제 매그넘이지. 그래서 버리지 못했던 거야. 금이야 옥이야 하며 아꼈지. 엄청나게 비싼 무기라고. 칠레에는 흔하지 않아.

— 매일 하나씩 새로운 걸 배우는군.

— 불쌍한 녀석.

— 감방에서 죽었다며?

— 아니야. 출소하자마자 죽었어. 아리카에 있는 하숙집에서.

— 폐가 걸레가 되었다지?

— 어릴 때부터 피를 토했대. 그런데도 악착같이 버틴 거지.

— 참 과묵한 놈이었어.

— 과묵하고 부지런한 놈이었지. 지나치게 물질에 집착한 게 흠이었어. 마뉴랭 때문에 인생 망쳤지.

— 무슨 소리야? 창녀들 때문이지!

— 라울리토 산체스는 호모였어.

— 뭐라고? 전혀 처음 듣는 얘기인데? 시간이 참 야속한 법이야. 높디높은 탑도 쓰러뜨리니.

— 갑자기 탑은 또 왜 나와?

— 녀석은 남자다운 남자였어.

— 남자다운 거랑 탑은 또 무슨 관계야?

— 어쨌든 녀석은 나름대로 남자답게 살았어. 그렇지 않나?

— 사실 나는 잘 모르겠어.

— 녀석이 창녀들하고 함께 있는 모습을 여러 번 목격했어. 창녀들을 싫어하는 눈치는 아니던데.

— 라울리토 산체스는 누구도 싫어하는 법이 없었어. 그렇지만 여자를 안아 보지 않은 것만은 확실해.

— 아주 딱 잘라 말씀하시는데? 말조심하게나, 이 친구야. 죽은 이들은 항상 우리를 지켜본다네.

— 죽은 놈들이 눈이 어디 있다고? 그네들은 벙어리 신세에 익숙해 있어. 그저 빌어먹을 놈들일 뿐이지.

— 빌어먹을 놈들이라니?

— 살아있는 사람들을 넌더리 나도록 괴롭히는 게 유일한 낙이잖아.

— 미안하지만 나는 동의할 수 없네, 이 친구야. 이 몸은 고인들을 깍듯이 모시는 입장일세.

— 묘지에는 아예 발길도 안 하는 주제에.

— 내가 묘지에 안 간다고?

— 어디, 그럼 사자(死者)의 날[1]이 언젠지 알아?

— 아이고 이거 딱 걸렸군. 나는 가고 싶을 때만 간다네.

— 그런데 자네 귀신을 믿나?

— 확답은 못 하겠어. 그렇지만 경험담이 꽤 있더라고. 듣다 보면 모골이 송연하더만.

— 안 그래도 그 얘기를 하려던 참이었어.

— 라울리토 산체스 말이지?

— 바로 맞췄네. 녀석은 진짜로 죽기 전에 적어도 두 번은 송장 흉내를 냈어. 그중 한 번은 창녀들 소굴에서 있었던 일이지. 도리스 비야론 생각나? 그년이랑 이불을 한데 뒤집어쓰고 묘지에서 하룻밤을 보냈대.

---

[1] Día de los Muertos. 멕시코에서 11월 1일과 2일에 걸쳐 죽은 이들의 명복을 비는 날.

그런데 그녀 얘기에 따르면 밤새 아무 일도 없었다는 거야.

— 하지만 도리스 그년은 머리가 하얗게 세었잖아.

— 사람마다 다 얘기가 다르지.

— 하룻밤 만에 머리가 센 건 틀림없어. 마리 앙투아네트 왕비처럼 말이야.

— 내가 확실히 들은 얘기로는 도리스 년이 춥다고 해서 둘이 묘혈에 들어갔대. 그다음부터는 이야기가 정확하지 않아. 그녀 친구의 말로는 처음에 도리스가 라울리토의 물건을 손으로 해주려고 했대. 그런데 라울리토가 전혀 내키지 않아 했다는 거야. 결국 녀석은 그냥 잠들었다더군.

— 냉정하기 이를 데 없는 남자였군.

— 그리고 개 짖는 소리가 멎자 도리스 년이 묘혈에서 내려오던 참에 귀신이 나타났다는 거야.

— 그래서 귀신을 보고 머리가 하얗게 세었구나.

— 다들 그렇게 말하지.

— 묘지의 석회가 묻은 건 아닐까?

— 귀신 얘기는 믿기가 힘들지.

— 그런데 라울리토는 내내 잠만 잤다고?

— 줄곧 잠만 자고 그 불쌍한 여자한테 손도 대지 않았대.

— 이튿날 아침에 녀석의 머리는 어땠는데?

— 평소와 다름없이 까맸지. 그러나 확실한 증거는 없어. 일어나자마자 그 자리에서 내뺐거든.

— 어쩌면 석회는 아무 상관없는 지도 모르겠군.
— 아마 겁에 질려서 그랬겠지.
— 경찰서에서 겁에 질렸나 보지.
— 염색이 지워졌을 수도 있고.
— 인간이라는 존재의 수수께끼지 뭐. 아무튼 라울리토는 일절 여자를 따먹지 않았어.
— 겉으로 보기에는 말짱한 남자였는데.
— 이제 칠레에는 남자가 남아 있지 않아.
— 정말 간 떨어지게 하는군. 운전대 똑바로 잡아. 불안하게 하지 말라고.
— 토끼였던 것 같아. 그냥 받아 버릴 걸.
— 남자가 남아 있지 않다는 것은 무슨 말이야?
— 우리가 다 죽였잖아.
— 우리가 죽이긴 누굴 죽여? 나는 이제껏 아무도 안 죽였어. 자네는 임무를 수행하느라 그런 거고.
— 임무?
— 그래, 임무, 책임, 질서 유지. 한마디로 우리 일이지. 아니면 의자나 달구면서 월급 타 먹는 편이 좋은가?
— 나는 발에 좀이 쑤셔서 의자에 못 앉아 있어. 바로 그렇기 때문에 이쪽에 발을 들이지 말아야 했는 지도 모르지.
— 그러면 칠레에도 남자가 남아 있겠구먼.
— 괜히 나 열 받게 하지 마. 특히나 운전대 잡고 있을 때는.

— 진정하고 앞이나 보시지. 그런데 지금 하는 얘기랑 칠레는 또 무슨 상관이야.

— 모든 것과 상관이 있지. 어쩌면 내 생각보다 더.

— 대충 짐작이 가는군.

— 1973년 때의 일들 기억나나?

— 안 그래도 그 생각 중이었어.

— 그때 우리가 죄다 송장을 만들었지.

— 너무 단번에 앞서 나가지 말게. 차근차근 설명을 해보게나.

— 설명할 거리가 뭐 있나. 한바탕 울어 대면 모를까. 설명할 수 없는 일이지.

— 어쨌든 이야기나 해보세. 아직 길이 한참이나 남았으니. 1973년에 우리가 누구를 죽였나?

— 이 나라의 진정한 남자들을 죽였지.

— 조금 과장인 것 같은데? 게다가 우리가 먼저 당했다고. 감옥에 있던 거 기억 안 나?

— 겨우 사흘이었잖아.

— 하지만 처음 사흘간이었다고. 정말 어찌나 똥끝이 타던지.

— 그래도 사흘 만에 풀려났잖아.

— 끝내 풀려나지 못한 사람들도 있어. 토바르 형사 기억나? 시골뜨기 토바르 말이야. 아주 강단 있는 남자였지.

— 키리키나 섬 바다에 내던져졌다지?

— 과부에게는 그렇게 말했지. 진실은 아무도 몰랐어.

— 그런 생각 하면 피가 거꾸로 솟아.
— 공연히 결을 내봤자 뭐 하겠나.
— 죽은 사람들이 내 꿈속에 나오거든. 죽지도 살지도 않은 사람들하고 뒤섞여서.
— 죽지도 살지도 않은 사람들?
— 변해 버린 사람들, 어른이 된 사람들 말이야. 다른 예를 들 것도 없이 바로 우리 같은 사람들이지.
— 이제 무슨 뜻인지 이해하겠네. 우리는 어른이다 이 말씀이지?
— 어떨 때는 잠에서 깰 수 없다는 생각도 해. 이제 아주 끝장이 났다 싶은 거지.
— 그저 집착일 뿐이네, 이 친구야.
— 때로는 완전히 악에 받쳐서 책임을 덮어씌울 대상을 찾기도 해. 왜 자네도 내 성격이 어떤지 알잖아. 아침에 그악스런 얼굴로 출근해서 지랄할 때 말이야. 결국 책임을 덮어씌울 사람을 찾지 못하거나 최악의 경우에 엉뚱한 놈이 걸리면 그냥 다리에서 힘이 쫙 풀리지.
— 그래, 맞아. 자네가 그러는 모습을 본 적 있네.
— 그러면 이제 죄다 칠레 탓으로 돌리게 되더라고. 호모들과 살인자들이 기승을 떠는 나라.
— 호모들이 무슨 죄가 있나? 어디 설명 좀 해보게.
— 딱히 특별한 죄는 없어. 하지만 누구든 잘못은 있지.
— 그런 생각에는 전혀 동의할 수 없네. 사는 것만

으로도 충분히 가혹하니까.

— 그러면 이제 이 나라가 악마의 손아귀에 들어갔다는 생각이 들더라고. 아직 이 땅에 있는 사람들은 악몽을 꾸기 위해 살아남은 거야. 그저 누군가는 남아서 꿈을 견뎌야 하니까 말이야.

— 이제 오르막길이니까 조심해. 내 쪽으로 고개 돌리지 마. 나는 그냥 입 닫고 있을게. 앞이나 잘 살펴보시게나.

— 그러면 이제 이 나라에는 남자가 남아 있지 않다 싶은 거야. 섬광처럼 머리를 스치는 생각이지. 더 이상 남자는 없고, 잠자는 사람들만 있을 뿐이야.

— 그럼 여자들은 어쩌고?

— 자네는 가끔 보면 대가리에 쉬 슨 놈 같아. 나는 인간을 통틀어서 말하는 거야. 여자들까지 포함해서.

— 내가 제대로 이해했는지 모르겠군.

— 얼마나 더 알아듣게 말해야 하나?

— 그럼 칠레에는 남자다운 남자도 여자도 없다는 뜻인가?

— 꼭 그런 뜻은 아니지만 얼추 비슷하네.

— 내 생각에 칠레 여자들은 제대로 대접받을 자격이 있어.

— 누가 칠레 여자들을 함부로 대접하는데?

— 바로 자네가 아니던가, 이 친구야. 다른 사람을 꼽을 필요도 없네.

— 아니, 세상천지에 나는 칠레 여자밖에 모르는데

무슨 심보로 푸대접한다는 말이야?

— 옳아, 그렇게 말씀하신단 말이지? 뒷감당은 어떻게 하시려고.

— 자네 도대체 왜 그리 까다롭게 구는 거야?

— 내가 언제?

— 당장 차 세우고 면상을 날려 버릴까 보다.

— 어디 한번 해보시지.

— 젠장, 근사한 밤이군.

— 어딜 빠져나가시려고. 갑자기 밤 얘기는 왜 꺼내?

— 보름달이 뜬 모양이야.

— 괜히 에둘러 말하지 마. 나처럼 진정한 칠레인은 변죽을 울리지 않는 법이지.

— 지당하기 그지없는 말씀이십니다. 우리 진정한 칠레인들은 겁에 질려 벌벌 떨면서 아예 변이 죽이 되도록 싸지르지요.

— 자네는 참으로 염세주의자구만.

— 그럴 수밖에 없지 않겠어?

— 쥐구멍에도 볕 들 날이 있는 법이야. 페소아가 그런 표현을 썼던 것 같군.

— 페소아 벨리스.[2]

— 칠흑 같은 암흑의 순간에도 한 줌의 희망은 있다.

— 희망 따위는 개나 줘버리라지.

---

2 Carlos Pezoa Véliz(1879~1908). 칠레 시인, 언론인. 생전에는 한 권의 책도 출판하지 못했지만 사후에 칠레 민중의 혼을 담아낸 시인으로 인정받았다.

— 희망이라도 소중히 간직해야지.

— 페소아 벨리스라…… 지금 내가 무슨 생각하는지 알아?

— 내가 어찌 알겠나, 이 친구야.

— 수사과에 처음 배치받았을 때 말이야.

— 콘셉시온에 있던 경찰서 말인가?

— 템플 가에 있던 경찰서 말이야.

— 그 경찰서 하면 창녀들만 떠올라.

— 나는 창녀하고 절대 몸을 섞지 않았어.

— 아주 잘도 그런 말씀을 하시는구려.

— 처음 며칠, 아니 처음 몇 달은 버텼지. 이후로는 끝내 물들고 말았지만.

— 게다가 공짜였다고. 창녀랑 공짜로 자면 창녀랑 자는 게 아니야.

— 한번 창녀는 영원한 창녀일 뿐이야.

— 가만 보면 자네가 여자를 싫어한다는 생각도 들어.

— 내가 여자를 싫어하다니 무슨 뜻이야?

— 여자들을 경멸하는 어조로 입에 올리는 것 같아 하는 말일세.

— 창녀랑 얽히면 항상 뒤끝이 씁쓸해서 그래.

— 하지만 고년들 몸이 세상에서 제일 달콤하지.

— 그건 그렇지. 그래서 우리가 고년들을 강간했지.

— 템플 가의 경찰서에서 있었던 일을 말하는 거야?

— 바로 맞추었네.

─ 이보게, 그건 강간이 아니라 상호 부조였어. 그런 식으로 시간을 때웠을 뿐이지. 이튿날 아침이면 고년들은 입이 귀에 걸려서 돌아갔고, 우리는 한결 기분이 풀리지 않았던가. 기억 안 나?

─ 너무나 많은 일들이 기억나서 말이야.

─ 심문은 끔찍하기 이를 데 없었지. 나는 절대 끼고 싶지 않았어.

─ 그렇지만 누군가 요청했다면 발 빼기 힘들었을 걸?

─ 딱 잘라서 답을 못 하겠네.

─ 그런데 우리 경찰서에 있던 그 고등학교 동창 기억나?

─ 기억나고말고. 이름이 뭐였더라?

─ 수감자 틈에 녀석이 있는 걸 내가 발견했지. 직접 얼굴을 보지 못했는데도 말이야. 자네는 두 눈으로 직접 보고도 못 알아봤잖아.

─ 그때 우리는 벌써 스무 살이었어, 이 친구야. 그 괴짜의 얼굴을 못 본 지 적어도 5년은 지났을 때라고. 그 친구 이름이 아르투로였던 듯싶어. 녀석도 나를 알아보지 못하기는 매한가지였어.

─ 그래, 아르투로가 맞아. 열다섯에 멕시코로 건너갔다가 스무 살 때 칠레로 돌아왔지.

─ 지지리도 재수가 없었지.

─ 지지리도 재수가 좋았지. 우리 경찰서에 떡하니 떨어졌잖아.

─ 아무튼 이제는 다 지난 얘기야. 지금은 다들 평화롭게 살잖아.

─ 정치범 명단에서 이름을 보자마자 곧바로 녀석인 줄 알았어. 그런 성씨를 가진 사람이 드물기 때문이지.

─ 운전 좀 똑바로 하게나. 교대하고 싶으면 말해.

─ 대번에 속으로 이렇게 중얼거렸어. 아르투로? 예전에 같은 반이었던 친구 아냐? 참으로 괴짜였지. 열다섯 때 멕시코로 갔었는데.

─ 어쨌든 녀석도 거기서 우리를 만나 쾌재를 불렀을 거야.

─ 자네와 만났을 때 녀석은 접견 금지 상태였어. 다른 수감자들에게 음식을 얻어먹었지. 어찌 쾌재를 부르지 않았겠어?

─ 정말로 기뻐하던 모습이었지.

─ 녀석의 얼굴이 눈앞에 삼삼하구먼.

─ 자네는 그 자리에 있지도 않았잖아.

─ 하지만 자네가 다 얘기해 줬다고. 자네가 〈너 비오비오 주의 로스앙헬레스에 살던 아르투로 벨라노 아니야?〉 하니까, 녀석이 〈네, 형사님, 맞습니다〉 하고 답했잖아.

─ 참 세상일이 이렇단 말이야. 나는 벌써 까맣게 잊어버렸네.

─ 그래서 자네가 〈아르투로, 나 모르겠어? 자식아, 나 기억 안 나?〉 하고 말했지. 그러자 녀석이 이제 나를 고문할 모양이구나 하는 표정으로 자네를 쳐다봤

어. 내가 이 좆같은 짭새에게 뭘 잘못했다고 지랄이야 하고 말하는 듯했지.

— 맞아. 겁에 질린 듯이 나를 쳐다봤어.

— 녀석은 〈아니요, 형사님, 전혀 모르겠습니다〉 하고 대꾸했어. 그렇지만 이제 자네를 바라보는 눈길 자체가 달라졌지. 과거의 기억에서 똥물을 걷어 내며 말이야. 야, 이건 아주 시적인 표현인데?

— 그저 겁에 질린 듯이 나를 쳐다봤을 뿐이야.

— 그러자 자네가 〈나 모르겠어, 자식아? 로스앙헬레스 고등학교 동창. 5년 전에 같은 반이었잖아. 전혀 몰라보겠어? 나 아란시비아야!〉 하고 말했어. 녀석은 기를 쓰며 기억을 더듬는 것 같았지. 몇 년 전의 일이라 가물가물했던 모양이야. 타지에서 별의별 일을 다 겪은 뒤였어. 거기다 조국에 돌아와서도 그 꼴을 당했으니. 솔직히 말해서 녀석은 자네의 얼굴을 끝내 기억하지 못했어. 그 친구의 머릿속에는 열다섯 때의 얼굴만 남아 있었지. 스무 살 때 얼굴이 어떨지 무슨 수로 알았겠어. 게다가 자네는 녀석과 절친한 사이도 아니었잖아.

— 녀석은 두루두루 붙임성이 좋았어. 주로 주먹 센 놈들이랑 어울렸지만.

— 자네와 각별한 사이는 아니었지.

— 그랬다면 정말 좋았을 거야. 진심으로 하는 말일세.

— 그런데 녀석은 〈아란시비아? 당연히 기억하지.

이런, 아란시비아가 맞구나〉 하고 말했어. 이어서 정말 재미난 장면이 펼쳐졌지, 그렇지 않나?

— 그럴 수도 있겠지만 나랑 같이 근무 서던 친구는 심각하게 받아들였어.

— 녀석이 자네의 어깨를 부여잡고 주먹으로 가슴팍을 밀쳤지. 자네는 최소한 3미터는 뒤로 나가떨어졌어.

— 1미터 반이었어. 어릴 때처럼 말이지.

— 그러자 같이 근무 서던 친구가 녀석에게 달려들었지. 틀림없이 그 불쌍한 녀석이 돌았나 생각했을 거야.

— 아니면 녀석이 도망치려나 보다 생각했겠지. 당시에는 한껏 우쭐대느라고 점호 시간에도 권총을 차고 있었어.

— 어쩌면 녀석이 자네의 권총을 빼앗을까 싶어서 덮쳤던 것이겠지.

— 하지만 녀석을 때리지는 않았어. 내 친구니까 놔두라고 일렀거든.

— 자네는 녀석의 어깨를 툭툭 치며 진정하라고 말했지. 우리가 거기서 아주 호사를 누리고 있다고도 하지 않았던가?

— 그저 창녀들 얘기를 했을 뿐이야. 그때는 참 혈기 넘치는 젊은이였지.

— 자네는 밤마다 감방에서 창녀들이랑 한바탕 일을 벌인다고 말했어.

— 아니야, 느닷없이 창녀들의 감방에 쳐들어가 새

벽널까지 떡을 친다고 말했어. 물론 근무 중에만 그런다고 설명해 주었지.

— 녀석은 틀림없이 이렇게 대꾸했을 테지. 〈끝내주는데, 아란시비아? 정말 끝내주는군. 역시 잘 지내고 있구나.〉

— 대충 그런 비슷한 말이었어. 여기 커브가 있으니까 조심해.

— 자네는 녀석에게 이렇게 물었어. 〈벨라노, 도대체 여기는 웬일이야? 너 멕시코로 이사한 거 아니었어?〉 그러자 녀석이 다시 돌아왔다고 답하며 〈나는 아무 죄도 없어. 여느 평범한 시민일 뿐이야〉 하고 말했지.

— 나한테 전화를 걸 수 있게 한 번만 봐달라고 부탁했지.

— 그래서 자네는 녀석이 전화를 쓸 수 있게 도와줬지.

— 바로 그날 오후에 말이야.

— 녀석에게 내 얘기도 하지 않았던가?

— 콘트레라스도 여기 있다고 말했지. 녀석은 자네가 감방에 있는 줄로 알았어.

— 감방에 틀어박혀서 새벽 세 시에 신음을 내지르고 있었지. 그 돼지 새끼 마르티나초처럼.

— 마르티나초가 누구야? 기억이 안 나는데?

— 잠깐 우리 경찰서에 갇혀 있던 놈이야. 벨라노가 잠이 얕았다면 밤마다 녀석이 끙끙대는 소리를 들었을 테지.

— 나는 〈아니야, 이 친구야. 콘트레라스도 형사야〉 하고 말했지. 그리고 녀석의 귀에 대고 〈그렇지만 녀석도 좌파야. 아무한테도 말하지는 마〉 하고 속삭였어.

— 괜한 말을 지껄였군.

— 자네를 난처하게 만들 생각은 아니었네.

— 그래서 벨라노는 뭐라고 대꾸했는데?

— 녀석은 믿을 수 없다는 표정을 지었어. 콘트레라스라는 놈은 또 누구야 하는 기색이었지. 이 개 같은 짭새가 나를 죽일 작정이구먼 하는 얼굴이었어.

— 그래도 녀석은 남의 말을 잘 믿었던 것 같은데.

— 열다섯 살 때는 누구나 그렇지.

— 나는 우리 어머니 말씀도 믿지 않았어.

— 어떻게 그런 말을 할 수 있나? 어머니를 함부로 입에 올리지 말게.

— 바로 그것 때문이지.

— 어쨌든 내가 〈오늘 아침에 콘트레라스를 보게 될 거야. 수감자들을 변소로 데려갈 때 말이야. 녀석이 눈짓을 보낼 테니 주의 깊게 지켜봐〉 하고 말했어. 벨라노는 알았다고 하더니 전화 건을 부탁한다고 당부했어. 온통 거기에만 신경이 집중되어 있었지.

— 바깥 음식을 가져다 달라고 할 모양이었겠지.

— 어쨌든 헤어지면서 녀석은 흡족한 표정을 지었어. 가끔은 이런 생각도 들어. 녀석과 길거리에서 마주쳤다면 어땠을까. 아마 나한테 인사도 건네지 않았겠지. 세상일은 정말 모르는 법이야.

— 자네를 알아보지도 못했을 테지. 학교 다닐 때 친한 사이가 아니었으니까.

— 자네도 마찬가지였잖아.

— 그렇지만 녀석은 나를 알아봤어. 여느 날처럼 열한 시에 정치범들을 일렬로 세워 화장실로 끌고 갈 때 말이야. 그때 내가 화장실 쪽 복도로 다가가 멀리서 녀석에게 고개를 끄덕여 보였지. 녀석이 수감자 중에 제일 어리더군. 상태가 썩 좋아 보이지는 않았어.

— 그래서 자네를 알아봤다는 거야 뭐야?

— 당연히 나를 알아봤지. 우리는 멀찍이서 미소를 주고받았어. 그때 녀석은 자네가 말한 것이 모두 사실임을 알게 되었지.

— 내가 벨라노한테 뭐라고 말했는데? 어디 한 번 들어 보세.

— 거짓말만 잔뜩 늘어놓았던 것이지. 녀석을 보러 갔을 때 그러더라고.

— 언제 녀석을 보러 갔는데?

— 바로 그날 밤이었어. 수감자들을 거의 다 이송한 뒤였지. 벨라노는 감옥에 혼자 있었어. 한참 뒤에야 수감자들이 새로 도착했지. 녀석은 기운이 하나도 없어 보였어.

— 강단 있는 놈들도 감방에서는 약해지는 법이지.

— 하지만 녀석은 완전히 망가진 상태는 아니었어.

— 까딱하면 그렇게 될 상황이었지.

— 그건 맞아. 게다가 녀석은 이상한 일을 겪었어.

실은 그것 때문에 녀석이 떠올랐던 것 같아.

― 무슨 일이었는데?

― 그러니까 녀석이 접견 금지 상태였을 때야. 자네도 템플 가의 경찰서가 어땠는지 알잖아. 굶어 죽기에는 안성맞춤인 곳이었지만 다른 건 문제가 없었지. 맘만 먹으면 얼마든지 밖으로 쪽지를 보낼 수 있었으니까. 그런데 벨라노는 접견 금지 상태여서 바깥 음식은 물론이고 비누며 칫솔이며 밤에 덮을 이불까지 구하지 못했어. 며칠이 지나자 수염이 덥수룩해지고 옷에서 냄새가 나고 꾀죄죄해지는 건 당연지사였어. 아무튼 우리가 하루에 한 번씩 수감자들을 단체로 변소에 데려갔던 것 기억 나?

― 어찌 기억이 안 나겠나.

― 그런데 변소로 가는 길에 거울이 하나 있었어. 화장실 안이 아니라 바깥에 있는 복도, 정치범들이 있던 체육관과 화장실 사이에 말이야. 그러니까 자료 보관소 근처에 손바닥만 한 거울이 하나 있었어. 기억나?

― 도무지 기억이 안 나는데?

― 어쨌든 정치범들은 모두 그 거울을 들여다봤지. 화장실 안에 있던 것은 떼어 버렸거든. 엉뚱한 생각을 품는 놈이 있을까 봐. 그래서 그 거울이 면도나 가르마 상태를 확인할 수 있는 유일한 거울이었어. 수감자들은 모두 그 거울을 들여다봤지. 특히 면도를 할 수 있게 허락이 떨어지거나 일주일에 한 번씩 샤워를 하고 나서 말이야.

— 무슨 얘기인지 알겠네. 벨라노는 접견 금지 상태였으니까 면도건 샤워건 아무것도 못 했다는 말이군.

— 바로 그 말씀이야. 면도기는커녕 수건이나 비누도 없었지. 깨끗한 옷이 없던 터라 샤워도 하지 않았어.

— 그렇다고 심하게 악취가 풍겼던 것 같지는 않은데?

— 모든 사람이 악취가 심했으니까. 매일 박박 씻어도 악취가 풍겼지. 자네도 매한가지였어.

— 나는 왜 걸고넘어지나, 이 친구야. 앞쪽에 과속 방지 턱 조심하게나.

— 아무튼 벨라노는 줄을 서서 걸어갈 때 절대로 거울을 보지 않았어. 무슨 뜻인지 알겠어? 녀석은 거울을 피했던 거야. 체육관에서 화장실 사이를 오갈 때마다 거울에 있던 복도에 이르면 항상 고개를 다른 쪽으로 돌렸지.

— 자기 얼굴을 보기가 두려웠던 게지.

— 그러던 어느 날 큰맘 먹고 거울을 보기로 했어. 고등학교 동창들이 든든히 뒤를 봐준다는 생각이 들었던 거야. 밤낮으로 고심한 끝에 내린 결정이었지. 이제 운이 트였다 싶으니까 자기 얼굴이 어떤지 거울을 보기로 마음먹었어.

— 그래서 어떻게 되었나?

— 자기 얼굴을 못 알아봤지.

— 겨우 그게 다야?

— 응, 그게 다야. 자기 얼굴을 못 알아봤대. 한번은

밤에 녀석과 대화를 나눌 기회가 있었는데 그렇게 말하더라고. 솔직히 녀석이 그런 얘기를 꺼낼 줄은 몰랐어. 나는 녀석에게 긴히 할 말이 있어서 찾아갔던 거거든. 나는 좌파이고 지금 벌어지는 개 같은 일하고 아무 상관이 없으니 오해하지 말라고 말이야. 그렇지만 녀석이 거울 얘기를 꺼내는 바람에 뭐라고 입도 벙긋하지 못했어.

— 나에 대해서는 별말 하지 않던가?

— 아예 한마디도 말을 못했다니까. 줄곧 녀석이 혼자 떠들어 댔지. 〈자네가 이해할지 모르겠지만 물 흐르듯이 벌어진 일이라 충격적이지도 않았어〉 하고 허두를 떼더군. 녀석은 줄을 서서 화장실로 걸어가다 거울 옆을 지날 때 퍼뜩 얼굴을 비춰 보았대. 그런데 다른 사람의 얼굴이 보이더라는 것이었지. 깜짝 놀라거나 전율을 느끼지는 않았대. 경기를 일으킨 것도 아니었지. 자네는 이렇게 말하겠지? 우리가 경찰서에 있는데 경기를 일으킬 까닭이 있었겠냐고. 어쨌든 녀석은 화장실에서 차분히 볼일을 보았어. 머릿속으로는 줄곧 거울 속의 얼굴을 생각했지. 하지만 딱히 마음에 두거나 한 것은 아니었어. 녀석은 체육관 쪽으로 돌아오며 다시 거울을 들여다봤어. 그런데 정말 자기가 아니라 다른 사람이었다는 거야. 녀석이 얘기를 끝냈을 때 내가 물었지. 〈이 친구야, 그게 무슨 소리야? 다른 사람이라니?〉

— 나라도 그렇게 물었을 걸세.

— 그러자 녀석이 〈다른 사람이었어〉 하고 대꾸하더군. 그래서 확실히 설명을 해보라고 채근했지. 하지만 녀석은 〈완전히 다른 사람이었어. 그뿐이야〉 하더라고.

— 자네는 녀석이 돌았다고 생각했겠구먼.

— 그때 무슨 생각을 했는지 모르겠어. 하지만 솔직히 겁이 나긴 했지.

— 진정한 칠레인께서 겁이 나셨다고요?

— 당연한 반응이 아닌가?

— 글쎄, 자네답지 않았던 것 같군.

— 아무튼 바로 농담이 아니다 싶더라고. 나는 녀석을 체육관 옆의 쪽방으로 데려갔어. 거기서 녀석이 거울 이야기를 늘어놓았지. 매일 아침 걸어가는 복도에 대해서 말이야. 불현듯 모든 것이 사실임을 깨달았어. 녀석도, 나도, 우리의 대화도 말이야. 그때 이런 생각이 떠올랐어. 어차피 체육관 밖으로 나온 참이고 우리 위대한 고등학교 동창이니까 녀석을 거울이 있는 복도로 데려가 이렇게 말하면 어떨까 싶었지. 〈내가 옆에 있을 테니 다시 차분히 거울을 들여다봐. 어디 거울 속의 얼굴이 그 괴짜 벨라노가 아닌지 말해 봐.〉

— 그래서 그렇게 이야기했나?

— 물론이지. 하지만 솔직히 생각이 떠오르고 한참 뒤에야 목소리가 나왔어. 머릿속에서 윤곽을 잡아 가던 생각이 알아들을 만한 형태로 표현되는 데 영겁이라도 흐른 듯 했지. 그렇지만 찰나의 영겁이었어. 그게

더 최악이었지. 만겁의 영겁이었거나 그냥 영겁이었다면 아예 몰랐을 거야. 무슨 뜻인지 알아듣겠어? 그렇지만 사실을 알자 더더욱 겁에 질렸지.

— 그래도 어쨌든 말을 꺼냈잖아.

— 어쩔 수 없었어. 이미 엎지른 물이었지. 나는 녀석에게 같이 확인하자고 말했어. 내가 옆에 있어도 똑같을지 말이야. 그러자 녀석이 마뜩잖은 듯이 쳐다보더군. 하지만 〈알았어. 정 그렇게 원하면 한번 가서 보자〉고 하더라고. 마치 내게 선심을 쓰는 것처럼 들렸지. 오히려 선심을 쓰는 쪽은 나였는데 말이야.

— 그래서 함께 거울을 보러 갔나?

— 그랬지. 내 편에서는 엄청난 위험을 무릅쓴 것이었어. 자정에 경찰서 안에서 정치범하고 돌아다니다 걸렸어 봐. 자네도 알겠지만 아주 목이 날아갔겠지. 나는 녀석을 진정시킬 생각으로 담배를 건네주었어. 한 모금 피우면 정신이 말짱해지지 않을까 싶었지. 우리는 한데 앉아 뻐끔뻐끔 담배 연기를 뿜어 댔어. 꽁초를 땅바닥에 비벼 끄자마자 화장실 쪽으로 걸어갔지. 녀석은 완전히 평온을 되찾은 모습이었어. 정말 최악이라고 생각하는 중이었겠지(절대 아니야. 그것보다 더 최악일 수도 있었어). 나는 자그마한 소리에도 신경을 곤두세우며 조마조마했어. 어디서 문 닫는 소리라도 들릴까 날을 세웠지. 하지만 겉으로는 내색 않고 태연한 표정을 지었어. 거울 앞에 이르러서 녀석에게 보라고 말했어. 녀석은 거울에 얼굴을 대고 들여다보았지.

한 손으로 머리를 뒤로 넘기기까지 하더라고. 1973년에 유행하던 대로 장발을 하고 있었지. 이어서 녀석이 시선을 돌리고 거울에서 얼굴을 떼었어. 그러더니 잠시 가만히 땅바닥을 내려다보더군.

— 그래서?

— 나도 그렇게 물었지. 〈그래서? 너야, 아니야?〉 그러자 녀석이 내 눈을 지그시 바라보며 말했어. 〈다른 사람이야, 이 친구야. 이제 어쩔 수 없어.〉 그 말을 듣자 속에서 근육인지 신경인지가 꿈틀대더군. 도무지 정체를 모를 무언가가 이렇게 말하는 듯했어. 〈웃어, 병신아, 웃으라고!〉 그런데 아무리 근육을 움직여도 웃음이 나오지 않았어. 기껏해야 경련이 일어서 눈과 볼 사이를 찡긋거렸을 뿐이야. 그런데 녀석은 그런 내 모습을 눈치챘던가 봐. 그 자리에 멈춰 서서 나를 바라보았지. 나는 한 손으로 얼굴을 쓰다듬고 침을 꿀꺽 삼켰어. 또다시 겁이 났거든.

— 이제 거의 다 온 것 같군.

— 그 순간에 퍼뜩 묘안이 하나 떠올랐어. 내가 녀석에게 이렇게 말했지. 〈있잖아, 내가 가서 거울을 보면 어떨까? 내가 거울을 볼 테니까 너도 거울 속의 나를 봐. 그러면 거울 속의 내가 같은 사람임을 확인할 거야. 아무 일도 아니라는 사실을 깨달을 거야. 그저 거울이 지저분하고 경찰서가 지저분하고 복도가 어두운 탓일 뿐이야.〉 녀석은 아무런 대답이 없었어. 나는 녀석의 침묵을 긍정으로 이해했지. 침묵은 곧 동의라

는 말도 있잖아. 나는 목을 펴고 거울 앞에 얼굴을 댄 채 눈을 감았어.

— 이제 빛이 보이는군. 이봐, 거의 다 도착했어. 속도를 좀 줄이게나.

— 내 얘기는 듣고 있는 거야? 아니면 못 들은 척한 거야?

— 제대로 듣고 있으니 걱정 마셔. 자네가 눈을 감았다는 데까지 들었잖아.

— 나는 거울 앞에 서서 눈을 감았어. 그리고 조금 뒤에 눈을 떴지. 자네한테는 눈을 감고 거울을 보는 게 이상하지 않은가?

— 어디 이상한 게 한두 가지여야지, 이 친구야!

— 이윽고 나는 눈을 떴어. 단번에 최대한 크게 눈을 뜨고 내 얼굴을 바라보았어. 잔뜩 겁에 질린 듯 커다랗게 눈을 뜬 남자가 보이더군. 그리고 그 남자 뒤쪽에 스무 살 가량의 남자가 보였어. 하지만 본래 나이보다 적어도 열 살은 더 늙어 보였지. 수염이 덥수룩하고 눈 밑이 거뭇한 데다 빼빼 마른 모습이었어. 그 남자는 내 어깨 너머로 우리를 바라보는 중이었어. 그런데 분명치는 않지만 벌집처럼 수많은 얼굴들이 거울에 비쳤어. 마치 거울이 깨지기라도 한 듯했지. 그러나 나는 거울이 말짱하다는 걸 알고 있었어. 그때 벨라노가 들릴 듯 말 듯 나지막한 목소리로 말을 던졌어. 속삭이는 것과 다름없는 목소리였지. 〈야, 콘트레라스, 벽 저쪽에 방이 있어?〉

─ 까고 자빠졌네! 영화를 너무 많이 봤군!

─ 녀석의 목소리를 듣자 잠에서 깨듯 정신이 번쩍 들더군. 그런데 사실은 잠에서 깨는 게 아니라 현실에서 깨는 느낌이었어. 내 목소리마저도 낯설게 느껴졌지. 나는 녀석에게 아니라고 답했어. 내가 알기로 뒤쪽에는 마당만 있다고 말이야. 녀석이 〈감방이 있는 마당이야?〉 하고 묻더군. 나는 〈맞아, 일반 죄수들이 있는 곳이야〉 하고 대답했어. 그러자 그 개자식이 이렇게 말했어. 〈아, 이제 알겠다.〉 그러자 정신이 아찔해지더라고. 도대체 말이야, 녀석이 무얼 알겠다는 거야? 나는 머리에 떠오르는 그대로 말을 뱉었어. 〈이 씨발놈아, 무얼 알겠다는 거야?〉 하지만 소리를 지른 것은 아니었어. 녀석이 듣지 못할 정도로 희미한 목소리였지. 이제는 질문을 반복할 기력도 없었어. 그래서 나는 다시 거울을 들여다봤어. 두 명의 동창생이 보이더군. 한 놈은 스무 살배기 경찰로 넥타이 매듭이 풀린 모습이었지. 한 놈은 장발에다 수염이 덥수룩하고 뼈다귀만 남은 더러운 모습이었고. 나는 속으로 이렇게 중얼거렸어. 〈제기랄, 이제 우리는 다 망했어, 콘트레라스, 다 좆된 거라고.〉 조금 뒤에 나는 벨라노의 어깨를 잡고 체육관으로 데려갔어. 입구에 이르자 퍼뜩 이런 생각이 떠오르더군. 권총을 꺼내 이 자리에서 녀석을 쏴버리자. 간단한 일이었어. 조준하고 머리에 한 방 먹이면 끝이었지. 나는 어두운 데서도 조준을 잘 하는 편이었어. 나중에 아무렇게나 둘러대면 그만이었어. 하지만

당연히 그런 짓은 하지 않았지.

― 물론이겠지. 우리는 그런 사람들이 아니잖아, 이 친구야.

― 그렇지. 우리는 그런 사람들이 아니야.

3
앤 무어의 삶

감방 동지

 우리는 같은 해 같은 달에 수천 킬로미터나 떨어진 서로 다른 감옥에 있었다. 1950년에 빌바오에서 태어난 소피아는 갈색 머리에 키가 작고 매우 아름다운 여자였다. 1973년 11월에 내가 칠레에서 감방 신세를 지고 있을 때, 소피아는 아라곤의 감옥에 수감된 상태였다.

 당시에 소피아는 사라고사 대학에서 생물학인가 화학을 전공하는 학생이었다. 그런데 몇 명을 제하고 동기생 전부가 감옥에 가게 되었다. 소피아와 네 번째인가 다섯 번째인가 같이 자던 밤의 일이다. 소피아는 내가 갖가지 체위를 시도하자 헛심 쓰지 말고 그만두라고 퉁을 놓았다. 나는 체위를 바꾸는 편이 좋다면서 연이어 이틀을 똑같은 체위로 하면 발기 불능이 된다고 대꾸했다. 그러자 소피아는 자기를 생각해서라도 그만하라고 맞받아쳤다. 천장이 드높은 방을 둘러싸고 있던 벽은 사막에서 석양빛이 물들 때와 같은 붉은색이었다. 소피아가 이사한 지 얼마 지나지 않아 제멋대로 칠했던 것이다. 끔찍하기 그지없는 색깔이었다. 소피아는 이제껏 가능한 체위는 다 해봤다고 말했다. 나는 거짓말하지 말라며 정말이냐고 물었다. 소피아는 정말이라고 답했다. 나는 소피아의 말을 그대로 믿고 더는 동을 달지 않았다(잠자코 있는 편이 낫다고 여긴 까닭이다. 어쩌면 쪽팔려서 그랬는지도 모른다).

그리고 또 한참이 지난 뒤의 일이다. 소피아가 자기가 미쳐 가고 있다는 말을 꺼냈다. 소피아는 음식을 거의 입에 대지 않고 퓌레만으로 식사를 때웠다. 한번은 주방에 들어갔더니 냉장고 옆에 플라스틱 포대가 보였다. 20킬로그램들이 퓌레 가루였다. 내가 다른 것은 먹지 않느냐고 묻자 소피아는 웃으며 그렇다고 답했다. 때때로 다른 것을 먹기도 하지만 십중팔구 길거리나 술집, 식당에서라는 것이었다. 소피아는 집에서 먹기에는 퓌레 포대가 더 편리하다고 말했다. 항상 음식이 준비되어 있는 셈이었으니 말이다. 심지어 소피아는 우유가 아니라 물에다 퓌레를 타 먹었는데, 그것도 물이 끓을 때까지 기다리는 법이 없었다. 미지근한 물에다가 그냥 퓌레 덩어리를 개었던 것이다. 나중에 들은 말로는 우유를 끔찍이 싫어한다고 했다. 나는 소피아가 유제품을 입에 대는 모습을 한 번도 보지 못했다. 자기 말로는 유아기부터 이어진 것으로 어머니와 연관된 정신적인 문제가 틀림없다는 것이었다. 그래서 나는 밤저녁에 소피아와 단둘이 집에 있을 때면 퓌레를 먹었다. 내가 밤 늦게까지 텔레비전으로 영화를 볼 때면 소피아는 이따금씩 옆에 있어 주었다. 우리 사이에 대화가 오가는 일은 거의 없었다. 소피아는 자기 의견을 주장하는 법이 없었다. 당시 그 집에는 우리 나이 또래의 20대 청년이 함께 살았다. 그 친구는 공산당 당원이었는데 나랑 자주 쓸데없는 논쟁을 벌였다. 소피아가 어느 쪽이 옳다고 편드는 일은 없었다. 하지만 나는 소피아가 내 편에 가깝다는 것을 알고 있었다. 하루는 공산당 친구가 소피아가 아주 괜찮은 여자라고 운을 떼었다. 기회만 닿으면 침대에 쓰러뜨리고 싶다는 것이었다. 나는 그 친구에게 어디 한번 시도나 해보시라고 일러 주었다. 그러고 이틀인가 사흘이 지난 저녁때였다. 나는 하비에르 바르뎀이 주연한 영화를 보다가 또드락거리는 소리를 들었다. 공산당 친구가 복도로 걸어 나와 소피아의 방문을 두드린 것이었다. 소피아와 사내가 잠시 말을 섞는다 싶더니 문이 닫혔다. 공산당 친구는 두 시간이 지나서야 방에서 나왔다.

한참 뒤에야 알게 된 사실이지만 소피아는 결혼 전력이 있었다. 남편은 사라고사 대학 동기로 1973년 11월에 함께 감옥에 갔던 사내였다. 그들은 학위를 마치고 바르셀로나로 이사했다가 얼마 지나지 않아 이혼했다. 사내의 이름은 에밀리오였고 이제는 소피아와 좋은 친구로 지내는 터였다. 나는 소피아에게 에밀리오랑 가능한 체위로 다 해봤냐고 물었다. 소피아는 다는 아니지만 거의 다 해봤다고 답했다. 그리고 자기가 점점 미쳐 가고 있다는 말을 꺼내더니 운전할 때는 특히 문제가 심각하다고 털어놓았다. 이전 날 밤에 디아고날에서 갑자기 맛이 갔는데 다행히 주변에 차가 별로 없었다는 것이었다. 나는 소피아에게 약을 먹느냐고 물어보았다. 소피아는 발륨을 수십 알씩 먹는다고 대꾸했다. 우리는 잠자리 친구가 되기 이전에 몇 번 같이 영화를 보러 갔다. 그때 본 영화는 모두 프랑스 영화였던 것으로 기억한다. 어떤 여해적이 다른 여해적이 살고 있는 섬에 가서 둘이 목숨을 걸고 칼부림을 하는 영화도 있었고, 나치 정부와 레지스탕스를 위해 동시에 활동하는 남자가 등장하는 제2차 세계 대전 영화도 있었다. 우리는 잠자리 친구가 된 이후로도 계속 영화관에 드나들었다. 이상하게도 그때 본 영화들은 제목과 감독 이름을 빼면 하나도 기억나지 않는다. 처음 섹스를 하던 날부터 소피아는 우리 사이가 다른 관계로 발전하지 않을 것임을 분명히 해두었다. 〈나는 따로 사랑하는 사람이 있어.〉〈그 공산당 친구?〉〈아니, 네가 모르는 사람이야. 나처럼 학교 선생이야.〉당시에

1 페미니스트이자 미술 비평가 카를라 론치Carla Lonzi(1931~1982)를 일컫는 것이다. 『헤겔에게 침을 뱉자*Sputiamo su Hegel*』(1970)는 론치가 페미니스트 모임 〈여성 반란*Rivolta Femminile*〉을 기획하며 설립한 동명의 출판사에서 펴낸 첫 번째 저작이다.

2 Valerie Solanas(1936~1988). 미국의 급진 페미니스트. 남성 말살을 주장하는 과격한 팸플릿 『SCUM 마니페스토』(1968)와 앤디 워홀 살인 미수 사건으로 유명하다.

3 Ronald David Laing(1927~1989). 스코틀랜드의 정신 의학자. 실존주의 철학의 영향을 받아 환자의 감정과 경험을 단순한 병리적 증상이 아니라 의미 있는 표현으로 간주하는 실존 치료를 주장했다. 1965년에 일군의 동료들과 필라델피아 협회를 창설해 환자와 의사가 공동으로 생활하는 실험적인 정신병 치료를 시작했다. 데이비드 쿠퍼와 더불어

소피아는 남자의 이름을 말해 주려 들지 않았다. 소피아는 대략 15일에 한 번쯤 다문다문 그 남자와 몸을 섞었다. 그렇지만 나랑은 밤이면 밤마다 일을 벌였다. 처음에 나는 소피아의 진을 다 빼놓을 작정이었다. 밤 11시부터 새벽 4시까지 연달아 교접을 벌였던 것이다. 하지만 소피아를 나가떨어지게 만들기란 불가능함을 금세 깨닫고야 말았다.

그 무렵에 나는 무정부주의자들이며 급진 페미니스트들과 어울려 다녔다. 그러다 보니 주워 읽던 책들도 대충 그런 친분 관계에 걸맞는 것이었다. 그중에 카를라 아무개라는 이탈리아 페미니스트가 쓴 『헤겔에게 침을 뱉자』[1]라는 책이 있었다. 어느 날 오후에 나는 아주 걸작이니 읽어 보라며 소피아에게 그 책을 빌려 주었다(어쩌면 그녀에게 〈도움이 될〉 책이라고 말했던 것도 같다). 이튿날에 소피아는 상당히 기분이 좋은 눈치였다. 그녀는 내게 책을 돌려주며 공상 과학 소설로는 괜찮지만 대체로 쓰레기나 다름없다고 말했다. 소피아의 의견으로는 이탈리아 여자나 그런 책을 쓸 수 있다는 것이었다. 나는 소피아에게 이탈리아 여자들한테 악감정이 있는지 물었다. 어릴 적에 이탈리아 여자한테 호되게 당한 일이 있느냐고 말이다. 소피아는 그런 일은 없었다며 고개를 젓더니 이런 종류의 책이면 차라리 발레리 솔라나스[2]를 읽겠다고 말했다. 그렇지만 소피아가 가장 좋아하던 작가는 여성이 아니라 남성이었다. 내가 예상했던 것과는 전혀 다른 인물로 랭[3]

의 동료였던 영국 작가 데이비드 쿠퍼[4]였다. 얼마 뒤에 나는 발레리 솔라나스와 데이비드 쿠퍼는 물론 랭의 소네트까지 찾아 읽었다. 쿠퍼의 글 중에서 가장 인상 깊었던 부분 중 하나는 아르헨티나에 체류하던 동안 (사실 쿠퍼가 아르헨티나에 머문 적이 있는지 모르겠다. 내가 혼동하고 있는 것일 수도 있다) 좌파 운동가들을 환각제로 치료했다던 구절이었다. 환각제는 언제라도 죽을지 모른다는 강박 때문에 병에 걸렸던 사람들에게 치료제 역할을 했다. 노년에 이르기 전에 죽게 될 그 사람들은 마약을 통해 늙어 가는 경험을 할 수 있었던 것이다. 소피아도 이따금씩 마약을 복용했다. L.S.D, 암페타민, 로힙놀 등 흥분제와 안정제, 자동차 운전대를 제대로 잡는 데 필요한 약을 골고루 섭취했다. 나는 혹시라도 무슨 일이 생길까 싶어 소피아의 차는 가급적 타지 않았다. 사실 소피아와 데이트를 하는 일은 드물었다. 나는 내 삶이 있었고 소피아는 자기 삶이 있었다. 그저 우리는 밤마다 내 방이나 그녀의 방에서 몸을 부대끼며 끝없는 사투를 벌이다가 동틀 무렵에 녹초가 되어 쓰러졌던 것이다.

어느 날 오후에 에밀리오가 소피아를 찾아왔다. 소

반-정신 분석 운동의 대표자로 알려졌지만 실제로 랭은 쿠퍼와 거리를 두며 사회 변혁뿐 아니라 개별 환자의 치료도 중요시했다.

4 David Cooper(1931~1986). 영국의 정신 의학자로 반-정신 분석 운동의 이론가이자 대표자였다. 쿠퍼는 광기와 정신병은 사회가 만들어 낸 것이며 혁명만이 궁극적인 해결책이라고 생각했다. 그래서 1969년에 혁명의 가능성이 엿보인다고 판단했던 아르헨티나로 떠나 1년가량 머물렀다.

피아는 내게 에밀리오를 소개해 주었다. 에밀리오는 키가 훤칠하고 미소가 매력적인 남자였다. 소피아를 끔찍이도 좋아한다는 것을 단번에 알아볼 수 있었다. 함께 온 애인은 누리아라는 카탈루냐 여자로 에밀리오나 소피아처럼 고등학교 선생이었다. 두 여자는 너무나도 딴판이었다. 누리아는 푸른 눈에다 금발에 키가 크고 토실토실한 편이었다. 소피아는 검다 싶을 정도로 짙은 밤색 눈에다 갈색 머리에 마라톤 선수처럼 작달막하고 말랐다. 그럼에도 그녀들은 사이좋은 친구처럼 보였다. 나중에야 안 사실이지만 에밀리오 쪽에서 먼저 소피아를 찼다고 한다. 그렇지만 결별하는 과정에서 두 사람의 우정에는 금이 가지 않았다. 이따금씩 한참 동안 말없이 소피아와 누리아를 지켜보고 있노라면, 미국 여자와 베트남 여자를 앞에 두고 있는 듯했다. 에밀리오만 언제나 변함없이 에밀리오처럼 보였다. 아라곤 출신의 화학자 또는 생물학자이자 왕년에 대학생 때 프랑코에 반대하다가 감방 신세를 졌고, 품위는 있지만 그다지 흥미롭지 않은 남자. 소피아는 어느 날 밤에 자기가 사랑하는 사람에 대해 말해 주었다. 후안이라는 이름의 남자는 역시나 공산당 당원이었다. 같은 학교에서 근무하는지라 매일 얼굴을 본다고 했다. 후안은 기혼남으로 부인과의 사이에 아이가 하나 있었다. 내가 둘이 어디서 섹스를 하냐고 묻자, 소피아는 자기 차나 사내의 차에서 한다고 답했다. 〈우리는 각자 자동차를 몰고 나가서 바르셀로나의 거리를 따라

서로를 뒤쫓아. 때로는 티비다보나 산트쿠갓에 이르러서 때로는 그냥 어두운 골목에 차를 세워. 그러면 그 사람이 내 차에 올라타거나 내가 그 사람 차에 올라타지.〉 얼마 후에 소피아는 몸이 아파서 줄곧 침대에 누워 있어야 했다. 그 당시에 집에는 우리 둘과 공산당 사내만 살고 있었다. 그런데 공산당 사내는 저녁때만 얼굴을 보였기 때문에 소피아를 돌보고 약을 사다 주는 일은 내가 맡게 되었다. 그러던 어느 날 저녁에 소피아가 여행을 떠나자고 말했다. 내가 어디로 갈 거냐고 묻자, 소피아는 포르투갈에 가자고 답했다. 괜찮은 생각인 것 같았다. 그래서 우리는 다음 날 히치하이크를 해서 포르투갈로 떠났다(나는 소피아의 차를 타고 갈 생각이었지만, 소피아는 운전하기가 겁나는 모양이었다). 더디기도 더뎠던 데다 우여곡절이 많았던 여행이었다. 소피아의 절친한 친구들이 남아 있는 사라고사며 언니 집이 있는 마드리드며 에스트레마두라 등 여러 곳에서 어물쩍대며 시간을 허비했다.

소피아가 이전 애인들을 모두 방문하는 것 같은 느낌이 들었다. 그들 하나하나에게 작별 인사를 전한다는 생각이 들었던 것이다. 하지만 소피아의 태도는 이별을 담담히 받아들이는 모양새가 아니었다. 소피아는 사랑을 나눌 때면 처음에는 아무런 관심도 없다는 듯 멍해 있다가, 이내 조금씩 달아올라 끝날 때쯤이면 몇 번이고 절정에 이르기가 일쑤였다. 그리고 섹스를 끝내고 나면 울음을 터뜨렸다. 내가 왜 우느냐고 물으면 소피아는 자기가 색골이라 그런다고 답했다. 정신은 다른 곳에 있는데도 오르가슴을 느끼고야 만다는 것이었다. 나는 괜히 과장하지 말라고 핀잔을 주었다. 그러고 나서 우리는 연이어 몸을 섞었다. 눈물에 젖은 얼굴에 입을 맞추는 것은 감미로웠다. 소피아의 몸은 시뻘겋게 달구어진 쇳조각처럼 휘어지며 활활 달아올랐다. 그에 비하면 눈물은 미지근할 뿐이어서 목덜미를 따라 흘러내리거나 내가 손으로 그러모아 젖가슴에 문지를 때면 차갑게 식어 버렸다. 우리는 한 달 뒤에 바르셀로나로 돌아왔다. 소피아는 하루 종일 거의 아무것도 입에 대지 않았다. 이전처럼 퓌레로 끼니를 때우며 집 밖으로 나가지 않을 기세였다. 하루는 저녁에 집에 돌아왔더니 소피아가 내가 모르는 여자 친구와 함께 있었다. 에밀리오와 누리아가 찾아왔던 때도 있었다. 그들은 소피아의 건강이 상한 것이 내 탓인 양 나를 쏘아보았다. 나는 기분이 나빴지만 아무 말 없이 내 방에 틀어박혔다. 그리고 책을 읽는 척하면서 그들의 얘기에 귀를 기울였다. 놀라서 소리치고 질책하며 조언하는 소리가 들려왔다. 소피아는 아무 말도 하지 않았다. 일주일 뒤에 소피아는 4개월간의 병가를 얻었다. 의료 보험 지정 병원의 의사는 사라고사 대학 시절의 동기였다. 나는 소피아와 더 많은 시간을 함께하리라 기대했다. 그렇지만 오히려 시간이 지나면서 조금씩 소원한 사이가 되었다. 어떤 날에는 소피아가 아예 외박을 하는 일도 있었다. 늦게까지 텔레비전을 시청하며 소피아를 기다렸던 일이 생각난다. 이따금씩 공산당 친구가 말동무가 되어 주었다. 딱히 할 일이 없어서 쓸고 닦고 먼지를 털며 집 안을 청소했다. 하지만 나를 마음에 들어 하던 공산당 친구도 종내 이사를 갔다. 평생 그때만큼 외로웠던 적이 없었다.

그 무렵의 소피아는 유령이나 다름없었다. 기척도 없이 들어와서 방이나 화장실에 처박혔다가 몇 시간 뒤에 다시 사라지기가 십상이었다. 하룻밤은 건물 계단에서 소피아와 마주쳤다. 나는 내려가는 중이었고 소피아는 올라오는 중이었다. 그때 머릿속에 떠오른 생각이라고는 새로 애인이 생겼냐고 물어야겠다는 것뿐이었다. 바로 아차 싶었지만 이미 말을 내뱉고 난 후였다. 소피아가 어떻게 대답했는지는 기억나지 않는다. 호시절에 다섯 사람이 함께 들어 살던 집은 이제 쥐 새끼 소굴이 되어 버렸다. 이따금씩 나는 1973년 11월에 사라고사의 감옥에 있던 소피아의 모습을 머릿속에 그려 보았다. 그리고 같은 시기에 짧지만 결정적인 며칠 동안 남반구의 감옥에 붙들려 있던 내 모습을 떠올려 보았다. 나는 그러한 우연에 수많은 의미가 아로새겨져 있음을 알았지만, 거기에서 어떤 의미도 찾아낼 수 없었다. 이런저런 유사점이 많은 것이 오히려 혼란스러울 뿐이었다. 어느 날 저녁에 집에 돌아와 보니 식탁 위에 약간의 돈과 함께 작별을 알리는 쪽지가 놓여 있었다. 나는 며칠 동안 소피아가 아직 집에 사는 것처럼 생활했다. 얼마나 오랫동안 그녀를 기다렸는지 정확히 기억나지 않는다. 전기세를 내지 않아 어느 순간에 전기가 끊겼던 것 같다. 그런 다음에 나는 다른 집으로 이사했다.

이후 한참이 지나서야 다시 소피아를 보게 되었다. 소피아는 람블라스 거리를 거니는 중이었다. 마치 길을 잃고 헤매는 모양새였다. 우리는 길거리에 멈춰 선 채 뼛속까지 얼어붙을 것 같은 추위 속에서 대화를 나누었다. 우리와는 전혀 상관없는 시시풍덩한 이야기들이었다. 그러다 소피아가 자기를 바래 달라고 말했다. 소피아는 보르네 근방의 낡아서 다 쓰러져 가는 건물에 살고 있었다. 발을 옮길 때마다 비좁은 계단이 삐걱거릴 정도였다. 나는 꼭대기에 있는 방의 바로 문 앞까지 걸어 올라갔다. 그렇지만 놀랍게도 소피아는 나를 자기 집에 들이지 않았다. 무슨 일이 있느냐고 물어봐야 했겠지만 나는 군말 없이 발길을 돌렸다. 소피아가 원하는 대로 모든 일을 받아들이려 했던 것이다.

일주일 뒤에 나는 다시 소피아의 집을 찾아갔다. 초인종이 먹통이어서 몇 번이나 문을 두드렸다. 아무도 없는 모양인가 싶었다. 그러다 불현듯 머릿속에 이러한 생각이 스쳤다. 〈실은 이 집에는 아무도 살지 않았던 게 아닐까?〉 몸을 돌려 자리를 뜨려던 참에 문이 열렸다. 소피아였다. 집 안은 칠흑처럼 캄캄했고, 층계참의 센서 등은 20초마다 꺼졌다. 처음에는 캄캄했던 탓에 소피아가 발가벗은 줄도 몰랐다. 하지만 센서 등의 불빛에 소피아의 모습이 보였을 때, 그러다 얼어 죽겠다는 말이 저절로 나왔다. 소피아는 내가 수없이 입을 맞췄던 맨다리와 배를 드러낸 채 평소보다 야윈 몸을 빳빳이 세우고 있었다. 너무도 무력하기 짝이 없는 모습이어서 도무지 그쪽으로 발길이 떨어지지 않았다. 마치 내가 발가벗고 있는 양 온몸이 싸늘하게 얼어붙었던 것이다. 내가 들어가도 되냐고 묻자 소피아는 고개를 내저었다. 짐작이 갔다. 발가벗은 꼴을 보니 틀림없이 누군가 함께 있는 것이다. 나는 여과 없이 생각을 말로 내뱉고 바보처럼 실실 웃어 보였다. 그리고 무례하게 굴려던 의도는 전혀 아니었다고 변명을 늘어놓았다. 내가 계단을 내려가려던 찰나에 소피아가 입을 열었다. 혼자 있다는 말이었다. 나는 발길을 멈추고 소피아를 세심하게 톺아보았다. 이번에는 소피아의 표정에서 무언가를 읽어 낼 요량이었다. 하지만 소피아의 얼굴은 도무지 해독이 불가능했다. 나는 소피아의 어깨 너머로 집 안을 기웃거렸다. 어둠이 꼼짝 않고 도사린 집 안에는 적막이 감돌았다. 그렇지만 직감적으로 누군가 있다는 게 느껴졌다. 안쪽에 누군가가 숨어서 우리의 대화를 엿듣는 게 분명했다. 내가 〈괜찮니?〉 하고 묻자, 소피아는 기어들어 가는 목소리로 〈응, 아주 좋아〉 하고 답했다. 〈뭘 먹은 거야?〉 〈아무것도 안 먹었어.〉 소피아가 속삭이듯 말했다. 〈마약에 취한 게 아니야.〉 〈들어가도 돼? 차라도 끓여 줄까?〉 〈아니, 됐어.〉 이왕 질문을 던진 김에 가기 전에 마지막으로 하나만 더 물어도 괜찮을 것 같았다. 〈소피아, 왜 나를 집에 들이지 않는 거니?〉 그러자 전혀 예상치 못했던 대답이 돌아왔다. 〈조금 있으면 애인이 올 거야. 내가 다른 사람과 있으면 싫어해. 특히나 남자와 함께 있으면 말이야.〉 화를 돋우려는 것인지 농담인 것인지 짐작이 가지 않았다. 내가 〈네 애인은 흡혈귀인가 보구나〉 하고 말하자 소피아가 미소를 머금었다. 아련하고 희미할 따름이었지만 처음으로 웃는 얼굴을 한 것이었다. 〈네 얘기를 해주었어.〉 소피아가 말을 이었다. 〈애인이 너를 알아볼 거야.〉 〈알아보면 어쩔 건데. 때리기라도 하려고?〉 〈아니, 그냥 화를 내고 말겠지.〉 〈나를 발로 차서 내쫓을까?〉 (점점 부아가 치밀어 올랐다. 소피아가 어둠 속에서 발가벗고 기다리던 애인이 집에 오기만을 벼르기도 했다. 실제로는 무슨 일이 벌어질지 그 자식의 깡다구가 어느 정도인지 확인하고 싶었다.) 〈그렇지는 않을 거야. 그저 성을 내며 너한테 말도 안 걸겠지. 그러다 네가 가면 나에게 한마디도 말을 붙이지 않을 거야.〉 〈너는 아무래도 제정신이 아니야. 네가 지금 무슨 말을 하는지 알고나 있어? 도무지 너라고 믿을 수가 없어. 완전히 다른 사람 같아.〉 나는 볶아치며 말을 내뱉었다. 〈나는 하나도 변하지 않았어. 너야말로 아무것도 모르는 멍청이야.〉 〈소피아, 소피아, 도대체 무슨 일이 있었던 거니? 너 예전에는 이렇지 않았잖아.〉 〈당장 꺼져. 나를 얼마나 안다고 지껄이는 거야.〉

그 후로 1년 동안 나는 소피아의 소식을 듣지 못했다. 그러던 어느 날 오후에 극장에서 나오다가 누리아와 마주쳤다. 우리는 서로를 알아보고 영화에 관해 이야기하다 커피를 마시러 가기로 했다. 자리에 앉기가 바쁘게 소피아가 화제에 올랐다. 〈못 본 지 얼마나 됐어요?〉 누리아가 물었다. 〈벌써 한참 됐지요. 그런데 아침에 일어나면 소피아랑 방금 헤어진 것 같은 기분이 들 때가 있어요.〉 내가 답했다. 〈마치 소피아를 꿈에서 본 것처럼 말이지요?〉 〈아니요. 마치 밤을 같이 보낸 것 같아요.〉 〈이상하네요. 에밀리오도 비슷한 경험을 했어요. 소피아가 에밀리오를 살해하려 했던 그날까지요. 그 뒤로는 더 이상 악몽을 꾸지 않는대요.〉

누리아는 사건에 대해 말해 주었다. 단순하지만 불가해한 이야기였다.

그러니까 여섯 달인가 일곱 달 전의 일이다. 에밀리오는 소피아로부터 전화를 받았다. 나중에 그가 누리아에게 말한 바에 따르면 소피아는 괴물이니 음모니 살인자를 입에 올렸다고 한다. 소피아는 계획적으로 다른 사람을 광기로 몰아넣는 사람이 광인보다 무섭다고 말했다. 그러더니 에밀리오와 자기 집에서 만나기로 약속을 잡았다. 내가 두세 번 정도 찾아갔던 바로 그 집이었다. 이튿날, 에밀리오는 제시간에 맞춰 약속 장소에 갔다. 컴컴한 계단 또는 조명이 흐릿한 계단, 고장 난 초인종, 문을 두드리는 에밀리오. 여기까지는 모두 예상 그대로의 익숙한 전개였다. 소피아가 문을 열어 주었다. 이번에는 옷을 입고 있었다. 그녀는 에밀리오를 집으로 들였다. 에밀리오는 처음 가보는 집이었다. 누리아의 말로는 방이 옹색하기 그지없었다고 한다. 게다가 관리 상태도 엉망이라 벽에는 뗏물이 잘잘 흐르고 식탁에는 더러운 접시가 쌓여 있었다. 처음에 에밀리오는 거실의 어두운 조명 탓에 아무것도 보지 못했다. 그러다 의자에 앉은 어떤 남자를 발견하고 인사를 건넸다. 남자는 에밀리오의 인사에 대꾸하지 않았다. 〈앉아.〉 소피아가 말했다. 〈이야기할 게 있어.〉 에밀리오는 자리에 앉았다. 그때 마음속에서 무언가 불길하다고 속삭이는 소리가 반복해서 들려왔다. 하지만 에밀리오는 신경 쓰지 않았다. 소피아가 돈을 빌려 달라고 하겠거니 생각했던 것이다. 한 번만 더 꿔달라고 말이다. 물론 낯선 사람이 동석했기 때문에 아닐 수도 있었다. 소피아는 다른 사람 앞에서 절대 돈을 빌려 달라고 하지 않았기 때문이다. 그래서 에밀리오는 자리에 앉은 상태로 잠자코 기다렸다.

소피아가 바로 말을 이었다. 〈내 남편이 너에게 인생살이를 놓고 몇 가지 설명할 게 있대.〉 그때 에밀리오는 소피아가 자신을 〈내 남편〉으로 칭하는 것이라 생각했다. 새 애인에게 무언가 충고를 해달라는 뜻인 줄 알았다. 에밀리오는 미소를 지었다. 그리고 자신은 아무것도 설명할 게 없다고 말했다. 개개인의 경험은 유일무이한 것이라는 식으로. 그러다 불현듯 소피아가 말을 건넨 사람은 자기이며, 〈남편〉은 바로 그 남자를 지칭하는 것임을 깨달았다. 사위스럽기 그지없었다. 불길한 일이 일어날 징조였다. 이후에 벌어진 일들은 만화의 한 장면이나 다름없었다. 소피아는 에밀리오의 다리를 붙들어 맸거나 붙들어 매려 했고, 남자는 마음만 앞섰지 서툰 솜씨로 에밀리오의 목을 조르려 했다. 하지만 소피아와 남자가 둘 다 작달막했기 때문에(에밀리오는 격렬히 몸싸움을 치르는 혼란의 와중에도 침착했다. 그 틈에 소피아와 낯선 남자가 이란성 쌍둥이처럼 닮았다는 사실을 관찰했다), 격전의 순간 또는 모의전의 순간은 삽시간에 끝나 버렸다. 순간적으로 식겁했던 까닭인지 에밀리오는 복수심에 불타올랐다. 소피아의 애인을 바닥에 눕히고 숨찰 때까지 발길질을 해댔던 것이다. 〈늑골이 두 개 이상은 나갔을 거예요.〉 누리아가 말했다. 〈에밀리오가 어떤지 아시잖아요.〉 (사실 나는 몰랐지만 그냥 고개를 끄덕였다.) 에밀리오는 남자를 처리하고 소피아 쪽으로 시선을 돌렸다. 소피아는 어림없이 에밀리오의 어깨를 짓누르는 중이었다. 주먹질을 해댔지만 에밀리오에게는 솜방망이나 마찬가지였다. 에밀리오는 소피아의 볼때기를 세 번 올려붙이고(누리아에 따르면 처음으로 소피아에게 손찌검을 하는 것이었다) 자리를 떠났다. 그때 이후로는 더 이상 소피아의 소식을 듣지 못했다고 한다. 그러나 누리아는 특히나 퇴근하는 밤저녁 때면 오싹하는 공포를 느낀다고 말했다.

〈당신이 소피아의 집을 찾아갈까 싶어 얘기하는 거예요.〉 누리아가 말했다. 〈그럴 일은 없어요.〉 내가 딱 잘라서 말했다. 〈소피아를 본 지도 한참이고 집에 찾아갈 생각도 없어요.〉 이어서 우리는 짧게 수다를 떨다가 헤어졌다. 그러나 이틀 뒤에 나는 소피아의 집 앞에 서 있었다. 도무지 까닭을 알 수 없는 충동질에 이끌렸던 것이다.

　소피아가 문을 열어 주었다. 몰라볼 정도로 야윈 모습이었다. 소피아는 처음에 나를 알아보지 못했다. 〈소피아, 내가 그렇게 많이 변했니?〉 내가 웅얼거리며 물었다. 소피아는 〈아, 너구나〉 하고 답하더니 재채기를 내뱉었다. 그러면서 한 발짝 뒷걸음질했는데, 나는 그것을 들어오라는 소리로 여겼다. 어쩌면 내가 잘못 이해했던 건지도 모른다. 아무튼 소피아는 나를 막아서지 않았다.

　거실, 그러니까 에밀리오를 죽이려고 소피아와 남자가 매복해 있던 방은, 조명이 어둡기는 했어도(빛이 들어오는 곳이라고는 침침하고 비좁은 안마당 쪽으로 난 창문 하나가 전부였다) 지저분하지는 않았다. 오히려 내 첫인상은 그 반대였다. 소피아도 지저분해 보이지 않았다. 나는 아마도 그날 에밀리오가 앉았을 의자에 앉아 담뱃불을 붙였다. 소피아는 제자리에 멈춰 서서 나를 뚫어지게 쳐다보았다. 아직도 내가 누군지 분명히 모르겠다는 기색이었다. 소피아는 치마에다 블라우스를 입고 샌들을 신은 모습이었다. 길고 얇은 치마는 여름에나 어울릴 법한 것이었다. 발에는 두꺼운 양말을 신고 있었다. 한순간 내 양말이 아닌가도 싶었지만 그럴 리는 만무했다. 나는 소피아에게 어떻게 지내는

지 물어봤다. 소피아는 아무런 대꾸도 하지 않았다. 나는 그녀가 혼자 있는지 마실 거리가 있는지 물었다. 삶이 매몰차게 굴지는 않았는지도 물어보았다. 소피아는 아예 꿈쩍도 하지 않았다. 그래서 나는 자리에서 일어나 주방으로 걸어갔다. 어두운 주방은 깨끗했고 냉장고는 텅 비어 있었다. 선반을 뒤져 보았지만 더럽게 맛없는 완두콩 통조림조차 없었다. 싱크대의 수도꼭지를 돌렸더니 그나마 수돗물은 나오는 상태였다. 그렇지만 차마 입이 가지는 않았다. 나는 다시 거실로 돌아왔다. 소피아는 제자리에 못 박힌 듯 말없이 서 있었다. 무언가를 기대하던 것인지 정신을 다른 데 두고 있던 것인지 모르겠다. 아무튼 소피아의 모습은 동상이나 다름없었다. 어디선가 차가운 돌풍이 짓쳐들어왔다. 현관문이 열렸나 싶어서 확인하러 갔더니 문은 잠겨 있었다. 내가 들어오고 나서 소피아가 닫았던 것이다. 나는 〈무슨 일이 있기는 있는 모양이야〉 하고 생각했다.

뒤이어 일어난 일들은 분명하지 않다. 어쩌면 내가 그렇게 기억하고 싶은 지도 모르겠다. 나는 소피아의 얼굴을 바라보았다. 우울한 것인지 생각에 잠긴 것인지 병든 것인지 가늠할 수 없었다. 나는 소피아의 옆모습을 지켜보다가 뒤쪽으로 다가가 허리를 감쌌다. 말없이 가만히 있다가는 눈물이 쏟아질 것 같았기 때문이다. 침실과 다른 방 쪽으로 나 있던 복도의 양쪽 끝이 서로 옥죄어 오던 모습이 기억난다. 우리는 예전처럼 느리게 필사적으로 사랑을 나누었다. 방이 차가웠기 때문에 나는 옷을 벗지 않았다. 그러나 소피아는 하나도 걸치지 않고 홀딱 옷을 벗었다. 〈지금 네 몸은 얼음장이구나.〉 나는 속으로 생각했다. 〈시체처럼 차가운데 곁에는 아무도 없고.〉

이튿날 나는 다시 소피아를 찾아갔다. 이번에는 전보다 더 오래 머물렀다. 우리는 함께 살던 시절과 꼭두새벽에 시청하던 텔레비전 방송을 화제에 올렸다. 소피아는 내가 새로 이사한 집에 텔레비전이 있냐고 물어보았다. 나는 없다고 답했다. 〈텔레비전이 그리울 때가 있어.〉 소피아가 말했다. 〈무엇보다 심야 방송이 그리워.〉 〈텔레비전이 없어서 좋은 점은 독서량이 는다는 거야〉. 내가 말했다. 〈나는 이제 책을 읽지 않아.〉 〈한 권도?〉 〈응, 찾아봐, 이 집에는 책이 없어.〉 나는 몽유병자처럼 침대에서 일어나 구석구석 집을 살폈다. 세상의 시간이란 시간은 다 가진 사람처럼 말이다. 이런저런 잡동사니가 많았지만 책은 한 권도 없었다. 방 하나는 열쇠로 잠겨 있어서 들어갈 수 없었다. 나는 허전한 마음으로 거실로 돌아와 에밀리오가 앉았던 의자에 털썩 주저앉았다. 그때까지 소피아에게 애인에 대해 물어보지 않았었다. 이제 바로 그 질문을 던졌다. 소피아는 미소를 머금으며 나를 바라보았다. 재회한 이후로 처음 보이는 미소였다. 순간적이었지만 완벽한 미소였다. 〈떠났어.〉 소피아가 말했다. 〈영영 돌아오지 않을 거야.〉 그러고 나서 우리는 옷을 입고 밖으로 나가 피자 가게에서 저녁을 먹었다.

클라라

클라라는 풍만한 가슴에 다리가 가느다란 푸른 눈의 여자였다. 어쨌든 나는 이런 식으로 그녀의 모습을 떠올리는 편을 좋아한다. 왜인지는 모르겠지만 나는 정말 미친 듯이 그녀를 사랑하게 되었다. 처음에는, 그러니까 처음 며칠간은, 아니 처음 몇 시간은 만사가 순조로웠다. 하지만 클라라가 원래 살고 있던(바르셀로나에는 휴가차 온 것이었다) 스페인 남부의 도시로 돌아가고 나서부터 모든 일이 어긋나기 시작했다.

어느 날 밤에 나는 꿈속에서 천사를 만났다. 텅텅 빈 넓은 술집에 들어갔다가 구석에 앉은 천사를 보았던 것이다. 천사는 카페오레를 앞에 둔 채 팔꿈치를 탁자에 괴고 있었다. 갑자기 그가 고개를 쳐들더니 〈그 여자는 네 인생의 반쪽이다〉하고 말했다. 불길이 일렁이는 눈길이 마치 창날처럼 나를 한쪽 끝으로 밀어내는 듯했다. 나는 〈웨이터, 웨이터!〉 하고 소리를 지르다 눈을 떴고 그 지독한 꿈에서 빠져나왔다. 다른 날은 꿈에서 아무도 만나지 않았지만, 눈물을 흘리며 잠에서 깨기가 일쑤였다. 그 무렵에 나는 클라라와 편지를 주고받았다. 클라라의 편지는 간결했다. 〈안녕, 잘 지내지, 비가 내려, 사랑해, 안녕.〉 처음에는 편지를 받고 실색할 수밖에 없었다. 이제 다 끝났구나 싶었다. 그러나 편지를 찬찬히 살펴본 뒤에 나는 이런 결론에 도달했다. 클라라는 문법의 오류를 숨기기 위해 편지를 짧게 쓰는 것이었다. 자존심이 강했던 클라라는 글을 못 쓴다는 사실을 용납할 수 없었다. 냉담한 척 하는 태도에 내가 상처받을 것을 빤히 알면서도 말이다.

그 당시 클라라는 열여덟이었다. 고등학교를 그만둔 뒤에 학원에서 음악을 공부하며 은퇴한 풍경화가에게 그림을 배우는 중이었다. 하지만 클라라는 사실 음악에 별 관심이 없었다. 그림에 대한 생각도 크게 다르지 않았다. 좋아하기는 했지만 열정적으로 몰두할 정도는 아니었다. 하루는 클라라가 편지를 보내 예의 간결한 어조로 미인 대회에 참가한다고 알려 주었다. 나는 그녀의 정숙한 아름다움과 다정한 두 눈과 완벽한 몸매 등에 대한 찬사로 편지지 3장을 양면으로 빼곡히 채워 답장을 썼다. 다 쓰고 난 다음에는 이렇게 꼴사나운 편지를 보내도 되나 망설였지만 결국에는 그대로 부치고 말았다.

몇 주 동안 클라라에게서 소식이 오지 않았다. 내 편에서 전화를 걸 수도 있었을 것이다. 하지만 먼저 나서지 않는 편이 좋을 것 같았다. 게다가 당시에 땡전 한 푼 없는 처지이기도 했다. 클라라는 미인 대회에서

2등에 입상했고 일주일 내내 의기소침하던 상태였다. 놀랍게도 내게 전보를 보냈던 것이다. 〈2등. 스톱. 네 편지 받았어. 스톱. 나를 만나러 와줘〉. 구두점 표시가 아주 분명하게 적혀 있었다.

    나는 일주일 뒤에 첫 기차를 잡아타고 클라라가 사는 도시로 향했다. 물론 그 전에, 그러니까 전보를 받아 본 다음에, 나는 클라라와 통화를 나누었다. 미인 대회에 참가한 이야기를 수도 없이 들었다. 언뜻 듣기에 클라라는 크게 상심한 듯 했다. 그래서 나는 여행 가방을 챙겨 최대한 빨리 기차에 올라탔고, 바로 이튿날 꼭두새벽에 낯선 도시에 발을 디뎠다. 클라라의 집에는 오전 9시 30분에 도착했다. 기차역에서 커피를 마시고 담배를 몇 개 태우며 시간을 때운 터였다. 어떤 뚱뚱한 여자가 헝클어진 머리를 한 채 나타나 문을 열었다. 클라라를 찾아왔다고 말하자 여자는 마치 도살장에 끌려가는 양을 바라보듯 나를 쳐다보았다. 나는 클라라를 기다리며 잠시 동안(너무나 길게만 느껴지던 시간이었다. 그렇지만 나중에 그때의 일을 곰곰이 떠올려 보니 실제로 긴 시간이었다) 거실에 앉아 있었다. 한없이 안락한 느낌이 드는 공간이었다. 군더더기 장식이 많았지만 빛이 환히 들어오는 안락한 거실이었다. 클라라가 모습을 드러냈을 때, 나는 여신이 강림하신 줄 알았다. 그렇게 생각했던 것도 우스운 일이고, 그걸 또 여기서 말하는 것도 우습겠지만, 어쨌든 정말 그랬다.

이어진 나날들은 유쾌할 때도 그렇지 않을 때도 있었다. 우리는 거의 하루에 한 편씩 줄기차게 영화를 보았다. 산책도 하고 섹스도 했다(나는 클라라의 첫 남자였다. 당시에는 그저 흥미로운 사실이라고만 여겼다. 결국에는 호된 값을 치르고야 말았지만). 클라라의 친구들과 안면을 익히고 끔찍한 파티에도 두 번 가보았다. 나는 클라라에게 바르셀로나로 와서 같이 살자고 제안했다. 그 상황에서 클라라가 어떻게 대답할 지는 쉽게 예상할 수 있었다. 한 달 뒤에 나는 바르셀로나로 향하는 야간 기차를 탔다. 처참한 여정이었던 것으로 기억한다.

얼마 뒤에 클라라의 편지가 도착했다. 내게 보낸 편지 중 가장 길게 쓴 것이었다. 편지에는 계속 나를 만나기 힘들 것 같다고 적혀 있었다. 동거하자는 제안 때문에 견디기 힘든 압박감을 느꼈고 이제 우리 관계는 끝났다고 말이다. 나는 클라라와 서너 번 정도 전화로 이야기를 나누었다. 욕설과 사랑 고백이 한데 섞인 편지도 썼던 것 같다. 한번은 모로코 여행 중에 머물던 알헤시라스의 호텔에서 전화를 걸기도 했다. 그때는 교양인답게 대화를 나누었다. 적어도 클라라의 생각은 그랬다. 아니면 나만 그렇게 생각했던가.

몇 년 뒤에 클라라는 내가 놓치고 있을 수밖에 없었던 자기 삶의 일부를 이야기해 줄 것이었다. 그리고 그보다 더 몇 년 뒤에는, 클라라와 그녀의 친구들 중 몇몇이 다시 처음부터, 또는 내가 그녀와 헤어졌던 시점부터 시작해 모든 이야기를 들려줄 것이었다. 어쨌든 나는 이방인이었기 때문에 어떤 식으로 이야기하든 그들에게는 마찬가지였던 셈이다. 인정하기는 싫었지만 그것은 내 입장에서도 매한가지였다. 당연한 수순인 양 클라라는 나와의 약혼 관계(〈약혼〉이라는 표현이 과하다는 것은 인정한다. 그러나 적절한 단어가 떠오르지 않는다)가 끝난 직후에 시집을 갔다. 클라라를 손에 넣은 행운아는, 이것도 너무 당연한 사실이겠지만, 그녀의 친구들 중 하나였다. 내가 처음 그녀의 도시를 방문했을 때 인사를 나누었던 사내였다.

그렇지만 결혼하기 전에 클라라는 정신적인 문제를 겪었다. 꿈속에서 자꾸만 쥐 떼가 보이고, 밤마다 방에서 찍찍대는 소리를 들었던 것이다. 클라라는 결혼식 전까지 몇 달 동안 거실의 소파에서 잠을 청해야 했다. 짐작건대 결혼식 이후로는 그 빌어먹을 쥐 새끼들이 사라졌던 모양이다.

어쨌든 클라라는 누군가의 아내가 되었다. 클라라의 남편은 결혼 전과 아주 딴판이었다. 남편을 사랑했던 클라라도 깜짝 놀랄 정도였다. 클라라가 내게 말해 주었지만 이제 잊어버려서 가물가물한데, 1년인가 2년이 지나고 둘이 이혼했던 것 같다. 이혼하는 과정은 순탄치 않았다. 고성이 오가던 중에 클라라가 남자의 뺨을 올려붙였고, 남자는 주먹질로 응수해서 클라라의 턱뼈가 나갔다. 때때로 집에 혼자 있는데 잠은 오지 않고 딱히 불을 켜는 것도 내키지 않으면 나는 클라라의 모습을 머릿속에 그려 본다. 미인 대회에서 2등에 입상한 클라라가 혼자서 탈구된 턱뼈를 끼워 맞추지 못해 걸레처럼 늘어뜨리고, 한 손으로 자동차를 몰아(다른 손으로는 턱뼈를 받치고) 가장 가까운 병원으로 향하는 장면을 말이다. 웃어 보려고 하지만 웃음이 나오질 않는다.

하지만 신혼 첫날밤의 일화는 절로 웃음이 나오는 것이었다. 클라라는 결혼식 전날에 치질 수술을 받아서 아마 진이 다 빠진 상태였을 것이다. 물론 아니었을 수도 있다. 클라라에게 남편과 첫날밤에 잠자리를 같이 했는지 물어보지는 않았다. 아마 수술을 받기 전에 첫날밤을 치르지 않았을까 싶다. 그렇지만 무슨 상관이랴. 이렇게 시시콜콜하게 이야기하다 보면 클라라가 아니라 나에 대해 더 많은 것을 말하는 꼴이 될 테다.

아무튼 클라라는 결혼식을 치른 지 1년인가 2년 후에 이혼하고 공부를 시작했다. 고등학교 졸업장이 없었기 때문에 대학에는 들어갈 수 없었다. 하지만 그것만 제외하면 할 수 있는 공부는 뭐든지 다 해봤다. 사진, 그림(도통 이유를 모르겠지만 클라라는 항상 자기가 훌륭한 화가가 되리라고 믿었다), 음악, 타자 기술, 정보 처리 기술 등, 1년 과정을 마치면 자격증도 딸 수 있고 취업이 보장된다고 해서, 자포자기 상태의 젊은 이들이 머리부터인지 엉덩이부터인지 모르게 우선 몸부터 쑤셔 넣는 그런 종류의 공부였다. 클라라는 폭력적인 남편에게서 벗어날 수 있어서 행복했지만, 사실 마음속으로는 자포자기의 상태였다.

다시 쥐 떼가 나타났다. 우울증이 이어졌고, 이름 모를 병도 앓았다. 이삼 년 정도 위궤양 치료를 받았는데 아무 문제없는 것으로 진단이 나왔다. 적어도 위에서는 궤양을 발견할 수 없었다. 클라라가 루이스를 만나 사귀기 시작한 때가 그 무렵이었던 것 같다. 회사 간부였던 루이스는 경영학 관련 공부를 하라고 클라라를 설득했다. 클라라의 친구들은 그녀가 마침내 인생의 반쪽을 만났다고 말했다. 얼마 지나지 않아 클라라는 루이스와 동거에 들어갔다. 법률 사무소인지 대행 사무소인지에 직장까지 얻었다(클라라는 사무소 일이 정말 흥미로웠다고 말했다. 빈정대는 기색은 하나도 없었다). 드디어 삶이 정상 궤도로 완전히 돌아온 것만 같았다. 루이스는 세심하고(클라라에게 일절 손대는 법이 없었다) 교양 있고(낱개 별로 모차르트 전집을 구입한 2만 명의 스페인 사람 중 한 명일 것이다), 인내심이 강한(매일 밤과 주말마다 클라라의 이야기를 들어주었다) 남자였다. 클라라는 특별히 자기 이야기를 할 게 없었는데도 쉬지 않고 입을 움직였다. 때때로 다시 입에 올리고는 했지만 미인 대회에서의 좌절은 극복한 상태였다. 이제는 우울증과 불안정한 정신 상태, 그리려고 했지만 그리지 못한 그림이 주된 화젯거리였다.

왜인지는 모르겠지만 그들은 아이를 갖지 않았다. 아마도 시간을 내기 힘들었던 모양이다. 그런데 클라라에 따르면 루이스는 진심으로 아이를 원했다고 한다. 하지만 클라라 쪽에서 마음의 준비가 되어 있지 않았다. 클라라는 공부하고 음악을 감상하고(처음에는 모차르트, 나중에는 다른 작곡가도 찾아 들었다), 절대 아무에게도 보여 주지 않던 사진을 찍으며 시간을 보냈다. 자기만의 은밀하고 무익한 방식으로 자유로운 삶을 지키고 무엇이든 배우려 했던 것이다.

서른한 살 때 클라라는 사무실 동료와 섹스를 했다. 적어도 그 두 사람에게는 별다른 의미 없이 어쩌다 그냥 벌어진 일이었다. 하지만 클라라는 루이스에게 그 일을 말하고야 마는 실수를 저질렀다. 대판 싸움이 벌어졌다. 루이스는 의자인가 본인이 직접 구입한 그림인가를 때려 부수고 취하도록 술을 퍼마셨다. 그리고 한 달 동안 클라라에게 한마디도 말을 붙이지 않았다. 클라라에 의하면 그날 이후로 모든 게 달라졌다고 한다. 화해도 하고 해변 마을로 함께 여행도 갔지만(우울하고 따분한 여행이었다) 소용없었다.

서른두 살 때는 성생활이 거의 사라지다시피 했다. 그러다 클라라가 서른셋이 되기 직전의 일이다. 갑자기 루이스가 클라라에게 사랑하고 존경한다는 말을 꺼냈다. 죽을 때까지 결코 잊지 않겠다는 말도 덧붙였다. 그리고 사실은 몇 달 전부터 직장 동료와 사귀고 있다고 털어놓았다. 애 딸린 이혼녀이자 마음씨가 곱고 이해심이 뛰어난 여자라고 했다. 그는 여자의 집에 들어가 함께 살 계획이었다.

겉으로 보기에 클라라는 루이스와의 결별을 무난히 받아들인 듯했다(처음으로 남자한테 차여 보는 것이었다). 그러나 몇 달 후에 우울증이 도져서 잠시 직장을 쉬고 정신과 치료를 받아야 했다. 정신과 치료는 별 도움이 되지 않았다. 오히려 약을 먹었더니 성욕만 감퇴했다. 의욕만큼 결과가 신통치 않았지만, 클라라는 여러 번 다른 남자와 몸을 섞었다. 나도 그중의 하나였다. 우리는 짧은 기간 동안 한마디로 거의 재앙이나 다름없던 관계를 맺었다. 클라라는 다시 쥐 떼를 입에 올렸다. 한시도 자기를 가만두지 않는다는 것이었다. 마음이 불안할 때면 번질나게 화장실에 드나들었다. 나와 처음으로 잠자리를 같이 하던 날도 열 번쯤 잠에서 깨어나 소변을 보러 갔다. 자기에 대해 3인칭으로 이야기하기도 했다. 한번은 자기 영혼 속에 세 명의 클라라 – 꼬마 클라라, 식구들에게 노예 취급을 받는 할머니 클라라, 젊은 클라라 – 가 있다고까지 말했다. 그중 젊은 클라라만이 진정한 클라라라는 말이었다. 그 도시를 영영 떠나서 그림을 그리고 사진을 찍고 여행을 다니며 살고 싶은 클라라. 클라라와 재회하고 처음 며칠은 그녀가 죽지나 않을까 걱정했다. 때때로 장 보러 나가는 일도 그만둘 정도였다. 밖에 나갔다 돌아오면 클라라가 시체로 발견되지 않을까 두려웠던 것이다. 그러나 하루하루 시간이 지나면서 우려하는 마음도 잦아들었다. 클라라는 결코 목숨을 끊지 않을 것이고, 자기 집 발코니로 몸을 던지지 않을 것이고, 결국 아무

짓도 하지 않으리라는 것을 깨달았다(어쩌면 그렇게 생각하는 쪽이 속 편했기 때문이리라).

얼마 뒤에 나는 클라라의 곁을 떠났다. 하지만 이번에는 클라라에게 주기적으로 전화를 걸기로 마음먹었다. 가끔이라도 클라라의 근황을 전해 들을 수 있게 그녀의 친구들 중 하나와 연락을 유지했다. 덕분에 나는 차라리 모르고 있었으면 좋았을 사실들까지 알게 되었다. 내가 마음의 평화를 유지하는데 전혀 도움이 되지 않는 이야기들, 이기적인 사람이라면 누구나 피하고 싶은 그런 소식들 말이다. 클라라는 직장으로 돌아갔다(새로 복용한 약이 기적적인 효과를 발휘했던 모양이다). 그런데 오랫동안 자리를 비운 데 대한 앙갚음이 있었는지 다른 곳으로 발령을 받았다. 그녀가 살던 도시에서 그리 멀지 않은 안달루시아 지방 도시의 대리점이었다. 그곳에서 클라라는 열심히 헬스클럽을 다녔고(서른다섯의 클라라는 미인과는 거리가 멀었다. 내가 알던 열일곱 때의 클라라와는 천지 차이였다) 새로운 친구들과 사귀었다. 그러던 중에 파코라는 남자를 만났다. 클라라와 마찬가지로 이혼 전력이 있는 사람이었다.

클라라와 파코는 단박에 결혼식을 올렸다. 처음에 파코는 기회가 생길 때마다 사람들 앞에서 클라라의 사진과 그림을 칭찬했다. 클라라는 파코가 지적이며 고상한 취미를 지닌 사람이라고 생각했다. 그런데 시간이 지날수록 파코는 클라라의 예술 활동에 관심을 보이지 않았다. 이제 아이를 갖고 싶다는 것이었다. 당시 서른다섯이던 클라라는 심드렁한 반응을 보였다. 그렇지만 끝내는 설복당해 아이를 낳았다. 클라라는 아이가 자신의 모든 열망(정확히 이런 표현을 사용했다)을 충족시켜 주었다고 말했다. 하지만 클라라의 친구들은 그녀가 점점 망가져 가고 있다고 일러 주었다. 뭐가 망가진다는 것인지 알 수 없었지만.

한번은 내가 이 이야기와 별 상관없는 이유 때문에 클라라가 살던 도시에서 하룻밤을 머문 적이 있었다. 나는 호텔에서 클라라에게 전화를 걸어 내가 있는 곳을 말해 주었고 이튿날 만나기로 약속을 잡았다. 사실은 당장 그날 밤이라도 클라라를 만나고 싶었다. 하지만 지난번 만남 이후로 클라라가 나를 앙숙 비슷하게 여겼기에(어떤 합당한 이유가 있었을 것이다) 굳이 독촉하지는 않았다.

나는 하마터면 클라라를 못 알아볼 뻔했다. 살이 뒤룩뒤룩 찐 데다 얼굴은 초췌하기 이만저만이 아니었기 때문이다. 화장으로도 감출 수 없었던 초췌함은 나이 때문이라기보다 수많은 좌절에서 비롯한 것 같았다. 나는 사실 클라라가 무언가를 간절히 원한 적이 없었다고 생각했기에 적잖이 놀랐다. 간절히 원하는 것이 없다면 좌절을 겪을 일도 없지 않겠는가. 미소를 짓는 모습도 이전과는 많이 달라졌다. 지방 도청 소재지에 사는 젊은 아가씨의 미소, 온화하고 약간은 멍청해 보이던 미소는 이제 야비하고 날이 곤두선 미소, 원한과 분노와 시샘이 빤히 드러나는 미소로 변했다. 우리는 얼뜨기처럼 볼에 입을 맞추고 자리에 앉았다. 한동안 도대체 무슨 말을 꺼내야 할지 막막하기만 했다. 결국 내가 먼저 침묵을 깨고 아이에 대해 물었다. 클라라는 아이를 탁아소에 맡겨 놓았다며 내 아이는 어떤지 물었다. 나는 아기가 잘 자라고 있다고 답했다. 우리는 뭐라도 하지 않는다면 이 만남이 견딜 수 없이 슬프리라는 것을 직감했다. 〈나 어떤 것 같아?〉 클라라가 물었다. 마치 뺨을 갈겨 달라고 부탁하는 것처럼 들렸다. 나는 기계적으로 〈하나도 변한 게 없어〉 하고 대꾸했다. 이어서 우리는 커피를 마시고 가로수 길을 산책했던 것으로 기억한다. 가로수 길은 곧장 기차역으로 이어져 있었다. 곧 있으면 내 기차가 떠날 시간이었다. 그러나 우리는 기차역 입구에서 헤어졌다. 이후로는 다시 그녀를 볼 수 없었다.

물론 우리는 전화로 여러 번 이야기를 나누었다. 클라라가 죽기 전까지 말이다. 서너 달마다 내가 전화를 걸었다. 시간이 지나면서 사적인 일과 민감한 화제를 언급하지 않는 법도 익혔다(술집에서 낯선 사람과 대화할 때 축구 이야기만 하는 것과 비슷했다). 그래서 입체파 시처럼 추상적인 클라라의 가족과 아이의 학교생활과 직장 생활에 대해서만 이야기를 주고받았다. 클라라는 몇 년째 똑같은 직장에 다니고 있었는데, 직원들의 사생활과 간부들의 고민까지도 샅샅이 알고 있었다. 회사 사람들의 비밀을 꿰고 있다는 것에 지나치게 즐거워하는 듯이 보였다. 하루는 남편 이야기를 꺼내게 하려고 넌지시 몰아가 봤다. 하지만 클라라는 아예 입에다 자물쇠를 채워 버렸다. 한번은 내가 〈너는 사랑받고도 남을 사람인데〉 하고 말했더니, 클라라가 〈이상하게 들리는 말이네〉 하고 답했다. 나는 〈뭐가 이상한데〉 하고 물었다. 그러자 클라라는 〈네가 그렇게 말하는 게 이상하다고. 다른 사람도 아니고 바로 네가〉 하고 말했다. 나는 재빨리 화제를 다른 데로 돌리려고 했다. 그리고 동전이 다 떨어졌다며(나는 집에 전화를 들여놓은 적도 없고 앞으로도 전화를 들여놓지 않을 것이다. 클라라에게는 항상 공중전화에서 전화를 걸었다) 서둘러 작별 인사를 건네고 전화를 끊었다. 이제는 클라라와 말다툼을 벌일 기력도 남아 있지 않다 싶었다. 천산지산하는 꼴을 더 이상 들어 줄 수 없었던 것이다.

얼마 전 저녁에 통화를 하던 때의 일이다. 클라라가 암에 걸렸다고 털어놓았다. 변함없이 차가운 그 목소리였다. 미인 대회에 참가한다던 몇 년 전의 바로 그 목소리였다. 엉뚱한 지점에 느낌표를 집어넣고 급소는 건드리지 않으면서 중요한 이야기를 건너뛰는 서툰 이야기꾼처럼 자기 이야기를 무덤덤하게 늘어놓던 바로 그 목소리였다. 클라라에게 병원에 가봤냐고 물어보았던 순간이 기억난다. 아직도 그때가 생생하게 떠오른다. 클라라 혼자(아니면 파코의 도움을 받아) 병을 진단한 게 아니냐는 말투였던 것이다. 클라라는 그렇다고 답했다. 수화기 저편에서 꺽꺽거리는 소리가 들려왔다. 웃음소리였다. 우리는 잠시 아이들에 대해 이야기를 나누었다. 클라라는 혼자 있어서였든지 아니면 심심했든지 내 얘기를 좀 해보라고 말했다. 나는 머릿속에 떠오르는 대로 이야기를 꾸며 냈다. 그리고 다음 주에 또 전화를 걸기로 약속했다. 그날 밤 나는 잠을 이룰 수 없었다. 연이어 악몽을 꾸다가 갑자기 비명을 지르며 잠에서 깨어났다. 클라라가 내게 거짓말을 했다는 확신이 들었다. 암에 걸렸다는 것은 거짓말임이 분명했다. 하지만 무슨 일이 있다는 것은 의심할 여지가 없었다. 20년 전부터 계속 무슨 일이 있어 왔던 것이다. 사소하고 엿 같은 일들, 개 같고 우스운 일들 말이다. 새벽 다섯 시였다. 나는 침대에서 일어나 바람을 등지고 파세오 마리티모까지 걸어갔다. 바람은 언제나 바다 쪽에서 시내 쪽으로 불어오지 그 반대인 경우는 드물었기에 이상한 기분이 들었다. 나는 파세오 마리티모에 있는 공중전화 박스에 이르기까지 발길을 멈추지 않았다. 그곳의 가장 커다란 술집 중 한 곳의 테라스 옆에 공중전화 박스가 있었다. 술집의 의자는 탁자에 쇠사슬로 묶여 있었고, 테라스는 텅 비어 있었다. 하지만 어떤 걸인 하나가 거기에서 조금 떨어져서 바닷가와 맞닿은 벤치 위에 무릎을 쳐든 채 잠들어 있었다. 걸인은 악몽을 꾸는 듯 이따금씩 몸을 소스라쳤다.

나는 수첩의 전화번호부에서 클라라가 사는 도시에 해당하는 쪽을 펼쳤다. 거기에는 클라라의 것을 제외하면 딱 한 사람의 번호가 적혀 있었다. 번호를 눌렀더니 한참 뒤에 여자의 목소리가 전화를 받았다. 나는 여자에게 내가 누군지 이름을 밝혔다. 더 이상 말을 이을 수 없을 것 같았다. 여자가 전화를 끊지 않을까 싶었는데 라이터를 켜더니 입으로 연기를 뿜어내는 소리가 들렸다. 〈전화 끊지 않으셨죠?〉 여자가 물었다. 〈네.〉 내가 답했다. 〈클라라와 이야기해 보셨어요?〉 〈네.〉 〈클라라가 암에 걸렸다고 말했나요?〉 〈네.〉 〈그럼, 진짜인가 보군요.〉

갑자기 클라라를 만난 이후의 모든 세월이 홍수처럼 덮쳐 왔다. 대개는 클라라와 아무 상관도 없는 내 삶 전체가 말이다. 수천 킬로미터 떨어진 수화기 저편에서 여자가 또 무슨 이야기를 했는지 기억나지 않는다. 루벤 다리오의 시에 나오는 표현대로 〈원치 않는 눈물만 흐르는〉[1] 것 같았다. 나는 호주머니에서 담배를 빼어 물고 조각처럼 흩어진 이야기들을 들었다. 의사, 수술, 유방 절제, 말다툼, 의견 차이, 고민 등. 클라라는 이제 내가 이해할 수도 보듬을 수도 도와줄 수도 없는 일들을 겪고 있었다. 클라라는 이제 결코 나를 구원해 줄 수 있는 천사가 아니었다.

전화기를 내려놓았을 때, 걸인이 바로 내 옆에 서 있었다. 1미터도 채 안 되는 거리였다. 나는 사내가 다가

---

[1] 니카라과 시인 루벤 다리오Rubén Darío(1867~1916)의 시 「봄에 부르는 가을 노래Canción de otoño en primavera」 첫 구절에서 따온 것이다. 〈아으 청춘이여, 신성한 보물이여!/가뭇없이 떠나는 뒷모습이여!/울고 싶을 때는 눈물이 마르고/때로는 원치 않는 눈물만 흐르네 *Juventud, divino tesoro,/¡Ya te vas para no volver!/Cuando quiero llorar, no lloro.../Y a veces lloro sin querer...*〉

오는 소리를 듣지 못했다. 걸인은 멀대 같이 키가 크고 날씨에 비해 옷을 지나치게 껴입은 모습이었다. 그는 근시인 양 나를 뚫어지게 쳐다보는 중이었다. 내 편에서 예상 못한 행동을 할까봐 경계하는 듯도 했다. 나는 슬픔에 복받친 나머지 겁을 먹지도 않았다. 하지만 나중에 뱀처럼 비비 꼬인 시내 길을 따라 돌아오면서, 사내 덕분에 한순간 클라라를 잊었다는 사실을 깨달았다. 앞으로도 자꾸 이런 식으로 클라라를 잊게 될 것임이 분명했다.

나는 이후로 클라라와 여러 번 전화로 이야기를 나누었다. 몇 주 동안은 하루에 두 번이나 전화를 걸기도 했다. 객쩍은 소리만 주워섬기는 짧은 통화가 이어졌다. 하고 싶은 말은 정작 하지도 못하면서 무작정 머릿속에 떠오르는 이야기를 내뱉었다. 혹시라도 클라라가 웃을까 싶어 쓸데없는 농담만 늘어놓았던 것이다. 이따금씩 내가 추억에 잠겨서 과거의 일들을 떠올리면, 클라라는 얼음처럼 차가운 흉갑으로 몸을 에워쌌고, 나는 곧바로 추억 타령을 그만두어야 했다. 수술 날짜가 점점 닥쳐오자, 전화기를 드는 내 손길도 바빠졌다. 한번은 클라라의 아들과 통화했고, 한번은 파코와도 통화했다. 둘은 모두 잘 지내고 있는 듯했다. 목소리도 좋아 보였다. 적어도 나보다는 불안해하지 않는 것 같았다. 어쩌면 내가 잘못 생각하고 있는 것일지도 모른다. 아니, 분명히 잘못 생각하고 있는 것이다. 어느 날 오후에는 클라라가 사람들이 모두 나를 걱정하고 있다고 말했다. 그녀의 남편과 아들을 지칭하는가 보다 생각했는데, 사실 내가 생각할 수 있는 것보다 더 많은 사람이, 그러니까 정말 〈모든〉 사람이 나를 걱정하고 있었다. 입원을 앞둔 전날 오후에 나는 클라라에게 전화를 걸었다. 파코가 전화를 받았다. 클라라는 집에 없었다. 이틀 전부터 도무지 소식을 알 수 없다는 것이었다. 파코의 말투로 짐작해 보아 클라라가 나와 함께 있지 않을까 의심하는 눈치였다. 나는 털어놓고 솔직하게 말했다. 클라라는 지금 여기에 없지만 오늘 밤에 클라라가 우리 집에 나타나기만을 간절히 바란다고. 나는 불을 환히 켜둔 채 클라라를 기다리다 소파에서 그냥 잠들었다. 그러다 꿈속에서 클라라가 아닌 어떤 절세 미녀를 보았다. 아담한 가슴과 늘씬한 다리에 키가 크고 마른 그윽한 갈색 눈의 여자였다. 결코 클라라일 리 없는 이 여자는 그 존재감만으로 클라라를 한순간에 지워 버렸다. 이 여자의 옆에다 대면 클라라는 한없이 작은 존재로만 느껴졌다. 벌벌 떨며, 길을 잃고 헤매는 불쌍한 40대 여자로 말이다.

클라라는 우리 집에 오지 않았다.

다음 날, 나는 파코에게 전화를 걸었다. 그리고 이틀 뒤에 다시 전화를 걸었다. 여전히 클라라는 생사도 모른 채 행방불명인 상태였다. 세 번째로 통화할 때 파코는 아이를 화제에 올리더니 클라라의 행동에 불만을 토해 냈다. 〈밤마다 도대체 어디 있을까 머리를 쥐어뜯는답니다.〉 나는 파코의 말투와 대화가 흘러가는 양상을 통해, 그가 누구라도 좋으니 친구를 필요로 하고 있다는 사실을 깨달았다. 하지만 나는 그를 위로해 줄 수 있는 처지가 아니었다.

조안나 실베스트리[1]

파울라 마소트[2]에게

저는 조안나 실베스트리라고 합니다. 서른일곱 살의 포르노 배우죠. 지금은 님므의 레트라페즈 병원에 입원한 상태예요. 흘러가는 오후를 지켜보며 어떤 칠레 형사의 이야기를 듣는 참입니다. 이 남자는 누구를 찾는 것일까요? 유령일까요? 저는 유령이라면 이골이 난 사람이라고 말했죠. 남자가 저번에 저를 두 번째로 찾아왔을 때요. 그러자 남자는 늙은 쥐처럼 미소를 머금었어요. 차분하게 고개를 주억거리는 늙은 쥐 같더군요. 믿을 수 없을 만치 공손한 늙은 쥐 같았어요. 저는 꽃이랑 잡지는 고맙지만 당신이 찾는 사람은 기억이 가물가물하다고 말했어요. 그러자 남자는 시간이 충분하다며 억지로 애쓰시지 말라고 대꾸했죠. 시간이

---

1 이 단편은 볼라뇨의 1996년작 『먼 별 *Estrella distante*』의 8장과 짝을 이루는 것이다. 특히, 『먼 별』 한국어 번역본 pp. 166~173 참조.
2 Paula Massot. 볼라뇨의 친구이자 스페인 작가인 엔리케 빌라마타스의 부인.

있다고 말하는 남자는 이미 덫에 걸려든 거예요(정말 시간이 있는지의 여부는 이제 중요하지 않아요). 여자가 마음대로 쥐락펴락할 수 있는 먹잇감입니다. 물론 실제로도 그렇다는 말은 아니에요. 저를 공주처럼 모셨던 남자들을 떠올릴 때가 있어요. 눈을 감았다 뜨면 병실의 벽이 다른 색으로 변해 있어요. 매일 보는 해골 같은 흰색이 아니라 줄무늬가 들어간 진홍색이나 역겨운 하늘색으로 말이죠. 형편없는 화가 아틸리오 코르시니의 그림처럼 보기 싫은 색깔이죠. 저는 어쩔 수 없이 그 보기 싫은 그림들을 떠올리게 돼요. 그것들은 관장제처럼 다른 기억들을 줄줄이 쏟아 냅니다. 세피아 빛에 가까운 이 기억들에 오후의 시간이 사르르 몸을 떨어요. 처음에는 견디기 힘들지만 나중에는 즐겁기까지 한 기억들이죠. 사실 저를 공주처럼 모셨던 남자들은 겨우 두세 명 정도입니다. 그들은 항상 마지막에 등을 돌리고 떠났어요. 그러나 세상일이 다 그런 것 아니겠어요? 칠레 형사에게는 이런 얘기를 하지 않았어요. 그 순간에 머릿속에 떠오르던 생각들을요. 함께 나누었다면 더없이 좋았겠지요. 잘 알지도 못하는 사람이었지만요. 그래서 살갑게 굴지 못한 것을 만회하려고 꼬박꼬박 형사님이라는 칭호를 붙였어요. 〈고독한 직업을 택하셨네요. 머리가 뛰어나신가 봐요〉 하고 말했던 것도 같아요. 그러자 남자가 서둘러 대꾸하더군요. 〈실베스트리 부인, 저는 형사가 아닙니다.〉 제가 형사님이라고 불러서 기분이 좋았던 모양이에요. 그렇게 말하면서 남자의 눈을 슬쩍 살펴봤거든요. 겉으로는 꿈쩍하지 않았어도 동공이 파닥이는 게 느껴졌어요. 한 마리 새가 머릿속을 날갯짓하며 지나가기라도 한 듯했죠. 꼬리에 꼬리를 물고 생각이 이어졌습니다. 하지만 저는 마음속의 생각을 입 밖에 내지 않았어요. 오히려 사내를 기분 좋게 할 말들만 늘어놓았죠. 사내가 행복한 추억을 떠올릴 수 있겠다 싶은 말들이요. 지금 누군가가 제 앞에서 옛날 얘기를 꺼내면 저도 그렇겠죠. 그것도 생판 모르는 사람이 치비타베키아 포르노 영화제, 베를린 에로 영화제, 바르셀로나 포르노 엑스포를 입에 올리며 빈말이라도 정말 인기가 많으셨다고 말하거나 아니면 1990년. 1990년. 제 인생 최고의 해였죠. 로스앤젤레스를 방문했을 때였어요. 밀라노에서 억지로 떠밀리다시피 비행기에 올라탔어요. 비행시간이 길어서 녹초가 되리라고 예상했어요. 그런데 오히려 꿈결 같이 시간이 흘러갔죠. 비행기 안에서 꾸었던 꿈처럼 말이에요. 대서양 상공을 지날 때쯤 꿈을 꾸었을 거예요. 꿈속에서 로스앤젤레스행 비행기는 아시아 쪽 항로를 택했어요. 터키와 인도, 중국을 경유해 동쪽으로 이동했죠. 이상하게도 비행기는 저공비행 중이었어요(하지만 승객들한테 위험한 상황은 아니었어요). 저는 수많은 기차들의 행렬을 내려다보았습니다. 끝이 없을 것만 같은 행렬이었죠. 기차들은 미친 듯이 달리면서도 한 치의 오차도 없이 움직였어요. 마치 그 낯선 땅(1987년에 한 번 인도를 여행하긴 했죠. 그때의 기억은 생각하고 싶지도 않아요) 위에 거대한 시계가 펼쳐져 있는 듯 했죠. 승객과 화물을 태우고 내리는 모습이 일사불란했어요. 경제학자들이 만물의 탄생과 죽음과 관성을 설명하는 애니메이션 영화를 관람하는 기분이었죠. 로스앤젤레스 공항에 도착했더니 아돌포 판톨리아노의 동생 로비 판톨리아노가 마중 나와 있었어요. 로비를 보자마자 신사라는 것을 알 수 있었습니다. 자기 형(신께서 천국이나 연옥에 보듬어 주시기를. 누구에게도 지옥을 바라지는 않습니다)과는 완전히 딴판이었죠. 공항 밖에는 리무진이 대기하고 있더군요. 로스앤젤레스에서만 구경할 수 있는 종류였어요. 뉴욕에서는 눈 씻고 봐도 찾을 수 없는 차였죠. 비벌리힐스나 오렌지카운티에서만 볼 수 있는 것이었어요. 그네들은 저를 위해 임대한 아파트로 차를 몰았어요. 해변과 가까운 곳으로 작지만 어여쁜 집이었죠. 로비와 그의 비서 로니가 머물며 짐 푸는 일을 거들었어요(저는 정말로 혼자 하고 싶었답니다). 그러더니 집을 어떻게 사용해야 하는지 가르쳐 주었죠. 제가 전자레인지가 뭔지도 모를 거라고 생각했던 모양이에요. 미국인들은 사근사근하게 굴다가도 이따금씩 그렇게 무례하게 행동한답니다. 이어서 그들은 비디오를 틀고 함께 촬영할 배우들을 알려 주었어요. 셰인 보가트와는 이전에 아돌포의 영화를 함께 찍었죠. 불 에드워즈는 처음 보는 사람이었어요. 다스 크레킥은 귀에 익숙한 이름이었어요. 제니퍼 풀먼은 역시 모르는 사람이었고요. 그렇게 서너 명 정도 더 있었어요. 로비와 로니가 떠나고 저는 혼자 남게 되었어요. 그네들이 당부한 대로 이중으로 문을 걸어 잠갔죠. 그리고 샤워를 마친 뒤에 검은색 가운을 둘러 입었어요. 텔레비전 채널을 돌리며 옛날 영화를 찾아보았어요. 마음을 편하게 해줄 만한 영화 말이에요. 그러다 깜빡하는 사이에 소파에서 그대로 잠들었어요. 다음 날부터 바로 촬영에 들어가더라고요. 제가 기억하던 예전의 방식과 너무도 달랐어요. 우리는 2주 만에 네 편의 영화를 찍었습니다. 거의 똑같은 배우들이 출연하는 것이었죠. 로비의 지시에 따라 일하는 것은 놀고먹는 셈이나 다름없었어요. 회사 간부들이나 직원들이 주도해서 시골로 소풍가는 것과 비슷했어요. 특히 로마에서는 1년에 한 번씩 단체로 시골에서 밥을 먹으며 회사 일을 까맣게 잊어버리죠. 하지만 그런 것들과는 비교도 안 되게 좋았어요. 햇살은 기가 막혔고 촬영하는 집도 근사했죠. 눈앞에 펼쳐진 바다도 여자 친구들과의 재회도 즐거웠어요. 음탕함과 차분함이 뒤섞인 촬영장의 분위기도 이상적이었어요.

3 실존 인물인 존 홈스John Holmes(1944~1988)를 모델로 삼아 가공해 낸 인물이다. 존 홈스는 1970년 미국에서 포르노가 합법화되며 최고의 포르노 스타로 활동하다가 1981년에 마약과 연관된 〈원더랜드 살인사건〉에 연루되어 곤욕을 치르고 말년에 에이즈로 사망했다. 볼라뇨의 단편과 관련해서 흥미로운 사실은 존 홈스가 조니 와드Johnny Wadd라는 형사 역할로 엄청난 인기를 누렸다는 것이다. 물론, 이 형사의 총은 포르노 배우 역사상 가장 길다는 35센티미터의 〈물건〉이었다. 존 홈스는 아직까지도 포르노 업계의 전설로 회자되고 있으며 그의 삶을 바탕으로 만들어진 영화가 폴 토마스 앤더슨 감독의 「부기 나이트 Boogie Nights」(1997)이다.

셰인 보가트랑 다른 여자 배우와 그런 이야기를 나누었던 것 같아요. 예전과는 사뭇 분위기가 달라졌다는 것이었죠. 저는 아돌포의 죽음을 가장 큰 원인으로 꼽았어요. 아돌포는 상으로 악질인 포주이자 사기꾼이었죠. 고생만 하는 불쌍한 창녀들을 개 취급하던 놈이었어요. 그 썩을 놈이 사라졌으니 어떻게든 표가 나지 않겠느냐는 말이었죠. 그렇지만 셰인 보가트는 생각이 달랐는지 고개를 가로저었어요. 자기 동생마저도 환영해 마지않았던 아돌포의 죽음은 빙산의 일각이라는 것이었죠. 포르노 산업 전반의 거대한 변화는 언뜻 보기에 서로 다른 요인들이 연쇄 작용한 결과였어요. 돈, 질병, 타 업종 종사자들의 유입, 기존과 동일하면서도 차별화된 작품을 만들어야 한다는 압박감 등. 그들은 그즈음에 일반 영화로 갑작스럽게 전향한 여러 포르노 스타와 돈을 화제로 대화를 이어 갔어요. 하지만 저는 정신을 다른 데 두고 있었습니다. 그들이 질병을 입에 올렸던 것을 생각하며 잭 홈스[3]의 모습을 머릿속에 떠올렸죠. 잭 홈스는 몇 년 전까지만 해도 캘리포니아 최고의 포르노 스타였어요. 그날 촬영을 끝내고 저는 로비와 로니에게 잭 홈스의 근황이 궁금하다고 말했어요. 전화번호를 알아봐 줄 수 있는지 그가 여전히 로스앤젤레스에 살고 있는지 물어보았죠. 처음에 그들은 쓸데없는 생각 하지 말라고 하더군요. 하지만 결국 잭 홈스의 번호를 건네주며 정 원한다면 연락해 보라고 말했어요. 그렇지만 수화기 저편의 사람에게 말짱한 모습을 기대하지 말라고 덧붙였어요. 친숙했던 그 목소리를 들을 기대는 아예 접는 편이 나을 거라고요. 그날 저녁에 저는 로비와 로니, 샤론 그로브와 함께 식사를 했어요. 이제 공포 영화 배우로 활동하던 샤론 그로브는 존 카펜터나 클라이브 바커의 차기작에 출연할 것이라 호언장담했죠. 로니는 그런 식으로 두 감독을 동급으로 언급한 게 참을 수 없었던지 역정을 냈어요. 카펜터와 어깨를 나란히 할 수 있는 감독은 손꼽을 정도라는 것이었죠. 대니 로 벨로(예전에 밀라노에서 함께 촬영할 때 잠깐 눈이 맞았죠)와 그의 열여덟 살짜리 부인 퍼트리샤 페이지도 자리에 함께 했어요. 퍼트리샤는 남편이 나오는 영화에만 출연했어요. 아예 계약서에다 남편만 자기에게 삽입할 수 있다고 못 박아 놓았죠. 다른 남자 배우들한테는 입으로 해주는 것이 전부였어요. 그것도 마뜩지 않다는 티를 잔뜩 내기가 일쑤였죠. 감독들의 입장에서 그녀는 골칫덩어리였어요. 로비의 견해로는 조만간 진로를 심각히 고민해야 할 판국이랬어요. 대니와 함께 엄청난 대박을 몇 편 터뜨리지 않으면 말이에요. 그렇게 저는 사람들과 베니스의 일급 식당에서 저녁을 먹었어요. 고된 촬영을 끝내고 진이 빠진 채로 식탁에 앉아 하염없이 바다를 바라보았죠. 식탁 위에서 오가던 사람들의 활기찬 대화는 대충 흘려들었어요. 머릿속에는 온통 잭 홈스 생각뿐이었답니다. 기억 속에 남아 있던 그의 모습을 하나 둘씩 꺼내 보았죠. 잭 홈스는 키가 크고 마른 남자였어요. 길쭉한 코에다 두 팔은 원숭이처럼 기다랗고 털이 복슬복슬했죠. 잭은 어떤 종류의 원숭이라고 할 수 있을까요? 우리에 갇힌 원숭이인 것만은 틀림없었죠. 어쩌면 우울한 원숭이나 우울증에 걸린 원숭이였겠죠. 그게 그거인 것 같지만 사실은 명백히 다른 종류예요. 저녁 자리가 파했을 때는 잭에게 전화를 걸어도 늦지 않은 시각이었어요. 캘리포니아에서는 이른 시각에 저녁을 들기 시작해 석양이 지기 전에 식사가 끝날 때도 있었어요. 이유는 모르겠지만 도저히 더는 참을 수가 없더군요. 로비한테 당장 잭의 무선 전화번호를 알려 달라고 부탁했어요. 그리고 자리에서 일어나 일종의 목조 전망대로 걸어갔죠. 관광객들이나 이용할 것 같은 소형 목조 방파제 식의 공간이었어요. 아래쪽으로 잔잔한 파도가 기다랗게 밀려와 부딪혔어요. 파도는 물거품을 내지도 않고 움직이다가 한참이 지나서야 스러졌어요. 저는 잭 홈스에게 전화를 걸었습니다. 그가 전화를 받으리라고는 전혀 기대하지 않았어요. 처음에는 그의 목소리를 알아듣지 못했어요. 로비가 미리 일러 준 대로 말이에요. 잭도 마찬가지로 제 목소리를 알아듣지 못했죠. 저는 〈조안나 실베스트리예요. 지금 로스앤젤레스에 있어요〉 하고 말했어요. 잭은 한참 동안 대답이 없었어요. 불현듯 몸이 떨리는 것을 느꼈죠. 수화기도 떨리고 목조 전망대도 떨렸어요. 바람이 갑자기 싸늘해졌어요. 전망대의 기둥 사이를 스치던 바람, 바닷물의 표면을 간질이던 바람이요. 도무지 스러질 것 같지 않던 파도는 점점 거뭇해졌어요. 마침내 잭이 〈오랜만이야, 조안나. 목소리를 들어서 기쁘군〉 하고 입을 열었어요. 저도 〈당신 목소리를 들으니 기뻐요, 잭〉 하고 답했어요. 그제야 온몸의 떨림이 멈추더군요. 저는 고개를 들어 수평선을 바라봤어요. 해변에 있는 식당들의 불빛이 눈에 들어왔어요. 빨강 파랑 노랑의 조명들은 애잔하면서도 위안이 되었어요. 잠시 후에 잭이 〈조안니, 언제쯤 볼 수 있을까〉 하고 물었어요. 처음에는 저를 조안니라고 부른 것을 알아듣지 못했죠. 잠깐 동안 마약에 취한 것처럼 공중에 붕 뜬 기분이었어요. 제 몸을 둘러싸고 고치가 엮인 느낌이었어요. 하지만 이내 저는 알아듣고 웃음을 터뜨렸어요. 잭은 제가 왜 웃는지 알고 있었을 거예요. 굳이 제게 물을 필요도 없었고, 제가 말할 필요도 없었죠. 저는 〈잭, 당신이 좋을 때면 아무 때나 상관없어요〉 하고 답했어요. 잭은 알았다고 말하더니 〈내가 예전과 같지 않다는 걸 아는지 모르겠네〉 하고 덧붙였어요. 제가 〈혼자 살아요, 잭?〉 하고 묻자, 그는 〈그럼, 항상 혼자 있지〉 하고 답했어요. 저는 수화기를 내려놓고 로비와 로니에게 잭의 집으로 가는 길을 물었어요. 그들은 아마도 길을 잃기가 십상일 터라고 말했어요. 이른 새벽부터 촬

---

4 Nicola di Bari(1940~). 이탈리아 대중 가수. 1970년대에 중남미에서 폭발적인 인기를 누렸다. 여기서 말하는 구절은 「방랑자 Vagabondo」의 첫 소절을 일컫는 것 같다. 〈다른 이들이 잠들면 나는 밖으로 나가지/ 어깨에 푸른 밤의 외투를 걸치고 *quando la gente dorme scendo giù/ maglione sulle spalle nella notte blu.*〉

영이니 그곳에서 밤을 보낼 생각은 말라고 했어요. 택시를 타고 거기까지 갈 수도 없으리라는 것이었죠. 잭은 몬로비아 근방의 낡고 허술한 방갈로에 살고 있었어요. 저는 무슨 일이 있어도 그날 밤 당장 가야겠다고 고집을 피웠죠. 그러자 로비가 자신의 포르쉐를 빌려주겠다고 하더군요. 이튿날에 제시간에 온다는 조건으로 말이에요. 저는 로비와 로니에게 감사의 뜻으로 입을 맞추고 포르쉐에 올라탔어요. 그리고 로스앤젤레스의 거리를 헤치며 차를 몰기 시작했어요. 때마침 땅거미가 깔리며 도시는 어둠의 바퀴 아래 놓이는 참이었죠. 니콜라 디 바리[4]의 노래처럼 어둠의 외투를 걸치는 중이었어요. 로비의 자동차에는 음향 시설이 구비되어 있었지만 음악을 틀고 싶지 않았어요. 디지털인가 레이저인가 고주파 시디플레이어라 혹하긴 했지만요. 사실 음악이 필요 없는 상태나 마찬가지였어요. 액셀을 밟으며 엔진이 부릉거리는 소리만으로 충분했어요. 적어도 열두 번은 길을 잃었던 것 같아요. 그렇게 몇 시간이 지나갔어요. 사람을 붙잡고 몬로비아로 가는 지름길이 어디냐고 물을 때마다 오히려 해방감을 느꼈습니다. 포르쉐를 탄 채 밤을 샌다 해도 상관없을 것 같았어요. 두 번이나 저절로 입에서 노래가 흘러나왔죠. 마침내 파사디나에 이르러서 210번 국도를 타고 몬로비아에 도착했어요. 거기서 또 잭이 사는 동네까지 가는 데 한 시간을 소비했죠. 자정이 지나서 잭의 방갈로를 찾았을 때 그대로 잠시 숨을 돌렸어요. 차에서 내릴 기력도 의지도 없이 그저 거울만 바라보았죠. 머리는 헝클어지고 얼굴은 엉망인 게 아주 가관이더라고요. 눈이며 입술이며 화장은 다 지워진 데다 광대뼈에는 길바닥의 먼지가 달라붙어 있었죠. 로비의 포르쉐를 타고 온 것이 아니라 맨몸으로 달려왔거나 도중에 질질 짠 듯한 모양새였어요. 그렇지만 두 눈에는 전혀 습기가 없는 상태(약간 벌겋게 충혈되었지만)였습니다. 더 이상 손도 떨리지 않았고, 자꾸만 웃음이 터져 나왔죠. 마치 해변의 식당에서 먹은 음식에 사람들이 마약을 섞은 것 같았어요. 그제야 제가 마약에 취했거나 미치도록 행복하다는 사실을 깨닫고 인정하는 듯했죠. 잠시 뒤에 차에서 내려 정신을 바싹 차리고(안전해 보이는 동네는 아니었거든요) 방갈로로 걸어갔어요. 방갈로는 로비가 묘사한 모습과 정확히 일치했어요. 페인트는 다 벗겨지고 베란다가 흔들거리는 작은 집이었죠. 판자 더미가 당장이라도 무너져 내릴 듯 했어요. 그렇지만 한편에 수영장이 딸려 있었어요. 코딱지만한 크기였지만 물은 깨끗했죠. 수영장 조명이 켜진 상태라 바로 알아볼 수 있었어요. 처음에는 잭이 저를 기다리지 않거나 잠이 든 모양이라고 생각했어요. 집 안이 칠흑 같이 캄캄했거든요. 발을 디딜 때마다 베란다 바닥이 삐걱거렸어요. 초인종이 없어서 한 번은 손마디로 한 번은 손바닥으로 문을 두드렸습니다. 그랬더니 방에 불이 켜지고 누군가의 목소리가 들려왔어요. 문이 열리고 잭이 문지방에 모습을 드러냈죠. 그렇게 키가 크고 마른 모습은 처음이었어요. 잭은 저를 알아보지 못했거나 잠에서 덜 깬 듯이 〈조안니 맞아?〉 하고 물었어요. 저는 〈네, 맞아요, 잭. 저예요. 고생은 했지만 결국 만났네요〉 하고 말한 뒤에 그를 껴안았어요. 그날 밤 우리는 새벽 세 시까지 이야기꽃을 피웠어요. 잭은 대화를 나누던 도중에 두 번 이상 잠들었지요. 피곤하고 지친 기색이었지만 눈을 뜨려고 안간힘을 쓰는 모습이었어요. 끝내는 더 이상 견디기 어려웠던지 자러 가야겠다고 말하더군요. 잭은 손님에게 내줄 방이 따로 없으니 침대나 소파 중에 선택하라고 말했어요. 저는 침대에서 함께 자겠다고 답했죠. 그러자 잭은 알았다며 침대로 가자고 말했어요. 그는 테킬라 한 병을 집어 들고 저를 방으로 데려갔어요. 제가 몇 년 동안 보았던 방 중에 가장 지저분한 방이었어요. 저는 혹시 자명종이 있느냐고 물어보았죠. 그러자 잭은 〈이 집에는 시계가 없어〉 하고 답했어요. 잭은 불을 끄고 옷을 벗은 뒤 침대로 들어갔어요. 저는 제자리에 가만히 서서 그를 지켜봤어요. 그러다 창문맡으로 걸어가 커튼을 올렸죠. 새벽빛이 자명종 역할을 하리라 믿었어요. 제가 침대에 들어갔을 때, 잭은 이미 잠든 것 같았어요. 그렇지만 사실은 깨어 있는 상태였어요. 테킬라를 홀짝거리며 알아들을 수 없는 말을 웅얼거렸거든요. 저는 그가 잠들 때까지 손으로 그의 배를 쓰다듬었어요. 그리고 손을 조금 더 내려서 그의 물건을 만져 봤죠. 구렁이처럼 차갑고 묵직했어요. 저는 몇 시간 뒤에 일어나 샤워를 하고 아침을 만들었어요. 틈을 내서 거실과 주방도 간단히 청소했지요. 우리는 침대에서 아침을 먹었어요. 잭은 제가 있어서 흡족해하는 눈치였지만 다른 음식은 손대지 않고 커피만 마셨어요. 저는 그날 오후에 다시 오겠다고 말했어요. 이번에는 빨리 올 테니 기다리라고 했죠. 잭은 어차피 할 일도 없으니 언제든 환영이라고 답했어요. 마치 다시는 오지 말라는 초대장처럼 들렸죠. 그렇지만 잭은 제가 필요하고, 저도 잭이 필요하다고 생각했어요. 잭이 〈누구랑 촬영하지?〉 하고 묻더군요. 저는 〈셰인 보가트요〉 하고 답했어요. 〈괜찮은 친구지〉 하고 잭이 말을 이었어요. 〈그 친구가 신인이었을 때 한번 같이 일했어. 활달한 데다가 말썽 없는 친구야.〉 저는 〈맞아요, 괜찮은 사람이죠〉 하고 대꾸했어요. 〈어디서 촬영하지? 베니스인가?〉 〈네. 옛날 그 집이에요.〉 〈그런데 아돌포가 살해당한 건 알고 있어?〉 〈그럼요, 잭, 알다마다요.〉 이런 대화를 나눈 뒤에 저는 중학생처럼 그의 말라붙고 가느다란 입술에 입을 맞추고 자리를 떴어요. 이번에는 한결 빠르게 이동할 수 있었죠. 가장자리가 금속처럼 반짝이던 캘리포니아의 아침 햇살이 줄곧 저와 함께 달음질쳤어요. 이후로 저는 촬영이 한 번씩 끝날 때마다 잭의 집으로 찾아가거나 그를 데리고 외출을 했어요. 잭의 차는 낡은 소형 트럭이었기에 제가 2인승 알파로메오를 빌렸죠. 우리는 종종 알파로메오를 타고

---

5 *mezcal*. 용설란 증류주.

산맥을 지나 레드랜즈까지 달렸어요. 그리고 거기서 10번 국도를 따라 팜스프링스, 팜데저트, 인디오를 거쳐 솔턴 시까지 갔어요. 솔턴 시는 바다가 아니라 호수이고 그다지 볼만한 호수도 아니죠. 우리는 그곳에서 장수에 좋다는 음식을 먹었어요. 당시에 잭은 건강을 위해 그런 음식만 챙겨 먹었어요. 한번은 알파로메오의 액셀을 힘차게 밟아 솔턴 시 남동쪽의 캘리파트리아까지 내달려 잭의 친구를 찾아갔어요. 그 사람은 잭의 집보다 더 상태가 심각한 방갈로에 살고 있었죠. 그레이엄 먼로라는 남자였는데 잭과 그의 부인은 메스칼리토라고 불렀어요. 정확한 이유는 모르겠지만 아마 메스칼[5]을 즐겨 마셨나 봐요. 우리가 그 집에 있을 때는 잇달아 맥주만 들이켰지만요(저는 살찔까 싶어서 안 마셨어요). 그들 셋은 방갈로 뒤편에서 일광욕을 즐기며 서로에게 호스로 물을 뿌렸죠. 저는 비키니를 입은 채 그들을 지켜보기만 했어요. 새하얀 피부를 유지하려면 햇살을 피해야 하니까요. 계속해서 그늘에 머물며 몸에 물이 젖지 않도록 신경 써야 했지만, 저는 잭을 바라보며 그곳에 있는 것이 좋았어요. 잭의 다리는 예전보다 더 앙상했어요. 가슴팍도 약간 납작해진 것 같았죠. 그렇지만 물건만은 예전 그대로였어요. 눈빛도 하나도 변하지 않았어요. 아니, 사실은 메릴린 챔버스의 엉덩이를 초토화한 음경만 그대로였죠. 그의 영화에 광고 문구로 쓰인 표현처럼 거대한 드릴이었어요. 눈을 포함해 나머지 부분은 빠른 속도로 사위어 가는 중이었어요. 꺼져 가는 일요일의 햇살을 받으며 아관가 밸리나 데저트 스테이트 파크를 내달리던 제 알파로메오처럼요. 우리는 두어 번 정도 섹스를 했던 것 같아요. 잭은 섹스에 흥미를 잃은 지 오래였죠. 많은 영화를 찍고 났더니 정액이 말랐다는 것이었어요. 저는 〈그런 말을 하는 남자는 당신이 처음이에요〉 하고 말했죠. 잭은 〈조안니, 나는 텔레비전을 보고 추리 소설을 읽는 편이 좋아〉 하고 대꾸했어요. 〈스릴러요?〉 〈아니, 본격 추리 소설. 그러니까 탐정 소설 말이야. 마지막에 주인공이 죽는 이야기라면 더 좋지.〉 〈그런 소설은 없어요.〉 〈아가씨, 없긴 왜 없어요. 낡은 책들이라 헐값에 무게를 달아서 파는구먼.〉 사실 눈 씻고 찾아봐도 잭의 집에는 책이 없었어요. 건강 관리서 한 권과 잭이 말한 소설 세 권을 제외하면요. 잭은 헐값에 산 그 소설들을 손이 닳도록 읽은 것 같았어요. 그의 집에 머물렀던 둘째 날인가 셋째 날 밤의 일이었어요. 잭은 속마음이나 비밀을 털어놓는 데 달팽이처럼 굼뜨기가 일쑤였어요. 어쨌든 수영장 옆에서 포도주를 마시다가 그가 곧 있으면 죽을 지도 모른다고 말하더군요. 〈조안니, 당신도 이 병이 어떤지 알 거야. 쥐도 새도 모르게 그냥 가는 거지〉. 저는 사랑을 나누자고 결혼하자고 외치고 싶었어요. 아이를 낳거나 고아를 입양하자고 애완견을 사자고 외치고 싶었어요. 캠핑카를 사서 캘리포니아와 멕시코를 여행하자고 외치고도 싶었죠. 약간 술이 오르고 피곤한 상태였을 거예요. 틀림없이 고된 촬영을 마친 뒤였을 거예요. 하지만 저는 입을 꾹 다물고 있었습니다. 접의자에 앉아 불안하게 몸을 비비 꼬았죠. 제가 직접 깎은 잔디만 물끄러미 바라보았어요. 저는 포도주를 더 들이켜며 잭이 입을 열기만을 기다렸어요. 당연히 덧붙일 말이 있을 거라 생각했죠. 그런데 잭은 더 이상 입을 열지 않았어요. 그날 우리는 정말 오래간만에 섹스를 했습니다. 잭의 물건을 세우느라 애를 먹었죠. 이제 몸이 말을 듣지 않는 상태였어요. 그저 욕구만이 남아 있을 뿐이었어요. 그는 콘돔을 끼겠다고 고집을 피웠어요. 잭의 물건에 콘돔이 제대로 들어가기나 했겠어요. 하지만 덕분에 잠시 웃으며 긴장을 풀 수 있었죠. 마침내 우리는 몸을 옆으로 하고 누웠어요. 잭은 흐물흐물하는 길고 굵은 자지를 제 다리 사이에 넣었어요. 그리고 저를 다정하게 껴안더니 그대로 잠들었어요. 저는 한동안 잠을 이룰 수 없었습니다. 온갖 기괴한 생각들이 머릿속에 맴돌았어요. 한순간 서글픔이 밀려오더군요. 저는 소리를 삼키며 울었어요. 잭을 깨우고 싶지 않았고 그대로 계속 껴안고 싶었거든요. 그러다 한순간 행복감이 밀려왔어요. 그때도 눈물이 나왔어요. 아예 들으라는 듯이 훌쩍거리기까지 했죠. 허벅지 사이에 잭의 자지를 꽉 조인 채로요. 저는 그의 숨소리에 귀를 기울이며 이렇게 말했어요. 〈잭, 자는 척하는 거 다 알아요. 어서 눈을 뜨고 입 맞춰 줘요.〉 하지만 잭은 일어나지 않았어요. 어쩌면 계속 자는 척을 했는지도 모르죠. 저는 계속해서 잭의 얼굴을 바라봤어요. 머릿속에는 온갖 잡다한 생각들이 주마등처럼 스쳐 지나갔죠. 밭을 가는 쟁기나 시속 1백 킬로미터로 달리는 경운기처럼 엄청난 속도로요. 너무 정신없이 휘몰아쳐서 찬찬히 생각할 시간조차 없었어요. 딱히 무언가를 생각하고 싶은 생각 자체도 없었지만요. 그러다 어느 순간 저는 울음을 멈추었어요. 서글프지도 행복하지도 않았어요. 그저 제가 살아 있다는 것을 느꼈어요. 그리고 잭이 제 옆에 살아 있다는 것을 느꼈죠. 그 모든 상황이 하나의 연극처럼 느껴졌죠. 앙증맞고 순진하고 그럴듯한 소극(笑劇) 같았어요. 하지만 저는 그것이 진실로 가치 있는 무엇임을 알았어요. 잠시 뒤에 저는 잭의 가슴팍에 머리를 기대고 잠들었어요. 그런데 어느 날 오후에 잭이 촬영장에 나타났습니다. 저는 네발로 엎드려서 불 에드워즈의 물건을 빠는 중이었어요. 셰인 보가트는 제 항문에다가 공이질을 하는 중이었죠. 처음에는 촬영에 집중하느라 잭이 세트에 들어왔는지도 몰랐어요. 20센티미터 길이의 자지가 입에 들락날락하는데 제대로 신음 소리를 내기란 어려운 일이죠. 사진을 정말 잘 받는 여배우들 중에서도 펠라티오를 할 때면 망가지는 애들이 있어요. 지나치게 몰입한 탓인지 얼굴이 정말 흉측해지거든요. 하지만 저는 제 얼굴이 예쁘게 찍히는 편이 좋아요. 어쨌든 촬영에 집중한 상태였고 자세 때문에 주변을 둘러볼 수 없었어요. 그렇지만 불과 셰인은 잭이 세트에 들어오는 모습을 보았어요. 무릎을 꿇은 자세였지만 꼿꼿하게 상체를 세운 채 머리를 들고 있었거든요. 그 순간에 갑자기 그들의 자지가 딱딱해졌어요. 말 그대로 촬영하던 장면에서 눈을 뗄 수 없었던 카메라맨(하신토 벤투라라고 낙천적이며 프로 정신이 투철한 청년이었죠)을 제외하면, 불과 셰인뿐만 아니라 감독, 랜디 캐시, 대니 르 벨로, 그의 부인, 로비, 로니, 촬영 기사들을 포함해 촬영장에 있던 모든 사람이 잭의 갑작스런 등장에 어떤 식으로든 반응했어요. 불현듯 침묵이 감돌았죠. 나쁜 소식을 전할 때의 무거운 침묵은 아니었어요. 이런 표현이 적당한지 모르겠지만 빛나는 침묵이었죠. 슬로 모션으로 떨어지는 물방울 같은 침묵이었어요. 저는 사위에 감도는 침묵을 느꼈어요. 내가 기분이 좋아서 그런가 보다 생각했죠. 캘리포니아에서 멋진 나날을 보내 그런가도 싶었어요. 그렇지만 알 수 없는 무언가가 더 있었어요. 엉덩이에 착착 감기는 셰인의 불두덩과 입속으로 부드럽게 밀려오는 불의 음경이 무언가 다가오고 있다는 것을 알려 주었죠. 그때 세트에 무슨 일이 있구나 싶었어요. 하지만 저는 고개를 들지 않았습니다. 그저 나랑 관련된 무슨 일이 있구나, 오직 나랑 연관된 무슨 일이 있구나 생각했죠. 마치 현실이 양 끝까지 갈라지는 느낌이었어요. 대수술을 받은 뒤에 생기는 흉터처럼 말이에요. 목에서부터 샅까지 이어지는 굵고, 울퉁불퉁하고, 딱딱한 흉터. 저는 호기심을 억누르며 연기에 집중했어요. 셰인과 불이 각각 제 엉덩이와 얼굴에 사정할 때까지요. 이어서 그들이 제 몸을 바로 눕혔어요. 저는 하늘로 눈을 향한 채 그들을 바라봤어요. 평소보다 촬영에 집중한 모습이었죠. 그들이 저를 어루만지며 다정한 말을 건네자 다시 무슨 일이 있구나 싶었어요. 세트에 업계의 유력 인사나 할리우드의 거물이 나타난 게 틀림없었죠. 불과 셰인은 그 사람을 알아보고 보란 듯이 연기에 열을 올렸던 거예요. 우리를 에워싸고 어두운 곳에 서 있던 사람들의 윤곽을 곁눈질했던 것 같아요. 모든 사람이 돌로 굳어 버린 듯 말없이 서 있었어요. 맞아요. 바로 그렇게 생각했어요. 사람들이 모두 돌처럼 굳어 버렸다고요. 거물급 제작자가 있는 게 분명했어요. 하지만 저는 꿈쩍도 하지 않았어요. 불과 셰인과는 달리 그런 쪽에 야망이 없었거든요. 어쩌면 제가 유럽인이라서 그럴지도 몰라요. 유럽인들의 사고방식은 다르니까요. 그렇지만 제작자가 아닐 거라는 생각도 했어요. 어쩌면 세트에 천사가 나타났나 싶었죠. 바로 그 순간에 잭의 모습이 눈에 들어왔어요. 잭은 로니 옆에 서서 미소를 머금은 채 저를 바라보았죠. 저는 다른 사람들을 둘러봤어요. 로비와 촬영 기사들과 대니 로 벨로와 그의 부인이 보였죠. 제니퍼 풀먼과 마고 킬러와 사만사 에지도 보였어요. 칙칙한 양복을 걸친 두 남자도 있었고, 하신토 벤투라도 카메라에서 눈을 뗀 상태였죠. 그제야 촬영이 중단되었다는 것을 알아챘어요. 1초나 1분 동안 정지 화면이 이어졌죠. 다들 벙어리가 되거나 몸이 마비된 느낌이었어요. 잭만 혼자 미소를 짓고 있었죠(그 사람도 말은 하지 않았어요). 마치 촬영장에 성스러운 존재가 나타난 것 같았어요. 아니, 나중에서야 그런 생각이 들었죠. 한참 뒤에 몇 번이나 그때를 떠올리면서요. 잭이 우리의 영화와 우리의 직업과 우리의 삶을 성스럽게 만든 것 같았다고요. 그렇게 1분이 지났을 무렵에 누군가가 완벽한 촬영이었다고 말했어요. 누군가가 불과 셰인과 저에게 가운을 가져다주었어요. 잭은 제게 가까이 다가와 볼에 입을 맞추었어요. 그날 남은 촬영은 제가 없어도 되는 것이었어요. 그래서 잭에게 밖으로 나가 저녁을 먹자고 말했어요. 피게로아 가에 훌륭한 이탈리아 식당이 있다고 들었거든요. 로비는 새로운 사업 협력자 하나가 파티를 연다며 우리를 초대했어요. 잭은 내키지 않는 눈치였지만 제가 가자고 설득했죠. 그래서 우리는 알파로메오를 타고 저희 집으로 향했어요. 집에서 잠시 위스키를 마시며 대화를 나누었죠. 그리고 밖에 나가 저녁 식사를 한 뒤에 밤 11시쯤에 파티에 참석했어요. 아는 사람들이 거기에 다 모여 있었죠. 사람들은 다들 잭을 향해 몰려왔어요. 잭과 아는 사이였거나 친해지고 싶어서였겠죠. 파티가 끝난 후에 우리는 잭의 집으로 갔어요. 거실에 앉아 텔레비전의 무성 영화를 보면서 입을 맞추다가 잠이 들었어요. 이후로 잭은 다시 촬영장에 나타나지 않았어요. 저는 한 주 더 영화를 촬영해야 했어요. 하지만 일정이 끝나도 로스앤젤레스에 머무를 요량이었죠. 물론 이탈리아와 프랑스에 일정이 잡혀 있는 상태였어요. 그러나 어떻게든 연기할 수 있을 거라 생각했어요. 아니면 출발 전에 같이 가자고 잭을 설득할 수 있으리라 생각했죠. 잭은 이탈리아에 여러 번 가봤어요. 치치올리나[6]와 몇 편의 영화를 찍어 엄청난 성공을 거두었죠. 저하고도 몇 편의 영화를 함께 찍었어요. 치치올리나를 포함해 셋이 찍은 영화도 있었고요. 잭은 이탈리아를 좋아했어요. 그래서 어느 날 밤 잭에게 제 생각을 털어놓았어요. 하지만 그런 생각을 포기할 수밖에 없었어요. 머릿속에서 뽑아내고 마음속에서 도려내야 했죠. 부질없는 희망은 뿌리째 뽑아야 했어요. 토레 델 그레코에 사는 나폴리 여자들의 표현대로 〈아예 씹에 품지도 말아야〉 했죠. 완전히 포기한 것은 아니었지만 어쨌든 저는 잭을 이해했어요. 그럴듯한 이유도 되지 않는 변명도 모두 받아들였어요. 굼뜨고 차분한 침묵도 모두 받아들였어요. 빛나는 침묵이 안개처럼 잭을 감싸는 것 같았어요. 그가 드문드문 내뱉는 말들도 안개에 휩싸인 듯했죠. 키가 크고 앙상한 그의 모습이 캘리포니아 전체와 함께 사라질 것만 같았어요. 얼마 전부터 느끼던 행복과 기쁨도 가뭇없이 사라지는 느낌이었죠. 하지만 저는 그렇게 떠나는 것이, 그렇게 이별하는 것이, 일종의 응고

---

6 La Cicciolina(본명 일로나 스탈러 Ilona Staller, 1951~). 헝가리에서 태어난 이탈리아 포르노 스타, 정치가. 한쪽 가슴을 드러내고 연설을 하는 것으로 유명하다. 존 홈스와는 1987년에 「불타는 살 Carne bollente」이라는 포르노 영화를 같이 찍었다. 존 홈스가 HIV 양성 판정을 받았으면서도 영화에 출연했다는 것 때문에 문제가 되기도 했다.

작용과 같다고 생각했어요. 눈치챌 수 없을 정도로 이상하고 은밀했지만 어쨌든 하나의 응고 작용이었죠. 아무튼 그러한 확신 덕택에 저는 행복감을 느꼈어요. 동시에 눈물을 흘리며 연거푸 눈 화장을 고쳤어요. 그리고 다른 눈으로 세상을 바라보았죠. 마치 안광에 X선이 생긴 것 같았어요. 그런 능력이나 초능력을 지녔다는 것이 불안했지만, 한편으로는 기분이 좋았어요. 아마조네스 여왕의 딸 원더우먼이 된 느낌이었거든요. 원더우먼은 검은 머리였고 저는 금발 머리이지만요. 어느 날 오후, 저는 잭의 집 정원에 있다가 지평선에서 무언가를 보았어요. 구름이었는지 새였는지 비행기였는지 모르겠어요. 그리고 엄청난 고통과 함께 정신을 잃으며 다리에 오줌을 지렸죠. 깨어나 보니 잭의 품 안이었어요. 저는 그의 잿빛 눈동자를 바라보며 울음을 터뜨렸어요. 한참이 지나서야 눈물을 그칠 수 있었죠. 로비와 로니, 대니 로 벨로 부부가 공항으로 배웅을 나왔어요. 그들은 몇 달 안에 이탈리아를 방문할 예정이었죠. 잭과는 몬로비아에 있는 방갈로에서 작별을 나눌 터였어요. 저는 잭에게 일어나지 말라고 말했어요. 그런데 잭은 굳이 일어나서 문까지 바래다주었죠. 그는 〈착하게 살아, 조앤이. 이따금씩 편지나 해줘〉 하고 말했어요. 저는 〈전화할게요. 세상이 끝나는 것도 아닌데요〉 하고 답했죠. 잭은 안절부절못했는지 윗도리를 걸치는 것도 까먹었어요. 저는 아무 말 없이 여행 가방을 들어 알파로메오의 조수석에 넣었죠. 마지막으로 그의 얼굴을 보려고 몸을 돌리려는 순간, 그가 거기 없을 것만 같은 이상한 생각이 들었어요. 허물어진 작은 나무 문 옆에 그가 서 있던 자리가 텅 비어 있을 것만 같았죠. 저는 두려움 때문에 차마 고개를 돌리지 못했어요. 로스앤젤로스에서 처음으로 두려움을 느끼는 것이었죠. 적어도 그때 체류하던 동안에는 처음이었어요. 다른 때는 종종 두려움과 권태를 느꼈지만요. 그때는 아예 두려움을 잊고 있던 상태였어요. 이제 와서 두렵다니 부아가 치밀어 올랐죠. 자동차 문을 열고 운전석에 앉아 총알처럼 튀어 나가기로 마음을 다잡기 전까지는 고개를 돌리고 싶지 않았어요. 그러다 마침내 자동차 문을 열고 고개를 돌렸더니 잭이 거기 있더군요. 문 옆에 서서 저를 지켜보고 있었어요. 그제야 저는 마음을 놓으며 깨달았어요. 모든 게 문제없다고, 이제 떠날 수 있다고. 모든 게 엉망이라고, 이제 떠날 수 있다고. 모든 게 고통스럽다고, 이제 떠날 수 있다고. 지금 형사님이 흘끔흘끔 저를 쳐다보며(침대 다리를 보는 척하지만 제 눈을 속일 수 없죠. 이불 밑으로 드러난 늘씬한 다리를 훔쳐보는 중이에요) 만쿠소와 마르칸토니오랑 작업했고 불쌍한 마르칸토니오의 보조 카메라맨이었던 R. P. 잉글리시라는 사람을 아느냐고 묻는 순간, 저는 제가 아직 어떤 식으로든 캘리포니아에 있다는 것을 알아요. 그 당시에는 몰랐지만 마지막이 되고야 말았던 캘리포니아 여행이죠. 잭은 아직 살아 있고 수영장 끝에 앉아 하늘을 바라봐요. 물속에 아니 심연 속에 두 다리를 늘어뜨린 채. 우리의 사랑과 이별이 담긴 흐릿한 합성 사진이죠. 저는 잉글리시라는 남자가 무슨 짓을 했느냐고 묻습니다. 형사는 대답을 꺼리는 눈치지만 제가 뚫어지게 쏘아보자 입을 열어요. 그러더니 〈잔인한 일들입니다〉 하고 말하고 고개를 푹 숙입니다. 님므의 레트라페즈 병원에서 그런 말은 금기어라는 것처럼요. 제가 평생 잔인한 일들을 충분히 겪어 보지 않았다는 것처럼요. 이렇게 된 마당에 꼬치꼬치 사연을 캐물을 수도 있겠죠. 하지만 그래 봤자 뭐하겠어요. 이렇게 아름다운 오후에 억지로 이야기를 시킬 수는 없죠. 그것도 서글픈 사연일 게 불 보듯 빤한데 말이에요. 게다가 그가 보여 주는 사진도 낡고 흐릿할 뿐이에요. 사진 속에는 잉글리시로 추정되는 20대 초반의 청년이 보였죠. 그러나 제가 기억하는 잉글리시는 서른을 훌쩍 넘긴 남자였어요. 어쩌면 마흔 살 이상이었을 수도 있죠. 모순적인 표현이겠지만 명확한 그림자이면서 일그러진 그림자 같은 남자였어요. 그다지 눈길을 끄는 사람은 아니었어요. 그래도 얼굴의 특징은 기억해요. 푸른 눈, 튀어나온 광대뼈, 두툼한 입술, 자그마한 귀. 하지만 이런 식의 묘사는 거짓일 뿐이에요. 저는 이탈리아 각지를 돌아다니며 촬영하다 어디선가 R. P. 잉글리시를 만났어요. 그렇지만 그의 얼굴은 오래전부터 기억의 어두운 저편에 자리 잡았죠. 그러자 형사님께서는 이렇게 말씀하시네요. 〈알겠습니다, 실베스트리 부인. 괜찮습니다. 찬찬히 기억을 더듬어 보세요. 어쨌든 그를 기억하고 계시 군요. 그것만으로도 큰 수확입니다. 유령은 아닌 게 확실하니 말입니다.〉 저는 지금 이렇게 말하고픈 충동을 느껴요. 〈우리는 모두 유령이에요. 너무 빨리 유령 영화 속으로 들어와 버렸죠.〉 하지만 저는 이 착한 사내를 상처 주기 싫어서 그냥 입을 다뭅니다. 게다가 그가 그 사실을 알고 있을지 누가 알겠어요.

앤 무어의 삶

앤 무어의 아버지는 1943년부터 1945년까지 태평양 해상의 병원선에서 민주주의를 위해 투쟁했다. 제2차 세계 대전이 종결되기 직전에 맏딸 수전이 태어났다. 무어 선생이 필리핀 연안을 항해하던 도중의 일이었다. 둘째 앤은 선생이 시카고로 돌아온 뒤인 1948년에 태어났다. 하지만 선생은 시카고라는 도시가 영 마음에 들지 않았다. 그래서 3년 뒤에 식솔을 이끌고 몬타나 주(州) 그레이트폴스로 이사했다.

앤은 그곳에서 성장했는데 평탄하면서도 기묘한 어린 시절을 보냈다. 열 살배기 꼬마이던 1958년에 처음으로 현실의 숯 검댕 얼굴 또는 흙투성이 얼굴(앤은 두 가지 표현을 구별 없이 사용했다)을 보았던 것이다. 당시에 앤의 언니는 열다섯 살짜리 소년 프레드와 사귀고 있었다. 어느 금요일에 프레드가 무어 선생 집에 와서 부모님이 여행을 가셨다고 말했다. 앤의 어머니는 사춘기도 지나지 않은 어린애를 집에 혼자 남겨 두는 것은 부모의 도리가 아니라고 말씀하셨다. 그렇지만 앤의 아버지는 프레드가 어엿한 사나이이며 스스로를 돌볼 만한 나이가 되었다는 의견이었다. 그날 저녁에 프레드는 무어 선생 집에서 저녁을 먹고 수전이랑 앤과 대화를 나누며 열 시까지 베란다에 머물렀다. 집에 가기 전에는 무어 부인에게 작별 인사도 드렸다. 무어 선생은 잠자리에 드신 지 오래였다.

이튿날 수전과 앤은 프레드 부모님의 차를 타고 공원을 돌았다. 앤이 내게 들려준 바에 따르면, 프레드의 정신 상태는 전날 밤과 현격하게 다른 모습이었다. 골똘히 생각에 잠겨서는 한두 마디 말을 빼면 묵묵부답인 것이 수전과 말다툼이라도 한 모양이었다. 한동안 그들은 말도 없이 멍하니 자동차 안에 있었다. 프레드와 수전은 앞 좌석에, 앤은 뒷좌석에 앉은 채로 말이다. 그러다 프레드가 자기네 집에 가자는 말을 꺼냈다. 수전은 대꾸하지 않았지만 프레드가 자동차에 시동을 걸었다. 그들은 앤이 처음 보는 가난한 동네의 골목들을 빙빙 맴돌았다. 마치 프레드가 길을 잃었거나 자기 집에 가자고 말했어도 속으로는 데려가기 싫은 눈치인 것 같았다. 앤이 기억하기로 수전은 이동하는 도중에 한 번도 프레드 쪽으로 고개를 돌리지 않았다. 느릿느릿 이어지는 집과 거리의 풍경이 유일한 볼거리인 양 내내 차창 밖만 내다보았던 것이다. 프레드도 마찬가지로 시선을 앞쪽에 못 박고는 수전을 쳐다보지 않았다. 둘은 입을 꼭 다문 채로 뒷좌석의 앤을 거들떠보지도 않았다. 그러나 당시 어린 소녀이던 앤은 프레드의 눈에서 불길이 일렁이던 모습을 엿보았다. 뒷거울을 통해 자신을 노려보던 프레드의 시선과 순간적으로 마주쳤던 것이다.

마침내 집에 도착했지만 프레드와 수전은 차에서 내릴 기색이 아니었다. 차고가 아니라 차도 가장자리에 주차한 모양새도 이상했다. 무언가 머뭇거리고 있으며 잠시 뜸을 들이는 것 같은 의도가 역력했다. 앤은 그때를 회상하면서 〈프레드는 그런 식으로 차를 대며 우리와 자기 자신에게 조금 더 생각할 여유를 주자는 요량인 것 같았어〉 하고 말했다.

얼마 뒤에(하지만 앤은 정확히 어느 정도인지 기억하지 못했다) 수전이 차에서 내렸다. 수전은 앤에게 따라 내리라고 말하더니 손을 잡아끌었다. 그리고 가겠다는 말도 없이 곧바로 자리를 떠났다. 앤은 몇 미터쯤 걸어가서 뒤를 돌아보았다. 프레드의 목덜미가 눈에 들어왔다. 앤은 그 순간을 이렇게 기억했다. 〈프레드는 운전대를 잡은 채 뚫어지게 정면을 노려보는 중이었어. 아직도 운전 중인 것처럼 그 자리에 앉아 있었지. 어쩌면 눈을 꼭 감은 채였거나 반쯤 감은 상태였을 거야. 아니면 땅바닥을 내려다보거나 울고 있었을 테지.〉

수전과 앤은 걸어서 집으로 돌아왔다. 앤이 연거푸 캐물어도 수전은 자신의 행동을 설명해 주지 않았다. 그날 오후에 집 뒤뜰에서 프레드의 모습을 보아도 앤은 이상하게 여기지 않았을 것이다. 프레드와 언니가 싸우는 모습을 여러 번 목격했는데 금세 화를 풀기가 십상이었기 때문이다. 하지만 프레드는 토요일에 코빼기도 보이지 않았다. 일요일도 마찬가지였다. 그리고 수전이 나중에 털어놓은 바에 따르면 월요일에는 학교에도 오지 않았다는 것이었다. 수요일에 경찰이 그레이트폴스 남부에서 프레드를 음주 운전 혐의로 체포했다. 경찰관 두 명이 심문 뒤에 프레드네 집을 찾아갔다. 프레드의 부모님은 사망한 채로 발견되었다. 어머니는 화장실에 있었고, 아버지는 차고에 있었다. 아버지의 시신은 모포와 판지로 동여 싸다 만 상태였다. 며칠 내로 시신을 처분할 생각이었던 모양이다.

수전은 사건 이후에 처음에는 놀랄 정도로 의연한 태도를 보였다. 그러나 이내 한순간에 무너져 내려서 여러 해 동안 정신과에 다녀야 했다. 반면에 앤은 하나도 달라진 게 없었다. 이후에 그 사건 또는 그 사건의 그림자가 드문드문 되살아났지만 말이다. 어쨌든 당시에는 프레드에 관한 꿈을 꾸지도 않았다. 꿈을 꾸었다 해도 깨자마자 잊어버리는 현명함을 발휘했다.

앤은 열일곱 때 학업을 위해 샌프란시스코로 떠났다. 2년 전에 수전도 버클리 의대에 입학해서 집을 떠난 터였다. 수전은 오클랜드 남쪽 샌리앤드로 부근에서 다른 학생 둘과 아파트에 살았다. 부모님께 편지를 쓰는 일은 거의 없었다. 앤이 도착해서 보니 수전의 상태는 눈 뜨고 못 봐줄 지경이었다. 수전은 공부도 안 하고 낮에는 잠만 잤다. 그리고 밤이 되면 사라져서 이튿날 아침께야 돌아왔다. 앤은 영문학 학사 과정을 밟

앉고 인상주의 회화에 관한 수업도 들었다. 오후에는 버클리에 있는 카페에서 일했다. 처음 며칠은 언니와 방을 같이 썼다. 그렇게 무한정 눌러앉았을 수도 있었을 것이다. 수전은 앤이 학교에 있는 낮 시간에 잠을 청했고 저녁에는 어쩌다가 집에 나타났으니 방에 여분의 침대를 들일 필요도 없었기 때문이다. 하지만 한 달 뒤에 앤은 일하던 카페 근처에 있는 버클리의 해켓 거리로 이사했다. 이후로는 더 이상 언니를 보러 가지 않았다. 물론 이따금씩 전화를 걸어(앤의 기억에 따르면 언제나 같이 살던 다른 언니들이 전화를 받았다고 한다) 안부를 확인하며 고향 소식을 전해 주었고 필요한 것이 있는지 물었다. 수전과 통화한 것은 몇 번 되지 않지만, 그때마다 수전은 술에 취한 상태였다. 그러던 어느 날 아침, 수전이 더 이상 그곳에 살지 않는다는 얘기가 수화기를 통해 들려왔다. 앤은 15일 동안 버클리를 샅샅이 뒤졌지만 수전을 찾아내지 못했다. 결국에는 어느 저녁에 그레이트폴스의 부모님께 전화를 걸었다. 그런데 전화를 받은 사람은 다름 아닌 수전이었다. 앤은 놀라서 뒤집어질 지경이었다. 언니에게 속았고 배신당했다는 느낌도 들었다. 수전은 〈공부는 완전히 때려치웠어. 이 평온하고 고상한 도시에서 새 삶을 시작할 거야〉 하고 말했다. 앤은 무슨 일이든 다 잘 될 거라고 수전을 다독였지만 속으로는 〈언니는 지금 망가진 상태야. 인생을 통으로 날려 먹었어〉 하고 생각했다.

얼마 뒤에 앤은 유대인과 러시아인 아나키스트들의 손자이며 화가인 폴을 만나 동거를 시작했다. 폴은 아담한 이층집에 살고 있었다. 1층에는 언제나 미완성 상태인 커다란 화폭들을 겹겹이 포개 놓은 작업실이 있었고, 2층에는 침실과 거실과 식당을 겸하는 넓은 공간과 코딱지만 한 주방과 욕실이 있었다. 물론 폴은 앤이 처음으로 같이 잔 남자는 아니었다. 폴을 소개해 준 인상주의 회화 수업 수강생과 사귀기도 했고, 그레이트폴스에서 농구 선수와 빵집에서 일하던 아이를 남자 친구로 만났다. 한동안은 빵집 아이를 사랑하고 있다고까지 생각했다. 그 친구의 이름은 레이먼드였고 아버지가 빵집 주인이었다. 레이먼드의 가족은 몇 대째 대를 이어 빵집을 운영하고 있었다. 레이먼드는 일과 공부를 병행했지만 졸업 후에는 빵집에 전념하기로 결정했다. 앤의 기억에 따르면, 레이먼드는 특출한 학생은 아니었지만 그렇다고 아예 공부에 젬병도 아니었다고 한다. 그 당시 레이먼드의 모습 중 앤이 특별히 기억하는 것이 있다. 바로, 레이몬드가 자신의 직업과 가업에 대해 느꼈던 자긍심이다. 사실 그 동네에서는 누구든지 걸핏하면 우쭐대기 일쑤였지만 빵집 주인이 되는 것에 자랑스러워하는 사람은 없었다.

앤과 폴은 독특한 한 쌍이었다. 앤은 열여덟을 목전에 둔 열일곱이었고, 폴은 스물여섯 살이었다. 처음부터 밤일이 문젯거리였다. 폴은 여름에는 발기 불능, 겨울에는 조루, 봄과 가을에는 섹스에 무관심했다. 앤은 이렇게 말하면서도 폴처럼 똑똑한 사람은 만나지 못했다고 덧붙였다. 미술이며 미술사며 문학과 음악을 가릴 것 없이 아주 만물박사였다는 말이다. 폴은 넌더리날 정도로 진대를 붙일 때도 있었는데 자기가 언제 그럴 지를 잘 알고 있었다. 그래서 그 기간 동안은 용케도 제 발로 작업실에 틀어박혀 그림에만 몰두했다. 매력적이고 다정하고 입담 좋은 예전의 폴로 돌아온 뒤에는 앤과 함께 외출을 했다. 그들은 영화나 연극을 보거나 강연회나 낭송회를 돌아다녔다. 그 당시 버클리에는 유난히도 강연회나 낭송회가 많았다. 앞으로 다가올 결전의 시기를 대비해 사람들의 정신을 다져 놓겠다는 것 같았다. 처음에 그들은 앤이 카페 일로 버는 돈과 폴의 장학금으로 생활했다. 그러던 어느 날, 갑자기 멕시코로 여행을 떠나기로 결심했다. 앤은 직장을 그만두었다.

앤과 폴은 티후아나, 헤르모시요, 과이마스, 쿨리아칸을 거쳐 마사틀란에 이르렀다. 그곳에 머물 요량으로 해변의 작은 집을 빌렸다. 매일 오전에는 수영을 즐겼다. 오후에는 그림을 그리고 책을 읽으며 각자의 시간을 보냈다. 그리고 저녁에는 〈더 프로그〉라는 상호의 미국 술집에 갔다. 〈더 프로그〉는 주변에 있던 유일한 술집으로 캘리포니아 출신의 관광객과 학생들이 드나드는 곳이었다. 앤과 폴은 밤이 이슥할 때까지 술을 마시며 죽치고 앉아 평소라면 절대 말을 섞지 않았을 사람들과 이야기를 주고받았다. 항상 흰 옷을 입고 다니는 호리호리한 멕시코 남자에게서 마리화나를 구입하기도 했다. 사내는 술집에 출입할 수 없었기 때문에 맞은편 차도의 말라붙은 나무 옆에 차를 대고 그 안에서 고객을 기다렸다. 나무 저편으로는 건물이 한 채도 보이지 않았다. 오직 모래사장과 바다와 암흑뿐이었다.

호리호리한 사내의 이름은 루벤이었다. 그는 종종 마리화나와 카세트테이프를 교환했고 바로 자동차에서 음악을 틀었다. 얼마 지나지 않아 그들은 친구 사이가 되었다. 어느 날 오후, 폴이 그림을 그리고 있을 때 루벤이 해변의 작은 집에 나타났다. 폴은 루벤에게 포즈를 취해 달라고 부탁했다. 그때부터 앤과 폴은 공짜로 마리화나를 피울 수 있었다. 하지만 이따금씩 루벤이 아침나절부터 찾아와 밤늦게까지 머물 때면 앤은 성가시기 그지없었다. 한 사람분의 음식을 더 준비해야 하는 까닭만은 아니었다. 이 멕시코 사내가 폴과 단둘이 즐기려던 낙원 같은 삶의 훼방꾼처럼 느껴졌기 때문이다.

처음에 루벤은 폴하고만 대화를 나누었다. 앤의 달갑지 않은 시선을 눈치챈 듯했다. 그러나 시간이 지나면서 앤과도 친해졌다. 루벤은 더듬더듬 영어로 말했고, 앤과 폴은 루벤을 대상으로 걸음마 수준의 스페인어를 연습했다. 하루는 오후에 다 같이 수영을 하고 있을 때였다. 앤은 루벤이 물속에서 다리를 더듬는 것을 느꼈다. 폴은 해변에서 그들을 지켜보는 중이었다. 루벤은 물 밖으로 나와 앤의 눈을 똑바로 마주보며 사랑한다고 말했다. 나중에 알게 된 바로는, 바로 그날에 〈더 프로그〉에 드나들던 젊은이 하나가 익사했다고 한다. 그들과도 몇 번 이야기를 나누었던 청년이었다.

앤과 폴은 얼마 뒤에 샌프란시스코로 돌아왔다. 폴의 일이 순풍에 돛단 듯 척척 풀리던 시기였다. 여러 번 전시회를 개최하면서 그림도 몇 점 팔았고, 앤과의 관계는 전보다 안정세에 접어들었다. 연말에 둘은 그레이트폴스를 방문했고 앤의 부모님과 성탄절 휴가를 보냈다. 폴은 앤의 부모님을 좋아하지 않았지만 수전과는 죽이 잘 맞았다. 하루는 앤이 자다가 깨어났는데 침대에 폴이 보이지 않았다. 밖으로 찾으러 나가자마자 주방 쪽에서 목소리가 들려왔다. 무슨 일인가 내려갔더니 폴과 수전이 프레드를 화제로 삼는 중이었다. 폴은 이야기를 들으며 질문을 던졌다. 수전은 각각 다른 관점으로 프레드와의 마지막 날을 거듭해서 이야기했다. 자동차를 타고 그레이트폴스의 가장 가난한 동네를 맴돌던 그날 말이다. 앤의 기억에 따르면 언니와 애인이 나누던 대화는 이상하리만큼 부자연스러웠다고 한다. 실제로 일어난 일이 아니라 영화 줄거리를 꿰어 맞추는 것 같았다.

이듬해 앤은 대학을 그만두고 폴의 뒷바라지에 전념했다. 캔버스와 캔버스 틀, 물감을 사다 주고 점심과 저녁을 챙겨 주었다. 옷을 빨고 방바닥을 쓸고 닦으며 설거지까지 처리했다. 폴이 창작에만 몰두할 수 있는 안식처를 제공하고 싶었던 것이다. 하지만 애정 생활은 순조롭지 않았다. 폴은 날이 갈수록 잠자리 상대로 꽝이었다. 앤은 침대에서 이제 아무런 느낌도 들지 않았다. 〈혹시 내가 레즈비언일까〉 하는 생각마저 들었다. 그 무렵에 그들은 린다와 마르크를 알게 되었다. 린다는 마사틀란의 루벤처럼 마약으로 생활비를 벌었다. 가끔씩 동화도 썼지만 출간하겠다고 나서는 출판사는 없었다. 적어도 린다의 말에 따르자면 마르크는 시인이었다. 당시에 마르크는 거의 매일 집 안에 틀어박혀 라디오를 듣거나 텔레비전을 시청하며 하루를 보냈다. 그리고 아침이면 밖으로 기어 나와 신문을 서너 부 구입했다. 옛 동기들을 만나거나 저명한 시인들의 수업을 청강하기 위해 학교에 갈 때도 있었다. 한두 번의 강연을 위해 버클리에 단기간 체류하던 시인들의 수업이었다. 그러나 그런 경우를 제외하면 마르크는 집, 또는 린다의 친구들이 놀러 오면 자기 방에 처박혀서 시간을 때웠다. 라디오를 듣거나 텔레비전을 보면서 제3차 세계 대전이 터지기를 기다렸던 것이다.

앤이 기대했던 것과는 다르게 폴은 순식간에 고인 물 신세가 되었다. 눈 깜짝할 새도 없이 벌어진 일이었

---

1 William Carlos Williams(1883~1963). 미국 시인. 20세기 초 미국 모더니즘을 계승한 시인이지만, 20세기 중후반의 시인들에게 상당한 영향을 끼쳤다. 특히 〈비트 제너레이션〉, 〈샌프란시스코 르네상스〉 등의 새로운 시 운동에 참여한 젊은 시인들을 옹호하며 그들의 멘토 역할을 담당했다.

2 Kenneth Rexroth(1905~1982). 미국 시인. 1950년대 〈샌프란시스코 르네상스〉에서 중심적인 역할을 담당했고 〈비트 제너레이션〉과도 밀접한 관계를 유지했다.

다. 처음에는 장학금이 끊기더니 곧이어 샌프란시스코 만(灣)의 화랑 주인들이 그의 그림에 관심을 잃었다. 결국 폴은 그림을 그만두고 문학을 공부하기 시작했다. 매일 오후에 폴과 앤은 린다와 마르크의 집을 찾아가서 월남전과 여행을 화제 삼아 오랫동안 대화를 나누었다. 폴과 마르크는 단짝이 될 정도는 아니었지만 몇 시간이고 서로에게 시를 읽어 주고(앤의 기억에 따르면, 그 당시 폴은 윌리엄 카를로스 윌리엄스[1]와 케네스 렉스로스[2]의 영향을 받은 시를 몇 편 썼다고 한다. 폴과 앤은 팔로알토에서 케네스 렉스로스가 낭송하는 것을 들은 적이 있었다) 술을 마시며 함께 있을 수 있었다. 반면에 앤과 린다는 자신들도 모르는 사이에 돈독한 사이가 되었다. 겉으로 보기에는 아무런 공통점이 없는 것 같았는 데도 말이다. 앤은 린다의 자신감과 자립심, 절충적인 생활 방식, 그리고 관습적인 규범을 경멸하면서도 타인을 존중하는 태도가 마음에 들었다.

린다가 임신을 하면서 마르크와의 관계가 급작스럽게 끝났다. 린다는 도날드슨 거리에 있는 집으로 이사했고 출산을 하기 며칠 전 혹은 몇 시간 전까지(앤은 정확히 기억하지 못했다) 직장에 나갔다. 마르크는 예전 집에 그대로 살았고 두문불출하는 습관은 한층 심해졌다. 처음에 폴은 이전처럼 마르크를 찾아갔다. 하지만 이내 이야기할 거리가 없음을 깨닫고 발길을 끊었다. 반면에 앤은 린다와 더욱 각별한 사이가 되었다. 주말이면 이따금씩 린다의 집에서 밤을 보내기까지 했다. 린다가 손님을 맞이하느라 바빠서 마음만큼 아이 곁에 있을 수 없었기 때문이다.

멕시코를 여행한지 1주년이 되었을 때, 폴과 앤은 다시 마사틀란을 찾았다. 이번에는 전과 상황이 달랐다. 폴은 해변의 작은 집을 빌리려 했지만 이미 세 든 사람이 있었다. 그래서 어쩔 수 없이 세 블록 정도 떨어진 곳의 방갈로 비슷한 집에 만족해야 했다. 마사틀란에 도착하자마자 앤은 끙끙 앓았다. 설사에다가 고열이 겹쳐 3일 동안 침대에서 몸을 일으킬 수조차 없었다. 첫날에 폴은 집에 머물며 앤을 돌보았지만 이후로는 몇 시간 동안 사라지기 시작하더니 하룻밤은 아예 집에 들어오지 않았다. 오히려 앤을 찾아온 사람은 루벤이었다. 앤은 폴이 밤마다 루벤이랑 싸돌아다닌 것을 눈치챘고, 처음에는 멕시코 사내를 증오했다. 그런데 셋째 날 밤에 몸이 한결 가뿐해졌을 즈음의 일이었다. 루벤이 새벽 두 시에 앤의 상태를 확인하려 방갈로에 들렀다. 둘은 새벽 다섯 시까지 대화를 나누다가 몸을 섞었다. 앤은 아직 몸이 완전치 않은 것 같다고 느꼈다. 폴이 반쯤 열린 문틈이나 창문을 통해 훔쳐보고 있다는 생각도 들었다. 하지만 이내 모든 근심 걱정이 사라졌다. 루벤의 다정한 손길과 기나긴 섹스에 온몸이 녹아내렸던 것이다.

다음 날 폴이 면상을 드러내자, 앤은 간밤의 일을 말해 주었다. 폴은 〈제길〉 하고 한마디 욕을 내뱉더니 군말을 덧붙이지 않았다. 그리고 앤에게 절대 보여 주지 않던 검은색 공책에 무언가를 끼적였다. 그것도 하루 나 이틀쯤 지나 그만두고 해변에서 늘어지게 잠을 자거나 술을 병나발로 불었다. 폴은 밤이면 아무 일 없었다는 듯이 루벤과 돌아다녔다. 그렇지 않은 날에는 그냥 방갈로에 머물렀다. 폴과 앤은 두 번 섹스를 시도했지만 결과는 만족스럽지 못했다. 앤은 다시 루벤과 잤다. 한번은 밤에 해변에서 사랑을 나누었고, 한번은 폴이 거실 소파에서 자는 동안 방에서 일을 벌였다. 시간이 지나면서 앤은 루벤이 폴을 질투하고 있음을 알아챘다. 하지만 셋이 함께 있을 때나 앤과 단둘이 있을 때만 그랬다. 밤에 폴과 마사틀란의 술집을 돌아다닐 때면 전혀 질투심이 생겨나지 않았던 것이다. 앤의 기억에 따르면 그럴 때는 둘이 영락없는 형제 사이로 보였다.

떠나기로 한 날이 밝았을 때, 앤은 멕시코에 남기로 결정했다. 폴은 앤을 이해했고 아무 말도 하지 않았다. 슬픈 이별이었다. 루벤과 앤은 폴이 짐을 꾸려 자동차에 넣는 일을 거들었다. 그리고 앤은 낡은 사진첩을, 루벤은 테킬라 한 병을 폴에게 선물했다. 폴은 마땅한 선물을 준비하지 못했지만 수중에 남은 돈의 절반을 앤에게 떼어 주었다. 폴이 떠나고 단둘이 남게 되자 루벤과 앤은 방갈로에 틀어박혀 3일 내내 섹스만 했다. 얼마 뒤에 앤의 돈이 바닥났다. 루벤은 〈더 프로그〉 입구에서 예전처럼 마약을 팔았다. 앤은 방갈로를 떠나 루벤의 집에 들어가 살게 되었다. 바다가 보이지 않는 도시 변두리에 위치한 집이었다. 사실 그 집은 루벤의 할머니 댁이었다. 할머니는 어부 일을 하는 마흔 살배기 노총각 맏이와 손자와 더불어 살고 계셨다. 그런데 순식간에 일이 꼬였다. 루벤의 할머니는 앤이 속살을 드러낸 채 집안을 돌아다니는 꼴이 보기 싫었다. 그리고 어느 날 오후에는 앤이 욕실에 있을 때 루벤의 삼촌이 들어와서 자자고 꼬드겼다. 돈을 주겠다는 것이었다. 물론 앤은 거절했지만 딱 부러지는 태도를 보이지는 않았다(앤은 그에게 상처를 주고 싶지 않았다고 기억했다). 그랬더니 이튿날 루벤의 삼촌은 한번 대달라며 재차 지폐를 내밀었다.

앞으로 벌어질 일은 상상도 못한 채, 앤은 루벤에게 사실을 고했다. 그날 밤 루벤은 부엌칼을 집어 들고 삼촌을 죽이려 했다. 앤의 기억하는 바로는 동네 사람들을 다 깨울 정도로 고성이 오갔다. 그런데 놀랍게도 귀머거리들만 사는지 아무런 반응이 없었다. 다행히 루벤의 삼촌이 더 힘이 세고 싸움에도 능했기 때문에 금방 칼을 빼앗았다. 하지만 루벤은 끝장을 보겠다는 심보였는지 삼촌의 머리를 향해 꽃병을 던졌다. 삼촌이 날아오는 꽃병을 피하는 순간에 할머니가 자기 방에서 나오셨다. 앤이 이제껏 보지 못한 새빨간 잠옷을 입으신 채로 말이다. 그리고 재수가 없으려니까 하필이면 가슴팍에 꽃병을 얻어맞으셨다. 삼촌은 루벤을 몽둥이로 후려치고는 할머니를 병원으로 모셔 갔다. 할머니와 삼촌은 병원에서 돌아와 노크도 없이 앤과 루벤의 침실로 쳐들어왔다. 그리고 몇 시간 말미를 줄 테니 집에서 나가라고 말했다. 온몸이 멍투성이였던 루벤은 발을 옮기기도 쉽지 않았다. 그러나 삼촌이 어찌나 무서웠던지 두 시간도 지나기 전에 자동차 안에 살림살이를 다 쟁여 넣었다.

앤과 루벤은 루벤의 가족이 사는 과달라하라로 향했다. 그렇지만 고작 나흘 동안 그곳에 머물렀을 뿐이다. 첫날은 루벤의 누나 집에서 잤다. 숨 막힐 듯 후텁지근한데다 시끄러운 꼬마들로 북적대는 집이었다. 루벤과 앤은 세 아이와 방을 같이 썼다. 이튿날 아침이 밝자마자 앤은 여관으로 옮기기로 마음먹었다. 그런데 수중에 돈이 한 푼도 없었다. 다행히 루벤에게 여분의 마리화나와 마약 성분의 알약이 남아 있었다. 루벤은 과달라하라에서 약을 팔기로 했다. 첫날은 말짱 허탕이었다. 과달라하라에 익숙하지 않았던 터라 거래처가 어디인지 몰랐기 때문이다. 루벤은 지친 얼굴을 한 채 빈손으로 여관에 돌아왔다. 그날 밤, 둘은 밤이 이슥할 때까지 대화를 나누었다. 그러다 루벤이 한숨을 푹 내쉬며 여관비와 기름 값을 구하지 못하면 어떻게 할까 물었다. 앤은 (당연히 농담으로) 자기가 몸을 팔면 되지 않느냐고 말했다. 루벤은 농담을 이해하지 못하고 앤의 뺨을 올려붙였다. 앤은 처음으로 남자한테 맞아 보는 것이었다. 멕시코 사내는 차라리 은행을 털겠다고 내뱉더니 앤을 잡아먹을 듯이 덮쳤다. 〈내 평생 가장 이상한 섹스 중 하나였지.〉 앤은 그때를 회상하며 이렇게 말했다. 앤의 눈에는 여관방 벽이 살코기처럼 보였다. 날고기 같기도 했고 구운 고기 같기도 했다. 그리고 몸을 섞으면서 줄곧 벽을 보고 있었는데, 무언가 움직이는 모습이 눈에 들어왔다. 존 카펜터의 공포 영화에서처럼 불규칙한 표면을 따라 날래게 달음질치는 모습이었다는 것이다. 하지만 나는 카펜터의 영화에서 그런 장면을 본 기억이 없다.

이튿날 루벤이 남아 있던 마약을 팔았고, 둘은 멕시코시티로 향했다. 그들은 라비야 인근에 있는 루벤의 어머니 집에서 살았다. 당시에 내가 살던 동네와 지척간이었다. 〈그때 너를 보았다면 아마도 사랑에 빠졌을 거야.〉 나는 몇 년 뒤에 앤에게 그렇게 말했다. 그러자 앤은 〈그랬을 지도 모르지〉 하고 대꾸했다. 그리고 곧장 다음과 같은 말을 덧붙였다. 〈내가 그때 젊은 남자였다면 나 같은 여자를 사랑하지 않았을 거야.〉

앤은 두세 달 쯤 정도 자기가 루벤을 사랑하고 있다고 생각했다. 멕시코에 남아 여생을 보내겠다는 마음도 있었다. 하지만 어느 날 부모님께 전화를 걸어 비행기 삯을 보내 달라고 부탁했다. 그리고 루벤에게 작별을 고한 뒤 샌프란시스코로 돌아왔다. 앤은 여종업원 일자리를 구하기 전까지 린다네 집에 얹혀살았다. 이따금은 앤이 일을 마치고 돌아오면 린다가 깨어 있는 경우도 있었다. 그럴 때면 둘은 밤늦게까지 수다를 떨었다. 폴과 마르크를 대화의 주제로 삼는 날도 있었다. 폴은 혼자 사는 중이었고 다시 그림을 그리기 시작했다. 물론 예전만큼 많이 그리지 않았고 전시회는 꿈도 못 꾸는 형편이었다. 린다의 의견으로는 그림 자체가 아주 형편없다는 것이었다. 마르크는 여전히 라디오를 듣고 텔레비전 광고까지 죄다 챙겨 보며 집에 틀어박힌 채였다. 이제는 친구들도 다 떨어져 나간 상태였다. 그런데 앤에 따르면, 마르크는 몇 년 뒤에 시집을 출간했다고 한다. 버클리 대학생들 사이에서 어느 정도 평판도 얻었다. 낭송회를 개최하고 강연회에 참석하기까지 했다. 애인을 사귀고 동거인을 구하기에 안성맞춤인 때인 것 같았다. 그러나 소란스럽던 반응이 잦아지고 나자, 마르크는 재차 집안에 틀어박혔다. 앤은 이후로 그의 소식을 듣지 못했다.

얼마 뒤에 린다는 래리라는 남자와 동거에 들어갔고, 앤은 버클리에서 카페 근처의 자그마한 아파트를 빌렸다. 겉으로는 만사가 순조로웠다. 하지만 앤은 자기가 터지기 일보 직전인 상태라는 것을 예감했다. 갈수록 이상한 꿈을 꾸는 데다 자꾸만 우울증에 빠지고 수시로 기분이 변했기 때문이다. 그 무렵 두어 명의 남자를 만났지만 실망만 느꼈다. 때로는 폴을 찾아가기도 했는데, 얼마 못 가 발길을 끊었다. 훈훈한 분위기로 시작했던 만남은 거의 예외 없이 폭력적인 장면(폴은 스케치나 그림을 찢어발겼다)이나 눈물을 펑펑 쏟으며 자책하고 탄식하는 식으로 끝났기 때문이다. 앤은 가끔씩 루벤을 떠올리곤 자기가 얼마나 순진했던가 생각하며 쓸쓸히 웃었다. 그러다 어느 날 찰스라는 남자를 만나 사귀게 되었다.

앤은 찰스의 모습을 떠올리며 〈폴과는 완전히 딴판인 사람이었지. 그렇지만 따지고 보면 폴과 판박이였어〉하고 말했다. 찰스는 흑인이었고 수입원은 한 군데도 없었다. 그는 말하기를 좋아하고 남의 말도 잘 들어주는 사람이었다. 찰스와 앤은 때때로 섹스를 하고 대화를 나누면서 밤을 지새웠다. 찰스는 어릴 때와 청소년 시절의 이야기를 즐겨 했다. 마치 그 시절의 일들에 못 보고 지나친 삶의 비밀이 숨어 있다는 태도였다. 반면에 앤은 바로 그 당시에 겪던 일들에 대해 이야기하는 편을 좋아했다. 자신의 두려움과 잔뜩 웅크린 채 기회만 엿보다가 어느 때고 폭발할 것 같은 기분에 대해서도 곧잘 털어놓았다. 앤은 전과 마찬가지로 침대에서의 관계는 최악이었다고 기억했다. 아마도 새로운 사람과 잔다는 것 때문인지 처음 며칠간은 만족스러웠고, 어떤 날에는 혼이 나갈 정도로 좋았다. 그렇지만 얼마 지나지 않아 예전과 똑같은 상태로 돌아갔다. 그때 앤은 실수를 하나 저지르고 말았다. 나중에 거리를 두고 보았을 때 엄청난 실수라고 여겼던 일이다. 침대에서 느낌이 어떤지 그를 포함해 남자들과 잘 때 어떤 느낌이었는지 찰스에게 말했던 것이다. 처음에 찰스는 무슨 말을 해야 할지 모르는 것 같았지만 며칠 뒤에 넌지시 이런 말을 던졌다. 불감증이라는 상황을 십분 활용해 물질적인 이득을 챙길 수 있지 않느냐고. 앤은 며칠이 지나고야 찰스가 말하려고 했던 바를 이해했다.

몸을 팔아 보라는 소리였던 것이다.

당시에 앤은 찰스에게 애정을 느꼈기 때문에 그의 제안을 받아들였을 수도 있다. 아니면 한번 시험 삼아 해보는 것도 재미있겠다 싶었을 것이다. 어쩌면 폭발하는 순간을 앞당길 수 있다고 생각했던 것인지도 모른다. 찰스는 앤에게 빨간 드레스와 빨간 하이힐을 짝으로 사주더니, 자기 몫으로는 권총을 하나 구입했다. 앤에게 직접 말했던 바에 따르면, 총 없는 포주는 주름 없는 번데기와 같다는 것이었다. 앤은 자동차로 버클리에서 샌프란시스코로 이동하는 도중에 처음으로 총을 보았다. 담배나 뭐 비슷한 것을 찾아볼까 조수석 수납함을 열었다가 소스라치게 놀랐던 것이다. 찰스는 놀랄 필요 없다고 안심시키며 권총은 앤과 자신을 위한 생명 보험이나 다름없다고 말했다. 찰스는 손님을 데려와야 할 호텔을 집어 주고 동네를 몇 바퀴 돌았다. 그리고 여자를 찾는 남자들이 드나드는 술집 입구에 앤을 내려놓았다. 찰스는 앤에게 숨어서 지켜보겠다고 장담했지만, 십중팔구 다른 술집으로 이동해 친구들과 한탕 떠들고 놀았을 것이다.

앤은 그때를 회상하며 평생 그렇게 창피했던 적은 없었다고 털어놓았다. 술집에 들어가 바에 앉는 순간에 수치심은 극에 달했다. 자기가 첫 번째 손님을 낚기 위해 그곳에 앉아 있음을 온몸으로 느꼈던 것이다. 술집에 있는 사람들도 모두 그 사실을 알고 있을 터였다. 빨간 드레스도 빨간 하이힐도 찰스의 권총도 모두 저주스러웠다. 터질 것 같으면서도 터지지 않는 폭발의 순간도 마냥 저주스러웠다. 하지만 간신히 정신을 다잡아 마티니 더블을 주문했다. 그리고 의연한 태도로 종업원과 대화를 나누기 시작했다. 앤은 종업원과 더불어 권태에 대해 이야기했다. 종업원은 권태라면 꿰고 있다는 듯이 말했다. 잠시 뒤에 쉰 살 남짓의 사내가 합세했다. 키가 작고 살이 통통한 것만 빼면 아버지와 꼭 닮은 남자였다. 앤은 사내의 이름을 잊어버렸다고 말했고 어쩌면 아예 몰랐을 수도 있지만, 편의상 그를 잭이라 부르자. 잭은 앤의 술값을 대신 치르고 밖으로 나가자고 제안했다. 앤이 둥그런 의자에서 몸을 떼려는 순간, 종업원이 다가와 긴히 전할 얘기가 있다고 말했다. 앤은 종업원이 권태에 대해서 무언가 이야깃거리가 떠올라 귓속말을 하려는가 생각했다. 종업원은 바 안쪽에서 몸을 쭉 빼더니 다시는 이 술집에 드나들지 말라고 속삭였다. 종업원은 다시 원래의 자세대로 돌아가 앤의 눈을 마주 보았다. 앤은 알았다고 대답하곤 밖으로 나갔다. 아버지를 닮은 남자는 차도에서 기다리고 있었다. 앤은 잭의 자동차를 타고 찰스가 미리 일러 준 호텔로 데려갔다. 차를 타고 이동하던 짧은 시간 동안, 앤은 관광객처럼 줄곧 거리를 살펴보았다. 크게 기대는 하지 않았지만 어느 현관이나 골목 어귀에서 찰스의 모습을 찾아보려 했던 것이다. 역시나 찰스는 코빼기도 보이지 않았다. 앤은 우리의 포주 선생께서 분명히 술집에 있을 거라고 결론지었다.

아버지를 닮은 사내와의 만남은 길지 않았다. 그러나 생각과는 달리 아예 삭막한 것만은 아니었다. 앤은 잭이 자리를 떠난 뒤에 택시를 타고 집으로 돌아왔다. 바로 그날 밤, 앤은 모든 게 끝났고 더 이상 꼴도 보기 싫다고 찰스에게 말했다. 〈아직 새파란 청년이던 찰스의 소원은 창녀를 하나 손에 넣는 것이었지.〉 앤은 그때를 떠올리며 이렇게 말을 이었다. 〈그는 자기의 소망이 좌절된 탓인지 울먹거렸지만 끝내는 담담하게 받아들였어.〉 앤은 나중에 버클리의 카페에서 찰스를 다시 보았다. 야간 근무를 하던 중이었는데 찰스가 친구들과 함께 나타났던 것이다. 찰스는 친구들이랑 앤을 손가락질하며 놀려 댔다. 이전에 티격태격하며 싸우던 것보다 짜증나는 일이었다. 싸구려 옷을 걸친 꼴로 보아 매춘의 세계에 뛰어든 것은 아닌 듯 했다. 물론 앤은 굳이 물어보거나 하지는 않았다.

뒤이은 몇 년은 파란만장했다. 한동안 앤은 친구 여럿과 마르티스 호수 근처의 오두막에 살았다. 그리고 폴과 다시 잠자리를 같이 했으며, 대학에서 문예 창작 수업을 들었다. 때로는 그레이트폴스의 부모님께 안부 전화를 드렸다. 부모님이 샌프란시스코에 찾아와 이삼일 정도 머물다 가실 때도 있었다. 수전은 약사와 결혼해서 시애틀에 자리를 잡은 터였다. 폴은 컴퓨터 관련 용품을 팔게 되었다. 가끔씩 왜 다시 그림을 그리지 않느냐고 물어보면, 폴은 꿀 먹은 벙어리인 양 대답을 피했다. 앤은 해외여행도 몇 번 다녀왔다. 멕시코에는 두어 번 정도 잠시 머물렀다. 밴을 타고 과테말라를 여행하다 경찰에 붙잡힌 적도 있었다. 하룻밤 유치장 신세를 졌는데, 동행하던 친구 한 명이 막대기로 얻어맞았다. 캐나다도 다섯 번 정도 찾아가 밴쿠버에 사는 친구 집에 머물렀다. 린다처럼 동화를 쓰는 여자애로 세상과 거리를 두고 싶어 하는 친구였다. 하지만 앤은 언제나 샌프란시스코로 돌아왔다. 그리고 그곳에서 토니라는 남자를 만나게 되었다.

토니는 한국인이었고 불법 체류 노동자가 대다수인 의류 공장에서 일했다. 앤은 토니가 폴의 친구의 친구였는지 린다의 친구였는지 카페 동료의 친구였는지 기억나지 않는다고 했다. 하지만 그에게 첫눈에 반했다는 것만은 분명히 기억했다. 토니는 매우 다정하고 솔직한 사람이었다. 이렇게 솔직한 남자는 생전 처음이었다. 처음으로 함께 영화(미켈란젤로 안토니오니의 영화였다)를 보러 갔을 때의 일이었다. 토니는 극장에서 나오며 지루해 죽는 줄 알았다고 서슴없이 말했다. 또 자기가 숫총각이라는 사실까지 거리낌 없이 고백했다. 하지만 토니와 처음 몸을 섞으면서, 앤은 토니의 잠자리 기술에 깜짝 놀랐다. 이때껏 만났던 애인들은 상대도 안 될 만큼 뛰어났기 때문이다.

얼마 후에 앤은 토니와 결혼했다. 딱히 결혼을 생각해 본 적도 없지만, 토니가 체류 허가를 받을 수 있게 감행했던 것이다. 그러나 캘리포니아가 아니라 토니의 친척이 사는 대만까지 날아가서 결혼식을 올렸다. 결혼식이 끝나자 토니는 한국으로 건너가 가족을 방문했고, 앤은 필리핀으로 날아가 대학 동기를 만났다. 그 친구는 전도유망한 필리핀 변호사와 결혼해 몇 년째 마닐라에 사는 중이었다. 앤과 토니는 미국으로 돌아와 토니의 친지가 살고 있던 시애틀에 살림을 차렸다. 그리고 각자 저축한 돈과 부모님께서 주신 돈을 모아 과일 가게를 차렸다.

앤은 토니와 함께 했던 생활을 잔잔한 호수에 비유했다. 밖에서는 매일 폭풍이 몰아치던 때였다. 모든 사람들이 집단적인 감정의 폭발을 이야기했다. 사람들은 각자 언제 터질지 모르는 지진의 위협을 느꼈다. 하지만 토니와 앤은 자그마한 구멍에 몸을 숨겼다. 그곳에서는 어떤 식으로든 평온함이 가능했다. 앤은 그때를 떠올리며 〈짧은 순간이나마 평온함을 느낄 수 있었지〉하고 말했다.

흥미로운 사실 하나. 토니는 포르노 영화를 좋아해서 자주 앤을 극장에 데려갔다. 물론 앤은 그런 종류의 영화관에 가보고 싶은 생각도 없었다. 앤은 포르노에서 남자들이 상대방의 가슴이나 엉덩이나 얼굴 등 항상 밖에다 사정하는 장면을 보며 충격을 받았다. 처음에는 포르노 영화관에 가는 것 자체가 창피했다. 그러나 토니는 전혀 창피함을 느끼지 않는 것 같았다. 합법적인 영화인데 부끄러워할 까닭이 무엇이냐는 것이었다. 결국 앤은 따라가지 않기로 결정했고, 토니는 혼자 포르노를 보러 다녔다. 흥미로운 사실 하나 더. 토니는 일벌레였다. 이제껏 사귀었던 남자들과는 비교도 안 될 만큼 일을 열심히 했다. 마지막으로 하나 더. 토니는 화를 내는 법도 논쟁을 하는 법도 없었다. 다른 사람이 자신과 의견을 함께 나누는 것은 아예 쓸모없는 일이라고 여기는 듯 했다. 세상 누구든 길을 잃고 사는 거나 마찬가지인데, 서로 같은 처지에 길을 가르쳐 준다는 생각은 오만이라는 것 같았다. 사실 그 길은 아무도 모르는 데다가 어쩌면 아예 없는 것인지도 몰랐다.

어느 날, 앤은 시애틀을 떠났다. 토니를 사랑하는 마음이 식은 까닭이었다. 앤은 샌프란시스코로 돌아가 폴과 잠자리를 같이 했다. 그리고 다른 남자들과도 몸을 섞었고, 한동안 린다의 집에 얹혀살았다. 토니는 필사적이었다. 밤마다 앤에게 전화를 걸어 왜 자기를 버렸는지 캐물었다. 그러면 앤은 반복해서 이유를 설명해주었다. 어쩌다 보니 그렇게 되었다는 둥, 사랑은 식기 마련이라는 둥, 그와 함께 했던 이유는 아마 사랑이 아니었다는 둥, 무언가 변화가 필요했다는 둥 말이다. 토니는 몇 달이 지나도록 끈질기게 전화를 걸었다. 앤이 결혼을 파기하기까지 이른 연유들을 알고 싶다는 것이었다. 한번은 토니의 누나에게서 전화가 걸려 왔다. 토니의 누나는 동생에게 딱 한 번의 기회만 달라고 간곡히 부탁했다. 그레이트폴스에 있는 앤의 부모님에게 전화를 걸었던 사실도 털어놓았다. 달리 어떻게 해야 할지 몰라서 그랬다는 것이었다. 앤은 그 사실을 듣고 소름이 오싹했지만, 열성만큼은 참 대단하다고 생각했다. 토니의 누나는 끝내 울음을 터뜨렸다. 그리고 밤늦게 미안하다고 사과하며(자정이 지난 때였다) 전화를 끊었다.

토니는 두 번 샌프란시스코에 찾아왔다. 앤의 마음을 되돌리려는 요량이었다. 그들은 수도 없이 전화로 대화를 나누었다. 마침내 토니는 현실을 받아들이는 것 같았다. 그렇지만 전화는 끊이지 않았다. 토니는 대만 여행과 결혼식을 자주 입에 올렸다. 그들이 함께 본 것들에 대해서도 즐겨 이야기했다. 그는 앤에게 필리핀이 어땠냐고 물었고, 한국에 관한 이야기도 늘어놓았다. 필리핀에 함께 가지 않은 것을 후회할 때도 있었다. 그러면 앤은 자기가 그렇게 원했던 것이라고 기억을 되살려 줘야 했다. 앤이 과일 가게는 장사가 잘 되냐고 물어보면, 토니는 단마디를 더듬대다 재빨리 화제를 전환했다. 어느 날 저녁, 토니의 누나에게서 또 전화가 왔다. 처음에는 웅얼거리는 소리 밖에 들리지 않았다. 그래서 앤은 크게 말해 달라고 부탁했다. 토니의 누나는 별 차이가 없을 정도로 살짝 목소리를 높였다. 그리고 그날 아침에 토니가 자살했다는 소식을 전하더니, 원한이라고는 묻어나지 않는 어조로 장례식에 참석할 생각이 있느냐고 물어보았다. 앤은 그렇다고 대답했다. 이튿날 아침, 앤은 시애틀행 비행기 대신에 다른 비행기를 타고 몇 시간 뒤 멕시코시티에 도착했다. 토니는 22살이었다.

앤이 멕시코시티에 머무는 동안, 나는 다시 앤과 마

주쳤을 수도 있었다. 앤은 그렇게 생각하지 않지만, 어쩌면 앤을 사랑하게 되었을 지도 모른다. 앤은 그때를 마치 꿈속에 살고 있는 것처럼 비현실적인 날들로 기억했다. 그렇지만 시간을 내어 관광지를 방문하기도 했다. 실은 도시에 있는 박물관을 비롯해 유적지를 거의 다 돌아보았던 것이다. 신대륙 발견 이전의 유적지들은 수많은 건물과 길거리의 자동차들 틈에 아직 남아 있었다. 앤은 루벤을 찾아보기도 했지만 끝내 그를 만나지 못했다. 그러다 두 달 후에 시애틀행 비행기를 타고 토니의 무덤을 찾아갔다. 앤은 묘지에 서 있다가 정신을 잃고 쓰러질 뻔했다.

이어지는 몇 년은 전광석화처럼 빠르게 지나갔다. 너무 많은 남자를 만났고 너무 많은 직업을 전전했다. 모든 게 과도했던 시기였다. 하룻밤은 카페에서 일하다가 랄프와 빌이라는 형제와 친해졌다. 그날 밤, 앤은 둘과 함께 섹스를 했다. 그런데 랄프랑 할 때도 빌의 눈을 바라보았고, 빌과 할 때는 눈을 감고서도 계속 빌의 눈을 바라보았다. 다음 날 저녁 빌이 찾아왔다. 이번에는 혼자였다. 그날 밤 둘은 함께 잤는데, 몸을 섞기보다는 말을 섞는 데 열중했다. 빌은 막노동꾼이었다. 그는 굳세면서도 서글픈 시선으로 세상을 바라보는 남자였다. 앤이 세상을 대하는 시선과 크게 다르지 않았다. 둘은 막내였고 1948년에 태어났고 외모도 유사했다. 한 달도 지나지 않아 둘은 동거를 결정했다. 그맘때쯤 앤은 수전의 엽서를 받아 보았다. 수전은 이혼하고 알코올 의존증 치료를 받는 중이었다. 엽서에는 일주일에 한 번, 어떨 때는 두 번 이상 알코올 의존자 모임에 참여하고 있으며, 이 모임을 통해 새로운 세상에 눈뜨게 되었노라고 적혀 있었다. 앤은 흔해 빠진 샌프란시스코 관광 엽서에 답장을 써 보냈다. 사실상 아무런 느낌도 없는 말들을 늘어놓다가, 다 쓰고 나서는 빌과 자기 자신에 대해 생각했다. 마침내 인생에서 무언가를 찾아낸 것만 같았다. 드디어 나만의 알코올 의존자 모임을 찾아냈구나 싶었다. 꼭 붙잡을 수 있는 단단한 무엇을 찾은 것 같았다. 매달려서 몸을 흔들고 균형을 잡을 수 있는 높은 가지를 찾은 것 같았다.

빌과 만나면서 유일하게 문제가 되었던 것은 그의 형이었다. 때때로 랄프는 술고래가 되어 자정에 집을 찾아왔다. 그리고 빌을 침대에서 끌어내 별의별 얘기를 다 늘어놓았다. 빌과 랄프는 청소년 시절에 살던 다코타의 어떤 마을을 입에 올렸다. 죽음과 사후 세계에 대해서도 이야기했다. 랄프는 아무것도 없다는 입장이었고, 빌은 무언가 있을 거라는 입장이었다. 인간의 삶에 대해서도 설을 늘어놓았다. 배우고, 일하고, 죽는 것이 인간이라는 것이었다. 점점 횟수가 줄기는 했지만 앤은 때때로 대화에 참여했고, 자신이 랄프에게 감탄하고 있다는 사실을 인정해야 했다. 랄프는 똑똑했다. 아니, 다른 사람의 논리에서 허점을 짚어 내는 데 탁월한 재주가 있었다. 하지만 어느 밤인가 랄프가 앤과 자고 싶다고 말한 뒤로는 둘 사이가 소원해졌고 랄프는 더 이상 집으로 찾아오지 않았다.

반년 동안 동거를 한 뒤에, 앤과 빌은 시애틀로 이사했다. 앤은 가전제품 판매점에 취직했고, 빌은 30층짜리 건물의 건설 현장에서 일했다. 이렇게 경제적으로 형편이 넉넉한 것은 처음이었다. 빌은 집을 사서 시애틀에 정착하자고 제안했지만, 앤은 집 사는 일은 나중으로 미루는 편이 낫겠다고 말했다. 결국 그들은 세 가구만 들어 살고 정원을 함께 쓰는 다세대 주택에 방을 하나 빌리는 데 만족했다. 앤은 정원에서 떡갈나무와 너도밤나무를 보았다고 기억했다. 건물 벽은 담쟁이덩굴로 뒤덮여 있었다.

〈미국에서 살던 동안 가장 조용했던 몇 해였지.〉 앤은 그때를 회상하며 이렇게 말했다. 하지만 앤은 어느 날 갑자기 병에 걸려 쓰러졌다. 진단에 따르면 중병이라고 했다. 앤은 시건 때건 화를 내며 빌이나 그의 친구들의 대화에 넌더리를 쳤다. 심지어 공사장 옷을 입고 집으로 돌아오는 빌의 얼굴은 꼴도 보기 싫었다. 직장에 나가는 것도 도저히 견딜 수 없었다. 그래서 어느 날 일을 때려치우고 가방에 옷가지를 쑤셔 넣은 뒤에 시애틀 공항으로 향했다. 어디로 향하는 비행기를 탈지 뚜렷한 계획도 없었다. 어쨌든 우선 그레이트폴스의 집으로 가고 싶었다. 의사인 아버지께 상의하면 분명한 답이 나올 거라 생각했다. 하지만 막상 공항에 도착해 보니 다 부질없는 짓 같았다. 앤은 다섯 시간 동안 시애틀 공항에 앉아 자신의 삶과 질병을 생각했다.

둘 다 실체가 없는 것처럼 느껴졌다. 미묘한 속임수가 숨어 있는 공포 영화 같았다. 겉보기에는 공포 영화 같지 않지만 관객이 소리를 지르거나 눈을 감게 만드는 그런 종류의 영화 말이다. 울고 싶었지만 눈물이 나오지 않았다. 앤은 발길을 돌려 집으로 돌아가 빌이 오기만을 기다렸다. 빌이 집에 도착하자 앤은 그날 있었던 일을 모두 털어놓았다. 어떻게 생각하느냐 물었더니 빌은 전혀 이해할 수 없다면서도 자기를 믿고 의지하라고 말했다.

하지만 일주일 뒤에 모든 일이 틀어지고 말았다. 빌과 앤은 술에 취해 말다툼을 벌이다가 섹스를 하고, 자동차를 몰아 낯선 동네를 헤매고 다녔다. 물론 앤은 그날 있었던 일을 어렴풋하게 기억할 뿐이었다. 그날 밤에 몇 번이나 사고를 당할 뻔도 했다고 말했다. 이후로는 상황이 더욱 악화 일로였다. 몇 달 뒤에 앤은 수술을 받았지만 말끔히 완치된 것은 아니었다. 일시적으로 병세가 진정되었으나 계속해서 약을 복용하고 정기적으로 진찰을 받아야 했다. 앤의 말에 따르면, 병이 도지는 날에는 치명적일 수도 있었기 때문이다.

이후 몇 달 동안은 특별한 사건이 없었다. 앤과 빌은 그레이트폴스에 가서 성탄절 휴가를 보냈다. 수전은 다시 술독에 빠져든 상태였다. 린다는 여전히 샌프란시스코에서 마약을 팔았다. 주머니 사정은 넉넉했지만 애정 전선은 불안정한 터였다. 폴은 집을 샀다가 금세 팔아 버렸다. 주로 저녁때에 가끔씩 앤과 통화를 하기도 했다. 둘은 생판 모르는 사람처럼 차가운 태도로 대화를 나누었다. 앤이 생각하기에 핵심이 되는 주제는 피하는 것 같았다. 하룻밤에는 빌이 섹스를 하던 도중 아이를 갖자고 넌지시 말했다. 앤은 차분한 목소리로 〈싫어〉 하고 짧고 간단히 대답했다. 그리고 아이를 갖기에는 너무 젊다고 덧붙였다. 하지만 마음속으로는 언제라도 소리를 내지를 것 같은 기분을 느꼈다. 어디까지 차오르면 소리를 지르게 되려는지 그 한계점을 똑똑히 느끼고 눈에 그려 볼 수 있을 정도였다. 〈마치 이 세상의 가장 커다란 동굴 속에서 눈을 뜨는 기분이었지.〉 앤은 그때를 떠올리며 이렇게 말했다. 그 무렵 병이 도졌고 의사들은 재수술을 감행하기로 결정했다. 앤은 기운이 쪽 빠졌다. 빌도 마찬가지였다. 그 당시 둘은 두 마리 좀비 같았다. 앤이 유일하게 즐기던 일은 독서였다. 손에 들어오는 책이라면 뭐든지 읽었다. 수필이나 미국 소설을 즐겨 읽었지만, 시집과 역사책도 마다하지 않았다. 앤은 밤이면 잠을 이루지 못하고 아침 6시나 7시까지 깨어 있기가 일쑤였다. 잠잘 때는 소파를 이용했다. 빌과 함께 쓰는 방에 들어가 같은 침대에 눕는다는 것은 고역이었기 때문이다. 빌을 원하지 않아서도 빌이 역겨워서도 아니었다. 때때로 방에 들어가 잠시 빌의 잠자는 모습을 바라보기도 했던 것이다. 단지 그의 옆에 마음 편히 누워 있기가 불가능했을

---

3 Willa Siebert Cather(1873~1947). 미국 소설가. 미국 대평원의 생활을 다룬 『나의 안토니아 *My Ántonia*』(1918) 등의 소설을 썼다.

뿐이다.

재수술을 받고 앤은 두어 개의 여행 가방에 옷가지와 책을 챙겨 넣었다. 그리고 이번에는 정말로 시애틀을 떴다. 처음에는 샌프란시스코로 갔다가 나중에 유럽행 비행기를 탔다.

앤은 딱 두어 주 분의 생활비만 지니고 스페인에 도착했다. 마드리드에 사흘간 머물다가 바르셀로나로 갔다. 폴의 친구라는 사람의 주소가 있었지만 전화를 했더니 아무도 받지 않았다. 앤은 아침, 점심, 저녁으로 폴의 친구에게 전화를 걸었다. 혼자서 도시를 거닐고 시우다델라 공원의 의자에 앉아 책을 읽으며 일주일을 기다렸다. 람블라스 거리에 있는 여관에 투숙하면서 식사는 카스코 안티구오 지역의 허름한 식당에서 해결했다. 알게 모르게 조금씩 불면증이 사라졌다. 하루는 오후에 빌에게 수신자 부담 전화를 걸었지만 통화가 되지 않았다. 이어서 부모님께 전화를 걸었지만 마찬가지로 집에 없었다. 앤은 텔레포니카 건물에서 나오다가 전화박스 옆에 멈춰서 폴의 친구에게 재차 전화를 걸었다. 역시나 아무도 전화를 받지 않았다. 그 사람이 죽은 게 아닐까라는 생각이 순간적으로 머리를 스쳤다. 하지만 이내 그러한 생각을 떨쳐 버렸다. 외로움과 죽음은 엄연히 다른 문제니까 말이다. 앤은 그날 밤에 늦게까지 책을 읽으려 했으나 결국 잠들고 말았다고 했다. 읽으려던 책은 윌라 카터[3]의 전기로 떠나기 전에 린다가 선물해 준 것이었다.

이튿날 앤은 폴에게 수신자 부담 전화를 걸었고 드디어 통화에 성공했다. 바르셀로나에 산다던 친구 이야기를 꺼냈다. 하지만 자기의 주머니 사정에 대해서는 말을 아꼈다. 폴은 잠시 생각에 잠기더니 대안이 떠올랐다고 말했다. 친구라고 말하기까지는 그렇지만, 아무튼 자기가 아는 여자에게 전화를 걸어 보라는 것이었다. 글로리아라고 하는 이 여자는 마요르카에 살고 있지만 히로나에 집을 한 채 갖고 있으며, 마흔이 넘어 음악 공부를 시작해 지금은 팔마시 교향악단인가에서 연주자로 활동하는 사람이라고 했다. 폴은 어쩌면 그 친구도 연락이 안 될지 모른다고 덧붙였다. 적어도 앤이 기억하는 바로는 그렇게 말했다. 앤은 폴과 전화를 끊고 그레이트폴스에 있는 수전에게 전화를 걸어 바르셀로나로 돈을 좀 부쳐 달라고 부탁했다. 수전은 당장 그날 안으로 돈을 보내 주겠다고 약속했다. 언니의 목소리는 이상했다. 자다가 깨었거나 술에 취한 상태로 전화를 받은 것 같았다. 언니가 술에 취한 상태일지도 모른다는 생각에 앤은 걱정이 앞섰다. 송금해야 한다는 것을 까먹을지도 몰랐기 때문이다.

그날 밤, 앤은 람블라스 거리에 있는 공중전화에서 글로리아에게 두 번 전화를 걸었다. 두 번째에 전화가 통했고, 앤은 자기의 처지를 늘어놓았다. 15분 정도 대화를 나눈 뒤, 글로리아는 빌라데물스에 있는 자기 집에 와서 머무르라고 말했다. 빌라데물스는 호수로 유명한 바뇰레스 근교의 마을이며 우선 돈 문제는 신경

쓸 필요 없고 나중에 직장을 구하면 갚아도 된다는 것이었다. 앤이 집에는 어떻게 들어갈 수 있냐고 묻자, 글로리아는 미국인 둘과 집을 같이 쓰는데 앤이 도착할 때면 적어도 둘 중 하나는 분명히 집에 있을 거라고 답했다. 앤은 글로리아의 목소리를 떠올리며 따뜻한 목소리는 아니었지만 가식적인 목소리도 아니었다고 말했다. 곧장 뉴잉글랜드 출신이 아니라는 것을 알게 됐지만 그쪽 악센트가 살짝 섞여 있었다. 또 린다의 목소리처럼(그보다는 콧소리가 덜했다) 홀로 길을 걷는 여성의 객관적인 목소리였다. 홀로 걷는 여성의 이미지는 서부 영화를 떠올리게 했다. 실제 서부 영화에서는 그런 여자가 드물었지만, 앤이 생각한 이미지는 바로 그것이었다.

앤은 수전이 송금하기를 기다리며 이틀을 더 바르셀로나에서 머물렀다. 그리고 여관 삯을 치르고 빌라데물스로 향했다. 겨울에는 기껏해야 50명, 여름에는 2백 명 남짓의 사람이 머무르는 마을이었다. 글로리아가 장담한 대로 미국인 중 하나가 집에서 앤을 기다리고 있었다. 댄이라는 이름의 남자는 바르셀로나에서 영어를 가르쳤다. 주말에는 빌라데물스로 건너와 하루 종일 탐정 소설을 쓴다고 했다. 그해 겨울에 앤은 병원에 들르러 바르셀로나에 가는 것 말고는 동네 밖으로 한 발도 내딛지 않았다. 금요일 밤이면 댄이 도착했고, 때로는 또 다른 미국인 크리스틴이 얼굴을 보였다. 대부분이 미국인이던 다른 사람들은 어쩌다가 한 번씩 들렀을 뿐이고, 대체로는 댄과 크리스틴이 혼자만의 시간을 위해 집을 이용했다. 댄은 끈덕지게 원고지에 매달렸고, 크리스틴은 손에서 베틀을 놓지 않았다. 주말을 제외한 날들에 앤은 편지를 쓰거나 책을 읽거나 (글로리아의 서가에는 다양한 분야의 영어 책이 잔뜩 구비되어 있었다) 청소를 했다. 집이 낡았던 터라 자주 군데군데 손을 보기도 했다. 봄이 시작될 무렵, 크리스틴이 히로나의 언어 교육원에서 일자리를 하나 구해주었다. 앤은 처음에 영국 여자 하나와 미국 여자 하나와 집을 같이 썼다. 그러다 새로 구한 직장이 수입이 안정적이다 싶어 며칠 뒤에 히로나에 방을 하나 빌리기로 마음먹었다. 하지만 주말은 꼬박꼬박 빌라데물스에서 보냈다.

그 무렵 빌이 앤을 찾아왔다. 빌은 처음으로 미국을 벗어나 한 달 동안 유럽을 돌던 중이었다. 빌은 유럽이 마음에 들지 않았다. 앤의 기억으로는 빌라데물스의 분위기도 좋아하지 않았던 것 같았다. 댄과 크리스틴은 까다로운 사람들이 아니었는데도 말이다. 사실 댄은 빌과 비슷한 종류의 사람이었다. 한동안 공사판에서 일하는 등 인생 경험이 유사한 데다, 자신이 강한 남자라고 착각하는 것도 꼭 닮았다. 하지만 빌은 댄을 좋아하지 않았다. 아마 겉으로는 티 내지 않았지만 댄도 빌을 좋아하지 않았을 것이다. 앤은 빌과 재회하던 순간이 슬프고 아름다웠다고 회상했다. 그렇지만 이러한 단어들은 콕 집어 말할 수 없는 감정들을 묘사하기에 한없이 부족할 뿐이라고 덧붙였다. 내가 앤을 처음으로 보았던 때가 그즈음이었던 것 같다. 나는 히로나의 람블라 거리에 위치한 〈라 아르카다〉 술집에 있었다. 처음에 빌이 들어오고 이어서 앤이 들어오는 모습이 보였다. 빌은 키가 훤칠하고 피부는 까맣게 그을리고 머리털은 새하얀 사내였다. 앤은 키가 크고 날씬한 데다 광대뼈가 튀어나오고 갈색 생머리를 한 여자였다. 그들이 바에 앉는 순간부터 나는 둘에게서 시선을 떼지 못했다. 그렇게 잘생긴 남자와 예쁜 여자는 오랜만이었기 때문이다. 그들은 매우 당당해 보였다. 보는 사람이 불안함을 느낄 정도로 한없이 드높은 존재들 같았다. 나는 〈라 아르카다〉 술집에 있던 모든 사람이 그 앞에 무릎이라도 꿇었어야 하는 게 아닌가 생각했다.

얼마 후에 나는 다시 빌을 보게 되었다. 빌은 혼자 히로나 거리를 걷고 있었는데, 당연히 이전처럼 빛이 나는 모습은 아니었다. 오히려 잠에서 덜 깬 얼굴에 무언가에 쫓기는 기색이었다. 그리고 며칠 있다가 라 페드레라 지역에 있는 집에서 내려오는 길에 앤을 보았다. 앤은 길을 따라 올라오는 중이었고, 우리는 잠시 눈길이 마주쳤다. 앤은 그 무렵이 언어 교육원을 그만두고 영어 과외를 뛰며 꽤 많은 돈을 벌던 때라고 말했다. 빌은 다른 곳으로 떠난 뒤였다. 앤은 히로나 구시가지에서 술집 〈프릭스〉와 오페라 영화관 맞은편의 집에 살고 있었다.

내 기억으로는 그때 이후로 길을 가다 자주 앤과 마

주쳤던 것 같다. 말은 나누지 않았지만 서로의 얼굴 정도는 알아보았다. 그리고 언제부턴가는 소도시의 주민들이 그러하듯이 서로 인사를 주고받기 시작했다.

어느 날 아침, 람블라 거리에서 히로나에 살던 노화백 펩 콜로메르와 이야기를 나누던 중이었다. 앤이 멈춰 서더니 처음으로 내게 말을 걸었다. 무슨 대화를 나누었는지는 기억나지 않는다. 아마 통성명을 하고 어디 출신인지 물어봤을 것이다. 나는 대화를 끝낼 무렵 우리 집에서 저녁 식사나 하지 않겠느냐고 물었다. 그때가 성탄절이었나 아무튼 그 무렵이었다. 나는 피자를 준비하고 포도주 한 병을 구입했다. 우리는 밤늦게까지 이야기꽃을 피웠다. 그때 앤이 여러 번 멕시코에 머물렀었노라고 말했다. 앤이 겪었던 일들은 내 경험과 크게 다르지 않았다. 앤은 한 사람의 삶이나 한 사람의 청춘은 서로 닮은 것이 아닐까 생각했다. 물론 객관적으로 보면 차이가 있고 서로 정반대일 때도 있지만 본질적으로는 같다는 말이었다. 나는 어떻든 우리가 동일한 지도 위에서 헤맸고 똑같이 꽃의 전쟁[4]을 이겨 냈으며 공통의 감정 교육을 겪었다고 생각하는 편이 좋았다. 새벽 다섯 시쯤, 어쩌면 조금 더 뒤에, 우리는 침대로 가서 사랑을 나누었다.

한순간에 앤은 빼놓을 수 없는 내 삶의 일부가 되었

---

4 신대륙 발견 이전의 중앙아메리카에서 260일 주기의 아스테카 종교력에 따라 인신 공양 일자가 다가올 때 희생물 확보를 위해 주변 왕국끼리 벌이던 전투를 일컫는다.

다. 처음 몇 주간은 섹스를 구실로 만났다. 하지만 우리를 한데 끌어당기는 것은 성적인 욕망이 아니었다. 오히려 성적인 관계를 초월한 우정이 가장 큰 원인이었던 것이다. 그 무렵 나는 앤이 마지막 과외를 마치고 돌아오는 저녁 8시에 그녀의 집에 찾아갔고, 새벽 한 시나 두 시까지 수다를 떨었다. 도중에 앤이 간식거리를 만들면, 우리는 포도주 병을 따서 마시곤 했다. 그리고 이어서 음악을 듣거나 〈프릭스〉로 내려가 계속 술을 마시며 이야기를 나누었다. 이 술집 앞에는 히로나의 마약 중독자 떼거리가 몰려 있었다. 주변에 동네 양아치들이 어슬렁거리는 풍경도 낯설지 않았다. 하지만 앤은 샌프란시스코의 양아치들, 아니 완전 악질인 놈들을 생각하며, 나는 멕시코의 양아치들을 떠올리며 신나게 웃어 젖혔다. 지금 생각하면 그때 왜 그렇게 웃었는지 까닭을 모르겠다. 어쩌면 단지 살아 있다는 이유 때문에 그랬던 것 같다. 새벽 두 시에 나는 앤과 헤어져 라페드레라 꼭대기에 있는 집까지 걸어 올라갔다.

한번은 앤이 바르셀로나 덱세우스 병원에 진찰을 받으러 갈 때 따라간 적이 있었다. 그 무렵에 나는 다른 여자와 사귀고 있었고, 앤은 히로나의 건축가와 사귀고 있었다. 하지만 앤이 대기실에 들어서면서 〈사람들이 너를 남편으로 오해할지도 몰라〉 하고 속삭였을 때, 나는 이상하게 느끼지 않았다(아니, 오히려 우쭐했다). 빌라데뮬스에 같이 간 적도 있었다. 앤은 내게 글로리아를 소개시켜 주려 했지만, 글로리아는 그 주 주말에 나타나지 않았다. 그렇지만 나는 빌라데물스에서 여태까지 그저 추측만 했던 것을 사실로 확인하게 되었다. 앤은 지금과 달라질 수 있고, 완전히 다른 사람이 될 수도 있다는 것을 말이다. 끔찍한 주말이었다. 앤은 쉴 새 없이 술을 퍼부어 댔다. 댄은 별다른 말도 없이 분주하게 방을 들락날락했다(글을 쓰는 중이었다). 나는 크리스틴 또는 댄의 동창을 상대해야 했다. 바르셀로나 혹은 히로나에 사는 전형적인 카탈루냐 여자로 우둔하기 짝이 없는 데다가 미국인보다 더 미국인 같은 치였다.

이듬해 앤은 미국을 방문했다. 그레이트폴스의 부모님과 언니를 만나고, 시애틀로 가서 빌을 만나겠다는 계획이었다. 나는 뉴욕에서 보낸 엽서와 이어서 몬타나에서 보낸 엽서를 받았다. 그렇지만 시애틀에서 보낸 엽서는 받지 못했다. 나중에 샌프란시스코에서 보낸 편지를 받았는데, 시애틀에서 빌과 만났던 일은 재앙 그 자체였다고 적혀 있었다. 나는 린다의 방이나 폴의 방에서 술을 홀짝대며 편지를 쓰고 있는 앤의 모습을 상상했다. 어쩌면 울면서 썼는지도 몰랐다. 비록 앤은 눈물이 잦은 편이 아니었지만 말이다.

앤은 미국에서 돌아오며 짐 꾸러미를 가져왔고, 어느 날 오후 내게 그것을 보여 주었다. 샌프란시스코에 도착한 직후부터 시작해 빌과 랄프를 처음 만난 직후까지 쓴 일기장이었다. 다 해서 공책으로 서른 네 권이었는데 각각의 공책은 1백 쪽 이하였고 양면에 급히

휘갈겨 쓴 듯한 자그마한 글씨가 빼곡했다. 그림이나 인용구, 지도(나는 처음 보자마자 무슨 지도냐고 물어보았다. 앤은 꿈에 그리는 이상적인 집, 상상의 도시, 상상의 마을의 지도라고 했다. 자신은 성공하지 못했지만 여자라면 마땅히 추구해야 할 길이라는 것이었다)도 간간이 보였다.

일기장은 모두 거실에 있는 상자에 넣어 놓았다. 나는 앤이 보는 앞에서 조금씩 일기를 읽어 나갔다. 그러다 보니 어느 순간부터 나의 방문은 이상한 습관 같은 것이 되어버렸다. 우선 내가 앤의 집에 도착하자마자 거실에 앉으면, 앤은 음악을 틀거나 술을 들이켰고, 나는 아무 말 없이 계속해서 일기만 읽었던 것이다. 가끔씩 대화를 나누는 경우도 있었다. 주로 내가 모르는 단어나 속뜻을 짐작하기 어려운 표현을 발견하고 물어보느라 그랬다. 글쓴이를 바로 앞에 놓고 푹 빠져서 글을 읽는다는 것은 때때로 고통스러웠다(일기장을 집어던지고 앤의 곁으로 다가가 안아 주고 싶다는 생각이 들었던 게 한두 번이 아니다). 그렇지만 대체로는 자극적인 느낌이 들 때가 많았다. 무엇을 자극하는 것인지 제대로 설명하지 못했겠지만 말이다. 그것은 마치 자기도 모르는 사이에 몸에 열이 오르는 것과 같았다. 앤의 글을 읽다 보면 소리를 지르거나 눈을 감고 싶은 마음이 생겨났다. 하지만 앤의 글씨체는 읽는 사람의 입을 꿰매고 성냥개비를 눈꺼풀에 고정시켜 계속 읽을 수밖에 없게 만드는 마력을 지니고 있었다.

초기에 쓴 일기장 중의 하나는 온전히 수전에 대해서만 이야기했다. 〈공포〉나 〈자매애〉 등의 단어로는 도저히 설명할 수 없는 내용이었다. 두 개의 일기장은 토니의 자살 이후에 쓴 것들이었다. 여기에는 젊음, 사랑, 그리고 죽음에 대한 질문 및 고찰과 함께, 대만과 필리핀(토니와 함께 가지 않았던)의 희미한 풍경, 시애틀의 거리와 극장, 눈부시게 아름다웠던 멕시코의 석양에 대한 묘사가 담겨 있었다. 다른 공책 한 권에는 빌과 만나던 초기의 일들이 집약되어 있었는데, 나는 차마 그것을 훑어볼 수 없었다. 일기를 읽고 나서 내가 감상이랍시고 내뱉었던 말은 하찮기 그지없던 것이었다. 〈이 일기들을 출간해야 해.〉 나는 이 말을 던지고는 어깨를 으쓱했던 것 같다.

그 무렵 앤이 자주 입에 담았던 대화 소재 중 하나는 나이였다. 시간이 흐르고 있다느니 마흔이 되려면 몇 년이 남았다느니 하는 말들을 늘어놓았다. 처음에 나는 앤이 엄살을 떠는 거라고만 생각했다(어떻게 앤 무어 같은 여자가 고작 마흔 살이 되는 일 가지고 안달복달할 수 있단 말인가?). 하지만 얼마 지나지 않아 앤이 진심으로 두려워하고 있음을 알게 되었다. 한번은 내

---

5 Eudora Alice Welty(1909~2001). 미국 소설가. 미국 남부를 주제로 한 단편집과 장편을 썼다. 주요 작품으로 『초록색 커튼 *A curtain of green*』(1941) 등이 있다.

6 Carson McCullers(1917~1967). 미국 소설가. 미국 남부를 주제로 한 작품들을 남겼다. 주요 작품으로 『마음은 외로운 사냥꾼 *The Heart Is a Lonely Hunter*』(1942), 『슬픈 카페의 노래 *The Ballad of the Sad Cafe*』(1951) 등이 있다.

가 히로나에 없을 때 앤의 부모님이 찾아왔는데, 돌아와서 보니 앤은 부모님과 함께 이탈리아, 그리스, 터키로 여행을 떠나고 없었다.

얼마 뒤에 앤은 건축가와 뒤끝 없이 헤어졌다. 그리고 기계를 수입하는 회사에서 기술자로 일하는 학창 시절 친구와 사귀었다. 그 친구는 과묵하고 키가 작은 남자로 앤에 대면 한없이 작은 사내였다. 여기서 작다는 표현은 단지 신체적인 부분만 지칭하는 게 아니어서, 학자연하는 사람이라면 형이하하적으로뿐만 아니라 형이상학적으로도 작다고 표현했을 것이다. 하지만 나는 앤에게 그렇게 말하는 것은 무례한 행동이라고 생각했다. 그 당시 앤은 서른여덟이었고, 기술자 사내는 마흔이었던 것 같다. 앤보다 연상이라는 점은 이 사내가 내세울 만한 유일한 장점이었다. 그 무렵 어느 날, 나는 완전히 히로나를 떠났다. 다시 돌아왔을 때 앤은 이미 오페라 영화관 맞은편 집을 떠난 터였다. 하지만 나는 크게 신경 쓰지 않았다. 앤이 내 새 주소를 알고 있었기 때문이다. 그러나 이후 오랫동안 소식이 끊겼다.

나와 만나지 못했던 몇 달 동안, 앤은 유럽과 아프리카를 여행했고, 자동차 사고를 당했고, 기계 수입 회사에 근무하던 기술자와 헤어졌다. 또, 폴과 린다가 찾아오기도 했고, 알제리 남자와 잠자리를 갖기 시작했고, 손과 팔에 신경성 질환이 생겼고, 윌라 카터와 유도라 웰티[5]와 카슨 매컬러스[6]의 책을 여러 권 읽었다.

어느 날 마침내 앤이 우리 집으로 찾아왔다. 마당에서 잡초를 뽑다가 갑자기 발소리가 느껴져 뒤돌아봤더니 앤이 서 있었던 것이다.

그날 오후에 우리는 재회가 가져온 순수한 기쁨을 감추려는 듯이 사랑을 나누었다. 며칠 뒤에 나는 앤을 만나러 히로나에 갔다. 앤은 이제 신시가지에 있는 조막만 한 다락방에 살고 있었다. 이웃에는 알렉세이라는 이름의 러시아 노인이 살고 있는데, 이제껏 만나 본 사람 중 가장 다정하고 예절 바른 사람이라고 했다. 앤은 머리를 짧게 자르고 흰머리를 그대로 방치한 모습이었다. 아름답던 금발은 어쨌느냐고 물어봤다. 앤은 〈나이 든 히피 같더라고〉 하고 답했다.

앤은 미국을 방문하려던 참이었다. 이번에는 알제리 남자가 동행할 예정이었다. 그런데 바르셀로나의 미국 대사관에서 비자 발급에 문제가 있는 것 같았다. 나는 앤에게 심각한 상황인가 보다고 말했다. 앤은 대꾸하지 않고 있다가 대사관 측에서 알제리 남자를 의심하는 모양이라고 말했다. 영영 미국에 체류하려는 속셈이라고 말이다. 내가 〈그런 거 아니었어?〉 하고 물었더니, 앤은 〈아니야. 정말 아니야〉 하고 답했다.

남은 시간은 정신없이 흘러갔다. 그때 내가 무엇을 말했고 무슨 이야기를 주고받았는지 하나도 기억나지 않는다. 분명 시시껄렁한 수다나 떨었을 것이다. 그리고 나는 앤과 헤어졌고, 이후로는 다시 그녀를 보지 못했다. 얼마 뒤에 그레이트폴스에서 보낸 편지를 받긴 했다. 앤은 스페인어로 쓴 편지에서 수전이 수면제 과다 복용으로 자살했다고 알려 주었다. 부모님과 미술라의 목수인 언니의 동거남은 완전히 혼이 나가서 사실을 받아들일 수조차 없는 상태였다. 앤은 〈아무 말도 안 하는 편이 낫겠다〉며 〈여기에 더 많은 고통이나 수수께끼 같은 몇 글자를 덧붙이는 것은 의미가 없다〉고 적었다. 마치 고통은 그 자체로 수수께끼가 아니라는 듯이. 고통은 모든 수수께끼의 (수수께끼 같은) 답이 아니라는 듯이. 앤은 〈스페인을 떠나기 직전에 말이야〉 라고 허두를 떼며 수전의 죽음과 관련된 소식에 마침표를 찍더니 빌에게서 여러 번 전화가 왔다고 말했다.

앤의 이야기에 따르자면, 빌은 때를 가리지 않고 전화를 걸었다고 한다. 빌은 거의 매번 통화가 끝날 즈음이면 앤에게 욕설을 퍼부었고, 결국 그들은 서로를 욕하며 전화를 끊었다. 빌은 마지막 몇 번의 통화에서 히로나로 찾아와 앤을 죽이겠다고 으름장까지 놓았다. 그런데 우스운 사실은 오히려 앤 쪽에서 먼저 시애틀로 찾아갔다는 것이다. 사실 따지고 보면 찾아갈 친구도 없었는 데도 말이다. 앤은 알제리 남자에 대해서는 한마디도 하지 않았다. 나는 그가 앤과 함께 있을 거라고 짐작했다. 아니, 그렇게 믿는 편이 골치가 아프지 않았다.

이후로는 앤에게서 소식을 듣지 못했다.

몇 달이 흘렀다. 나는 해변으로 이사했다. 1960년대에 후안 마르세[7]가 작품을 통해 신화의 경지로까지 끌어올린 작은 마을이었다. 일 때문에 바빴던 데다가 이것저것 신경 써야 할 문제도 많아서 앤을 완전히 잊어버리고 있었다. 심지어는 결혼까지 했던 것 같다.

그러던 어느 날, 나는 기차를 잡아타고 잿빛 도시 히로나로 향했다. 앤이 살던 좁다란 다락방을 찾았지만, 예상대로 낯선 사람이 문을 열었다. 그 여자가 예전에 세 들어 살던 사람에 대해 알 리가 없었다. 나는 발길을 돌리려던 참에 그 건물에 나이가 지긋하신 러시아 양반이 살고 있지 않느냐고 물어보았다. 여자는 그렇다고 대답하고는 3층에 들어선 방들 중 한군데의 문을 두드리라고 일러 주었다.

늙을 대로 늙은 양반이 나를 맞이했다. 노인은 커다란 떡갈나무 지팡이에 의지해 가까스로 걸음을 옮겼다. 지팡이라기보다는 무슨 홀(笏)이나 무기처럼 보이는 막대였다. 그분은 앤 무어를 기억하고 있었다. 사실 20세기에 일어났던 일은 죄다 기억하고 있다고 했다. 하지만 그분 자신도 인정했듯이 그것은 그리 중요한 문제가 아니었다. 나는 한동안 앤의 소식을 듣지 못했는데 혹시 노인께서 알고 계시는 게 있을까 싶어 찾아왔다고 말했다. 〈나도 별로 아는 게 없다네〉 하고 노인

---

7 Juan Marsé(1933~). 스페인 소설가. 1980년에 세르반테스상을 수상했다. 여기에서 언급하는 소설은 그의 대표작이라고 할 수 있는 『테레사와 함께 한 마지막 오후 *Últimas tardes con Teresa*』(1966)이다. 소설의 배경이 되는 곳은 당연히 볼라뇨가 여생을 보냈던 스페인 마을, 블라네스Blanes다.

이 말했다. 〈미국에서 보내온 편지만 몇 통 있지. 미국은 커다란 나라야. 더 오랫동안 살아 보고 싶었는데.〉 노인은 말 나온 계제를 이용해 뉴욕에 살던 몇 해와 애틀랜틱시티에서 도박장 딜러로 활동할 때의 모험담을 간략하게 말해 주었다. 그러다 다시 편지에 생각이 미쳤는지 내게 차를 한 잔 타주고 한참 동안 편지를 찾았다. 마침내 노인은 세 장의 엽서를 들고 나타났다. 〈다 미국에서 보내온 것들이야〉. 노인이 말했다. 노인이 완전 미친 사람이라는 것을 어느 순간에 깨달았는지 모르겠다. 아무리 생각해 봐도 그편이 논리에 맞았다. 온갖 상황을 고려했을 때 그편이 합당한 것 같았다. 나는 그냥 느긋하게 대단원의 막을 기다리기로 했다.

러시아 노인은 김이 모락모락 피어오르는 찻잔 위로 엽서를 건네주었다. 영어로 쓴 엽서들은 도착한 순서대로 정리되어 있었다. 첫 번째 엽서는 뉴욕에서 보낸 것이었다. 나는 앤의 글씨체를 알아보았다. 일상적인 얘기를 늘어놓던 글은 몸조리 잘 하시고 매일 밥 잘 챙겨 드시라는 말로 끝나 있었다. 노인을 여전히 기억하고 있다는 말과 함께 〈애정을 듬뿍 담아서〉 라는 표현도 빼놓지 않았다. 뉴욕의 5번가 사진이 담긴 엽서였다. 두 번째 엽서는 시애틀에서 보낸 것이었다. 하늘에서 내려다본 항구의 모습이 담겨 있었다. 첫 번째 엽서보다 짧고 두서없는 내용이 적혀 있었다. 망명과 범죄에 대해 이야기하는 것 같았다. 세 번째 엽서는 버클리에서 보낸 것이었다. 〈보헤미아의 도시 버클리의 한적한 거리〉라는 문구가 박혀 있었다. 손으로 쓴 선명한 글씨체로 〈옛 친구들과 만나고 새로운 친구들을 사귀고 있어요〉라고 적혀 있었다. 그리고 첫 번째 엽서와 마찬가지로 〈친애하는 알렉세이 씨〉에게 몸조리 잘 하시고 밥은 한 끼라도 매일 꼬박꼬박 챙겨 드시라는 충고로 끝을 맺었다.

 나는 슬픔과 호기심에 가득 찬 눈길로 러시아 노인을 바라보았다. 그분도 상냥한 눈빛으로 나를 지그시 마주 보았다. 〈앤의 충고를 따르셨습니까?〉〈물론일세. 숙녀분의 충고는 반드시 따른다네.〉

로베르토 볼라뇨 연보

1953년 출생 4월 28일 칠레의 산티아고에서 로베르토 볼라뇨 아발로스 태어남. 아버지 레온 볼라뇨는 아마추어 권투 선수이자 트럭 운전수였고, 어머니 빅토리아 아발로스는 수학 선생님이었음. 볼라뇨는 어린 시절 읽기 장애가 있었는데, 어머니는 시를 좋아하는 어린 아들이 좌절하지 않도록 용기를 북돋워 주었음. 볼라뇨는 가족과 함께 발파라이소, 킬푸에, 비냐델마르, 로스앙헬레스 등 칠레의 여러 도시에서 유년기를 보냈으며, 그중 로스앙헬레스에 가장 오래 거주하였음.

1968~1973년 15~20세 가족과 함께 멕시코의 멕시코시티로 이주함. 학교에 입학했으나 중퇴했고, 다시는 교실에 발을 들여놓지 않겠다고 굳게 결심함. 1968년 10월 멕시코시티 올림픽 개막 며칠 후, 이 도시를 뒤흔든 학생 소요와 경찰의 무력 진압 현장을 목격함. 이는 수백만의 학생이 학살되거나 투옥되었던 10월 2일 틀라텔롤코 대학살에 뒤따라 벌어진 사건이었음. 이러한 일련의 사태는 이후 볼라뇨의 작품, 특히 『야만스러운 탐정들 *Los detectives salvajes*』과 『부적 *Amuleto*』의 소재가 됨. 15세부터 시를 쓰기 시작했으며, 독서에 푹 빠져 생활함. 그는 서점 진열대에서 책을 훔쳐 읽으며 지식을 습득했고, 훗날 서점 직원들이 자기 손에 닿지 않는 곳에 몇몇 책을 꽂아 놓아 읽을 수 없었다고 원망하기도 함. 그는 자신이 독학을 한 것이 아니라 〈모든 것을 책에서 배웠다〉고 말함. 사춘기 말과 성년 초기를 멕시코에서 보냄. 이때를 멕시코에서 보낸 제1시기라고 할 수 있음.

1973년 20세 8월 아옌데 대통령의 사회주의 정부를 전복하려는 피노체트의 쿠데타(9월 11일)가 발발하기 전에 사회주의 건설에 참여하기 위해 칠레로 돌아와 아옌데의 사회주의 혁명을 지지하는 좌파 진영에 가담함. 쿠데타가 일어나자 콘셉시온 근처에서 체포되어 투옥되었으나, 마침 어릴 적 친구였던 간수의 도움으로 8일 만에 석방됨. 이 행적은 순전히 볼라뇨 자신의 진술에 의거한 것으로, 볼라뇨는 이 극적인 사건을 여러 작품에 다양한 형태로 서술하였음.

1974~1977년 21~24세 멕시코로 돌아와 아방가르드 문학 운동인 〈인프라레알리스모 *infrarrealismo*〉를 주창함. 〈인프라레알리스모〉는 프랑스 다다이즘과 미국 비트 제너레이션의 영향을 받은 시 문학 운동으로, 볼라뇨가 친구인 시인 마리오 산티아고와 함께 결성하였으며 멕시코 시단의 기득권 세력을 비판하며 가난과 위험, 거리의 삶과 일상 언어에 눈을 돌리자고 주장한 반항적 운동임. 문학 기자와 교사로 일했으나 무엇보다도 시를 읽고 쓰는 데 집중함.

1975년 22세 브루노 몬타네와 함께 시집 『높이 나는 참새들 *Gorriones cogiendo altura*』 출간.

1976년 23세 일곱 명의 다른 〈인프라레알리스모〉 시인들과 함께 산체스 산치스 출판사에서 시집 『뜨거운 새 *Pájaro de calor*』 출간. 그리고 같은 해 첫 단독 시집인 『사랑을 다시 만들어 내기 *Reinventar el amor*』 출간. 이 시집은 한 편의 장시를 9개의 장으로 나누어 실은 얇은 책으로, 후안 파스코에가 지도하는 타예르 마르틴 페스카도르 시 아틀리에에서 출간되었음. 북아메리카 미술가 칼라 리피의 판화를 표지 그림으로 쓴 이 책은 225부만 인쇄하였음. 이때를 멕시코에서 보낸 제2시기라 할 수 있음.

1977년 24세 유럽으로 이주. 파리를 비롯해 유럽 여러 나라의 도시들을 여행한 후 스스로 〈세상에서 가장 아름다운 도시〉라고 경탄한 바르셀로나에 정착함. 이후 접시닦이, 바텐더, 외판원, 캠핑장 야간 경비원, 쓰레기 청소부, 부두 노동자 등 온갖 직업에 종사하며 생계를 유지함. 그러면서도 계속 시를 씀.

1979년 26세 11인 공동 시집인『불의 무지개 아래 벌거벗은 소년들 *Muchachos desnudos bajo el arcoiris de fuego*』출간.

1980년 27세 시를 계속 쓰면서 본격적으로 소설 집필에 전념하기 시작함.

1982년 29세 카탈루냐 출신 카롤리나 로페스와 결혼.

1984년 31세 안토니 가르시아 포르타와 함께 쓴 소설『모리슨의 제자가 조이스의 광신자에게 하는 충고 *Consejos de un discípulo de Morrison a un fanático de Joyce*』를 출간, 스페인의 암비토 리테라리오 소설상 수상.

1986년 33세 카탈루냐 북동부 코스타브라바의 헤로나 근처의 블라네스라는 바닷가 소도시로 이사. 볼라뇨는 죽을 때까지 이 도시에서 살았음.

1990년 37세 아들 라우타로 태어남. 1990년대 초부터 볼라뇨는 자신의 시와 소설들을 스페인의 다양한 지역 문학상에 출품하기 시작함. 그는 문학상을 받아 생계에 보탬이 되고 자신의 작품이 출판되기를 희망하였음.

1992년 39세 시집『미지의 대학의 조각들 *Fragmentos de la universidad desconocida*』이 출간 이전 라파엘 모랄레스 시(詩) 문학상 수상. 치명적인 간질환을 진단받음.

1993년 40세 소설『아이스링크 *La pista de hielo*』출간, 스페인의 알칼라데에나레스 시(市) 중편 소설상을 수상. 시집『미지의 대학의 조각들』출간. 볼라뇨는 이때부터 본격적으로 문학계의 인정을 받기 시작함. 이때부터는 오직 글쓰기로만 생활비를 벌었다.

1994년 41세 소설『코끼리들의 오솔길 *La senda de los elefantes*』출간, 스페인의 펠릭스 우라바옌 중편 소설상 수상. 시집『낭만적인 개들 *Los perros románticos*』이 출간 전 스페인의 이룬 시(市) 문학상을 수상함.

1995년 42세 시집 『낭만적인 개들』 출간.

1996년 43세 가공의 작가들이 쓴 가짜 백과사전인 소설 『아메리카의 나치 문학 La literatura nazi en América』과 『먼 별 Estrella distante』 출간. 이해부터 볼라뇨는 바르셀로나의 아나그라마 출판사와 인연을 맺고 대부분의 작품을 이곳에서 출간하기 시작함.

1997년 44세 단편집 『전화 Llamadas telefónicas』 출간, 칠레의 산티아고 시(市) 상 수상. 이 소설집 맨 앞에 수록된 단편소설 「센시니 Sensini」도 같은 해 따로 단행본으로 출간됨. 대표작 중 하나로 꼽히는 방대한 분량의 소설 『야만스러운 탐정들 Los detectives salvajes』이 출간되기 전에 스페인의 권위 있는 문학상인 에랄데 소설상을 수상함.

1998년 45세 『야만스러운 탐정들』 출간. 이 소설은 동시대를 멋지게 그려 낸 한 편의 대서사시와 같은 장편소설로서, 뛰어난 철학적·문학적 성찰과 스릴러적인 요소, 파스티슈, 자서전의 성격이 혼재하는 독특한 작품이다. 소설의 두 주인공은 볼라뇨 자신의 분신이라 할 수 있는 아르투로 벨라노와, 볼라뇨의 친구로서 함께 인프라레알리스모 운동을 이끌었던 마리오 산티아고를 모델로 한 울리세스 리마이다. 울리세스 리마는 이후 다른 작품에도 등장함. 『파울라』지로부터 소설 심사 위원 위촉을 받아 25년 만에 칠레를 방문함.

1999년 46세 『야만스러운 탐정들』로 〈라틴 아메리카의 노벨 문학상〉이라 불리는 베네수엘라의 로물로 가예고스상 수상. 소설 『부적 Amuleto』과, 『코끼리들의 오솔길』의 개정판인 『므시외 팽 Monsieur Pain』 출간. 오라 에스트라다는 『부적』을 엄청난 걸작으로 평가했다.

2000년 47세 소설 『칠레의 밤 Nocturno de Chile』과 시집 『셋 Tres』 출간. 볼라뇨는 자신의 짧은 소설 가운데 가장 완벽한 작품으로 『칠레의 밤』을 꼽았다. 스페인의 주요 일간지인 「엘 파이스 El País」와 「엘 문도 El Mundo」에 칼럼 게재.

2001년 48세 단편집 『살인 창녀들 *Putas asesinas*』 출간. 볼라뇨가 등장인물로 나오는 하비에르 세르카스Javier Cercas의 소설 『살라미나의 병사들 *Soldados de Salamina*』도 출간됨. 이 소설에서 볼라뇨는 주인공이 소설을 완성하도록 도와주는 인물로 등장함. 2003년 영화로도 제작된 이 작품의 성공으로 볼라뇨는 스페인에서 유명해짐.

2002년 49세 실험적인 소설 『안트베르펜 *Amberes*』과 『짧은 룸펜 소설 *Una novelita lumpen*』 출간.

2003년 50세 사망하기 몇 주 전 세비야에서 열린 라틴 아메리카 작가 대회에 참가하여 만장일치로 새로운 라틴 아메리카 문학의 대변자로 추앙됨. 7월 15일 바르셀로나의 바예데에브론 병원에서 아내 카롤리나와 아들 라우타로, 딸 알렉산드라를 남긴 채 간 부전으로 숨을 거둠. 단편집 『참을 수 없는 가우초 *El gaucho insufrible*』 사후 출간. 대표작 중 하나인 『2666』이 출간되기 전에 바르셀로나 시(市) 상을 수상함.

2004년 『참을 수 없는 가우초』가 칠레의 알타소르 소설상 수상. 필생의 역작 『2666』 출간, 스페인의 살람보상 수상. 1천 페이지가 넘는 어마어마한 분량의 이 작품은 볼라뇨가 죽을 때까지 손에서 놓지 않고 매달린 소설로, 가장 큰 야심작임. 처음에는 작가의 뜻에 따라 1년 간격으로 5년에 걸쳐 5부작으로 출판하려 했으나, 1권의 〈메가 소설〉로 출간됨. 『2666』은 북멕시코의 시우다드후아레스 시에서 3백 명 이상의 여인이 연쇄 살인된 미해결 실제 사건을 주요 모티프로 삼아 산타테레사라는 도시를 배경으로 재구성한 작품임.

2005년 『2666』이 칠레의 알타소르 소설상, 칠레의 산티아고 시(市) 문학상 수상. 칼럼과 연설문, 인터뷰 등을 모은 『괄호 치고 *Entre paréntesis*』 출간.

2006년 볼라뇨의 인터뷰를 모은 『볼라뇨가 말하는 볼라뇨 *Bolaño por sí mismo*』 출간.

2007년 단편소설과 다른 글들을 모은 『악의 비밀 *El secreto*

del mal』과 시집『미지의 대학*La universidad desconocida*』출간.『야만스러운 탐정들』영어판 출간,「뉴욕 타임스」선정 〈2007년 최고의 책〉으로 꼽힘.『먼 별』이 2007년 콜롬비아 잡지『세마나』에서 선정한 〈25년간 출간된 스페인어권 100대 소설〉 14위에 오름.

2008년　『2666』의 영어판 출간, 평단과 독자 모두에게 호평을 받으며 대단한 인기를 누림. 전미 서평가 연맹상 수상.「뉴욕 타임스」와『타임』선정 〈2008년 최고의 책〉으로 꼽힘.

2009년　『2666』이「타임스 리터러리 서플러먼트」,「스펙테이터」,「텔레그래프」,「인디펜던트 온 선데이」,「샌프란시스코 크로니클」,「NRC 한델스블라드」등 세계 각국의 유력지에서 〈2009년 최고의 책〉에 선정되었으며「가디언」에서는 〈2000년대 최고의 책 50권〉으로 꼽힘. 스페인 유력지「라 반과르디아」에서 선정한 〈2000년대 최고의 소설 50권〉 중『2666』이 1위로 꼽힘.

2010년　소설『제3제국*El Tercer Reich*』출간됨. 현재 볼라뇨의 전작은 스페인을 비롯한 이탈리아, 독일, 프랑스, 네덜란드, 스웨덴, 핀란드, 그리스, 체코, 폴란드, 세르비아 등 유럽권 국가는 물론 미국과 영국 등 영어권 국가, 그리고 브라질, 터키, 이스라엘, 일본에 이르기까지 번역, 출간되며 〈볼라뇨 전염병〉을 퍼뜨리고 있다.

전화

옮긴이 박세형은 1981년에 홍성에서 태어나 서울대학교 서어서문학과를 졸업하고 동 대학원 석사 과정을 수료했다. 옮긴 책으로 『볼라뇨, 로베르토 볼라뇨』(공역) 등이 있으며, 스페인어권 문학 및 다양한 세계 문학 작품을 소개하고 번역하는 일을 하고 있다.

지은이 로베르토 볼라뇨 **옮긴이** 박세형 **발행인** 홍지웅 **발행처** 주식회사 열린책들 **주소** 경기도 파주시 교하읍 문발리 499-3 파주출판도시 **전화** 031-955-4000 **팩스** 031-955-4004 **홈페이지** www.openbooks.co.kr Copyright (C) 주식회사 열린책들, 2010, *Printed in Korea*. ISBN 978-89-329-1060-4 03870 **발행일** 2010년 9월 10일 초판 1쇄

이 도서의 국립중앙도서관 출판시도서목록(CIP)은 e-CIP 홈페이지(http://www.nl.go.kr/ecip)에서 이용하실 수 있습니다. (CIP제어번호 : CIP2010003066)

로베르토 볼라뇨의 소설

칠레의 밤 임종을 앞둔 칠레의 보수적 사제이자 문학 비평가인 세바스티안 우르투티아 라크루아의 속죄의 독백.

부적 우루과이 여인 아욱실리오 라쿠투레가 1968년 멕시코 군대의 국립 자치 대학교 습격 당시 13일간 화장실에 숨어 지냈던 이야기를 시작으로 들려주는 흥미로운 회고담.

먼 별 연기로 하늘에 시를 쓰는 비행기 조종사이자 피노체트 치하 칠레의 살인 청부업자였던 카를로스 비더와 칠레의 암울한 나날에 관한 강렬한 이야기.

전화 볼라뇨의 첫 번째 단편집. 시인, 작가, 탐정, 군인, 낙제한 학생, 러시아 여자 육상 선수, 미국의 전직 포르노 배우, 그리고 수수께끼 같은 인물들이 등장하는 14편의 이야기.

야만스러운 탐정들(근간) 〈라틴 아메리카의 노벨상〉이라 불리는 로물로 가예고스상 수상작. 현대의 두 돈키호테, 우울한 멕시코인 울리세스 리마와 불안한 칠레인 아르투로 벨라노가 만난 3개 대륙 8개 국가 15개 도시 40명의 화자가 들려주는 방대한 증언.

2666(근간) 볼라뇨의 최대 야심작이자 죽을 때까지 손에서 놓지 않은 일생의 역작. 5부에 걸쳐 80년이란 시간과 두 개 대륙, 3백 명의 희생자들을 두루 관통하는 묵시록적인 백과사전과 같은 소설.

므시외 팽(근간) 은퇴 후 조용히 살고 있던 피에르 팽. 멈추지 않는 딸꾹질로 입원한 페루 시인 세사르 바예호의 치료를 부탁받은 후 이상하게도 꿈같은 사건들이 일어나기 시작한다.

아이스링크(근간) 스페인 어느 해변 휴양지의 여름, 칠레의 작가 겸 사업가와 멕시코 출신 불법 노동자, 카탈루냐의 공무원 등 세 남자가 풀어놓는 세 가지 각기 다른 이야기.

살인 창녀들(근간) 두 번째 단편집. 세계 곳곳에서 방황하는 이들, 광기, 절망, 고독에 관한 13편의 이야기. 이 책에서 시는 폭력을 만나고, 포르노그래피는 종교를 만나며 축구는 흑마술을 만난다.

안트베르펜(근간) 볼라뇨의 무의식 세계와 비관적 서정성으로 들어가는 비밀스러운 서문과 같은 작품. 55편의 짧은 글과 한 편의 후기로 이루어진 실험적인 문학적 퍼즐이다.

참을 수 없는 가우초(근간) 5편의 단편과 2편의 에세이 모음집. 참을 수 없는 가우초, 불을 뱉는 사람, 비열한 경찰관 등에 관한 이야기와 문학과 용기에 관한 아이러니한 단상이 실려 있다.

제3제국(근간) 코스타브라바의 독일인 여행자와 수수께끼의 남미인 사이에 벌어지는 이야기. 〈제3제국〉은 전쟁 게임의 이름이다.